Bernd Storz

Mord im Outlet

Über dieses Buch

Jäh wird Francesca Molinari aus ihrem Einkaufsrausch in der Metzinger Outlet-City gerissen: In einer Umkleide bei Hugo Boss hängt, an einem Kleiderbügel, eine junge Frau: Erwürgt, mitten im Trubel. Was heißt »Einkaufsrausch«? Eigentlich wollte die Reutlinger Kommissarin – Mutter von drei Kindern – endlich einmal mit ihrer Tochter Lisa an einem ihrer seltenen freien Freitagnachmittage nichts anderes als ein gemütliches Shopping. Vielleicht findet sie ja auch das eine oder andere für sich. Entsetzt stellt Francesca fest: Sie kennt das Opfer. Kyra Song. Die Tochter ihrer Saxophonlehrerin und eines aus Südkorea stammenden Bildhauers. Und Kyra war für Hugo Boss in China tätig. Warum diese Inszenierung in der Umkleide, fragt sich Francesca. Und gibt es einen Zusammenhang zwischen dem Mord und der Produktion von Textilien in dem noch immer die Menschenrechte verachtenden wachsenden Industrieriesen China? Als sie mit ihrem multikulturellen Ermittlungsteam – dem türkisch-kroatisch-deutschen Kollegen Tomislav Özcan, dem aus Franken stammenden Kriminaltechniker Stefan Schmid und ihrer Kollegin im Innendienst Helga Müllerschön – auf den Täter stößt, geschieht ein zweiter Mord. Die Ermittlungen führen über Metzingen nach Reutlingen und auf die Schwäbische Alb. Und ins Milieu der berüchtigten chinesischen Triaden. Die China-Mafia in Stuttgart – okay. Das weiß man. Aber in Metzingen?

Bernd Storz lebt als Schriftsteller und Dozent für Drehbuch und Kreatives Schreiben in Reutlingen. Bisher sind von ihm vier Kriminalromane mit der Detektivin Mara Zielinski, TV-Drehbücher, Hörspiele, Bücher und Essays zur zeitgenössischen Kunst, Lyrik und Bücher zur Geschichte erschienen.

Bernd Storz

Mord im Outlet

Ein Metzingen-Krimi

Oertel+Spörer

Postfach 16 42 · 72706 Reutlingen

1. Auflage 2013

Titelbild: © xy – Fotolia_36575658_XL
Umschlaggestaltung: Bettina Mehmedbegovic,
Oertel+Spörer Verlag
Satz: Uhl + Massopust, Aalen
Druck und Bindung: CPI books GmbH, Leck
Printed in Germany
ISBN 978-3-88627-912-8

Zwanzigtausend hatte der Chinese als Zahl auf den Bierdeckel gekrakelt – 20 000 – und den Fuß des Weizenbierglases über die schiefen Ziffern geschoben.

Ohne den Mann mit dem buddhaähnlichen Lächeln neben sich anzusehen, zog Sadlo seinen gravierten Elfenbeinzahnstocher aus dem Mundwinkel, setzte das Glas an seine Lippen, gönnte sich einen langen Zug und stellte es so auf das Stehtischchen zurück, dass die kryptische Mitteilung am Rand des Bierdeckels sichtbar blieb. Zwanzigtausend? Was will das Schlitzauge, dachte er.

Live-Nacht in Reutlingen. Gino Samele und seine Musiker füllten die Markthalle mit groovigem Blues-Rock. Die Rhythmen übertrugen sich auf die Zuhörer, die sich vor dem nächtlichen Juliregen ins Trockene geflüchtet hatten. Die wogende Menge dünstete ein Gemisch von Rauch, Alkohol und Nässe aus, das Sadlo anwiderte. Er hatte schon überlegt, in die Aispachstraße zu Oscars oder zu Billy Bobs am Bahnhof zu wechseln, sich dann aber doch ein zweites Bier bestellt. Solange es draußen weiter schüttete, würde es drinnen nirgendwo besser aussehen.

Wochenlang schon regnete es ununterbrochen. Der Sommer wollte sich nicht einstellen in diesem Jahr. Meist fiel der Regen in Schnüren aus massigen Wolkenbänken, die bleischwer über dem Land standen. Nur hin und wieder mischte sich der Wind ein und trieb die Wassermassen vor sich her. Und nur selten gingen die dicken Tropfen in ein

Nieseln über, das Nieseln schließlich in ein Tröpfeln. Die Menschen blickten dann, Hoffnung schöpfend, in die Pfützen und skeptisch zu den Wolken hoch. Und man sah für einige Minuten Fußgänger ohne Regenschirme auf den Straßen. Oder, Main und Elbe waren bereits über die Ufer getreten, auch der Neckar und seine Zuflüsse meldeten Hochwasserstände.

Sadlo wandte den Blick von der Fensterwand, an der die Tropfen sich zu Rinnsalen vereinigten, und taxierte den Chinesen aus den Augenwinkeln. Sollte er ihn kennen?

Noch immer hoffte er darauf, dass Harry irgendwann auftauchen würde, der ihm die nächste Lieferung *Persil* zugesagt hatte. Den besten Schnee, den je er gesehen hatte. Und er brauchte die Kohle. Nach der letzten Razzia waren seine Dealergeschäfte nur schleppend wieder in Gang gekommen. Harry wusste, dass er auf Gino stand, auf seine Riffs, in denen immer wieder die beißenden Höhenlinien von Jimi Hendrix aufjaulten. Seinem Lieferanten war bekannt, dass er die üblichen Orte mied, Marktplatz, Bahnhofsvorplatz, Pomologie oder den Pavillon im Volkspark. Auch hatte er sich immer von einschlägigen Junkiewohnungen ferngehalten, schließlich war Reutlingen nicht New York, wo jedes Wohnviertel seinen Drogenschießstand besaß, mehr oder weniger geduldet von den Bullen. Wer Geschäfte mit ihm abwickeln wollte, musste ihn schon abpassen. Die beste Tarnung waren noch immer Menschen. Menschengruppen, Menschenansammlungen. Wie die Live-Nacht in der Markthalle eben: unverfänglich.

Doch wer ihn suchte, fand ihn auch. Schließlich galt er als einer der bestangezogenen Männer der Szene. Das hatte ihn schon immer hervorgehoben: dass er Wert auf ein gepflegtes Äußeres legte. Und seine figurbetonten Zweireiher hatten ihm schon manche Tür geöffnet. Wer sich stylte, sagte ihm seine Erfahrung, galt in den Augen anderer nicht nur als unverdächtig, sondern genoss bei den meisten Menschen einen Vertrauensvorschuss. Aus diesen Gründen verband Sadlo mit der Outlet-City im benachbarten Metzingen ein inniges Verhältnis, was gelegentliche Besuche bei einem Herrenausstatter in der Reutlinger Wilhelmstraße nicht ausschloss.

Aber statt Harry hatte sich dieser Chinese an ihn herangeschlichen, der ihn noch immer mit einem unerklärlichen Grinsen von der Seite anblickte. Aus den Augenwinkeln ließ Sadlo seinen Blick über dessen navy-blaues Business-Sakko gleiten. Man könnte es mit einem hellgrauen Hemd mit Haifischkragen kombinieren. Es könnte ihm sogar passen. Unverständlich aber, wie man unter einem so noblen Teil ein schwarzes T-Shirt tragen konnte. Mit einem verächtlichen Zucken des rechten Mundwinkels steckte Sadlo sich den Zahnstocher zwischen seine makellosen Zahnreihen zurück und ließ den Blick über die Stirnwand schweifen, die unter den rhythmischen Kaskaden der Lichtanlage zu beben schien. Zwanzigtausend, ein Angebot? Oder eine Falle?

»Dieter?«

Die rauchige Bassstimme des Chinesen passte irgendwie nicht. In seiner Vorstellung besaßen Asiaten Fistelstimmen. Aber woher kannte er seinen Vornamen?

»Komm schon. Oder muss ich deiner Erinnerung auf die Sprünge helfen?«

Sadlo fixierte das zarte, fast mädchenhafte Gesicht und ließ den Scanner über die Festplatte seines Gehirns laufen. Asiaten sahen für ihn alle gleich aus … Trotzdem signalisierte sein Gedächtnis plötzlich einen Zusammenhang. Und dann stellte sich auch ein vages Bild ein: seine Zelle. Er spürte Hitze in seine Wangen schießen.

»Rot-ten-burg?« Irgendwie schafften es die Silben einzeln neben dem Zahnstocher ins Freie.

Ginos schnelle, hohe Tonfolgen pulsierten durch die stickige Luft. Ohne dass sich das gleichbleibende Grinsen auf seinem Gesicht veränderte, deutete der Chinese ein Kopfnicken an. Offenbar hatte er trotz des hohen Lärmpegels verstanden.

Rottenburg. JVA. Seit vier Jahren war er raus. Mühsam versuchte sein Kopf, sich durch diese dumpfe, quälende Zeit zu graben, die er vergessen hatte, vergessen wollte. Mitinsassen hatten gewechselt. Aber ein Chinese?

Perlendes Crescendo. Virtuos glitten Ginos Finger über die Saiten. Der Blues-Rock wechselte zu einem funkigen Fusion. Mit einem heißen Solo lief der Gitarrist zur Hochform auf.

Der Mann neben Sadlo schob den Mund an sein Ohr.

»Immer noch nichts?«

Sadlo deutete ein Kopfschütteln an.

»Wir gehen davon aus, dass du deine Affekte inzwischen im Griff hast!«

Immer noch dieses Grinsen. Und dann diese gekünstelte Wortwahl. Affekte! Ja, nun sah er es langsam wieder, dieses Gesicht. Der Chinese. Zellenkumpan. Für zwei, drei Tage vielleicht. Länger konnte er mit ihm nicht zusammen gewesen sein.

Sadlo nahm den Zahnstocher aus dem Mund.

»Meine Geschichte, damals ...«, begann er, jetzt schon fast sicher, dass die Erinnerung ihn weiter einholen würde, vielleicht brauchte er einfach nur noch ein paar Stichworte. Dennoch ließ er die Worte in der Luft hängen.

»Fünf Jahre wegen Totschlag. Hast dich provozieren lassen. Von einem Kumpel. Im Suff ...«

»Hast du Protokoll geführt?«, gab Sadlo zurück und spürte, dass er unter den Achseln zu schwitzen begann. Wenn man in unsicheren Gewässern schwamm, hieß die wichtigste Regel Ruhe bewahren. Einen kühlen Kopf.

Der Chinese grinste wieder.

»Man muss wissen, mit wem man es zu tun hat, wenn man ins Geschäft kommen will.«

Sadlo war es nicht entgangen, dass sich das unterwürfige Grinsen des Chinesen zu einem überlegenen Grinsen gewandelt hatte. Und jetzt stellte sie sich plötzlich ein: die Klarheit, das Bild. Wie nannte er sich?

»Nummer …?«, presste Sadlo hervor. »49?«

Der Chinese nickte unmerklich und winkte der Bedienung.

»Leichenwasser, aber mit Zitrone!«, bestellte er.

Die junge Frau mit der marmorweißen Haut bahnte sich wieder einen Weg durch die Menge. Offenbar war die Kellnerin mit dem Sprachcode der Gegend vertraut; sie hatte verstanden, welches Mineralwasser gemeint war.

49 aber war sofort wieder bei ihm.

»Dein Kumpel … Sadlo, hat der rumgeschrien, du bist Italiener. Dein Nachname!«

»Und?«

»Da hat es ausgesetzt bei dir.«

»Dabei ist Sadlo urdeutsch!«, erwiderte er.

»Deutsch?«

Jetzt fiel ihm wieder ein, dass er sich schon damals nicht nur über die gestelzten Formulierungen, sondern auch über die lupenreine Aussprache des Chinesen gewundert hatte. Aus irgendeinem Grund schien ihm weder das »Sch« noch das »R« Probleme zu bereiten.

»Schlesisch«, ergänzte Sadlo.

49 runzelte die Stirn.

»Schlesisch?«

»Kommt wohl auf deiner Landkarte nicht vor.«

Statt einer Antwort tippte 49 jetzt mit dem Zeigefinger auf die Ziffern auf dem Bierdeckel. Das Mädchen warf einen neuen Bierdeckel daneben, stellte das Mineralwasser ab und brachte am Rand mit ihrem Kugelschreiber einen dritten Strich an.

»Für welche Summe würdest du einen Menschen töten, hatte ich dich gefragt. In dieser einen Nacht in unserer Zelle. Als wir allein waren.«

Ein Stich in der Herzgegend. Sadlo sog die Luft zwischen den Zähnen ein und stützte die Hände mit ausgestreckten Armen auf dem Bistrotischchen auf. Dann schob er seinen Zahnstocher in den Mund zurück und blickte sich um. Sie standen an ihrem Tisch allein und zwischen den Menschen wummerten die Bässe. Der Drummer, der Ginos Spiel bisher mit einem gediegenen Rhythmus-Fundament unterstützt hatte, legte nun ebenfalls mit einem Solo los. Neue Besucher rückten nach, drängten sich am Eingang.

Plötzlich befiel ihn ein Gefühl der Enge, mit der rechten Hand knetete er seinen linken Oberarm. Der Chinese wollte ihn anheuern. Ein Briefing? Er musste das Gespräch endlich unter seine Kontrolle bringen.

»Raus hier!«, schrie er.

49 grinste belustigt.

»Es regnet«, krächzte er gegen das Schlagzeug an.

Sadlo warf einen Blick durch die Glaswand auf den Parkplatz. Ein Abglanz schmutzigen Lichts lag auf den nassen Autodächern, in den Pfützen perlten einzelne Tropfen.

»Es hat aufgehört!«, entgegnete er und wandte sich zum Gehen.

Der Chinese warf einen Zehn-Euro-Schein auf das Tischchen und schloss sich ihm an.

Draußen fingerte Sadlo nach seinen Zigaretten. Ohne den Zahnstocher aus dem Mund zu nehmen, klemmte er sich schließlich den Stängel zwischen die Lippen. Warum kamen die Chinesen ausgerechnet auf ihn zu? Er musste wissen, was der Chinese von ihm wusste und das Gespräch an sich ziehen. Jetzt.

49 holte ein vergoldetes S.T.-Dupont-Feuerzeug hervor und hielt ihm die Flamme entgegen. Sadlo grinste gequält und sog den Rauch ein.

»Das mit dem Kurden habe ich dir auch erzählt ... damals?«

49 beschrieb mit dem Zeigefinger eine Spirale und blickte ihn abwartend an.

»Mein Prozess. Ich soll ihn niedergestochen haben. In der Hofstattstraße. Mit sechs Messerstichen. Aber das ist zwanzig Jahre her ...«

»Du wurdest freigesprochen.«

»Aus Mangel an Beweisen.«

»Genau darum geht es.« 49 hatte sein Grinsen abgelegt und blickte Sadlo eindringlich in die Augen. »Dass man keine Spuren hinterlässt.«

Sadlo begann zu verstehen.

»Oder die falschen ...«, deutete er an. Für den Bruchteil einer Sekunde erschien es ihm, als signalisiere ein Blitzen in den Augen des Chinesen eine Übereinkunft. Eine kurze Pause entstand.

»Deshalb bist du der richtige Mann für uns«, antwortete 49 schließlich mit listigem Blick.

Sadlo ließ die Worte auf sich wirken, dann erwiderte er: »Aber ich hatte fünfzigtausend gesagt, ... damals ...«.

49 blickte zu Boden. Er schien zu überlegen. Dann sah er wieder auf.

»Dreißig. Dreißigtausend wären drin. Zehn bei Annahme und zwanzig nach Erledigung.«

»Davon kann ich mir ja nicht mal einen Porsche kaufen!«

»Deine Entscheidung«, sagte 49 ernst.

Sadlo warf einen Blick auf seine Schuhspitzen. Die Kälte, die sich plötzlich in die Stimme des Chinesen geschlichen hatte, sagte ihm, dass der Verhandlungsspielraum ausgeschöpft war.

»Risiko?«

49 griff in die Brusttasche seines Sakkos und überreichte ihm ein Passfoto.

Sadlo trat einen Schritt unter die nächste Parkplatzleuchte und hielt das Foto gegen das graue Licht. Das Gesicht einer jungen Frau. Zögernd ließ er das Bild in der Luft hängen.

»Eine Chinesin? Warum erledigt ihr das nicht selbst?«

49 zuckte mit den Achseln.

»Du bekommst Unterstützung. Du machst es nicht alleine. Wenn du dich entschieden hast, gehst du zu Bambus Garden in Metzingen. Dort bekommst du genaue Anweisungen. Und deine erste Rate.«

»Von der Kellnerin?« Sadlo grinste ironisch.

»Du nimmst einen freien Tisch, lässt dir die Speisekarte geben und bestellst Nummer hundertelf.«

Sadlo nahm den Zahnstocher aus dem Mund und spie die halbgerauchte Zigarette in den Gully. Dann presste er sich ein weiteres Lächeln ab.

»Acht Jadeperlen oder Hühnchen mit Reis?«

»Hundertelf steht nicht auf der Speisekarte. Aber der Chef weiß dann Bescheid und kommt. Alles okay?«

Sadlo steckte das Foto ein.

49 wandte sich zum Gehen, drehte sich aber noch einmal zu ihm um.

»Bis übermorgen. Zwanzig Uhr. Wenn du bis dahin nichts von dir hören lässt, gehen wir davon aus, dass dein Interesse null ist.«

Dreißigtausend. Seine Schulden wäre er mit einem Schlag los. Immerhin. Aber irgendwie ging ihm das alles zu schnell.

»Einen Moment noch«, sagte er. »Dein Sakko.«

49 legte seine Stirn in Falten und sah an sich hinab.

»Meine Jacke?«

»Ist doch von Boss, oder?«

»Oberes Preissegment.«

»Na also. Ich will sie. Kleiner Zuschlag.« Zum ersten Mal während des Abends entdeckte Sadlo eine dritte Art von Grinsen im Gesicht des Chinesen. Ein Grinsen, das ihn unsicher wirken ließ, irritiert.

»Sie würde mir stehen!«

49 schluckte.

»Gut, ich weiß, du stehst auf teuren Klamotten …«

»Bin süchtig danach. Und du kannst deinem Chef heute Abend noch ausrichten, dass die Sache läuft!«

Jetzt machte sich ein befriedigtes Lächeln auf dem Gesicht des Chinesen breit. Die vierte Grinsvariante. Ohne zu zögern, schlüpfte er aus seinem Sakko und schleuderte es Sadlo in die Arme.

Fast zärtlich befühlte er einen der Ärmel.

Mit seiner Fernbedienung öffnete 49 die Tür seines schwarzen Mercedes Coupé der neuen CLA-Klasse.

»Scheiße!«, murmelte Sadlo und warf ihm einen neidvollen Blick nach. Aber wenigstens würde er seinen alten Mitsubishi abstoßen können.

Knoblauch, Olivenöl, Thymian. Francesca schnupperte in den Flur, zog die Wohnungstür hinter sich zu, warf ihren Schlüsselbund auf das Telefontischchen und ihre feuchte Steppjacke hinterher. Die Erste Kriminalhauptkommissarin beim K 1 der Polizeidirektion Reutlingen hatte sich den Freitagnachmittag freigenommen und freute sich auf ein dienstfreies Wochenende mit ihrer Familie. Sie verharrte einen Augenblick. Knoblauch, Olivenöl, Thymian. Und Fisch. Und dazwischen irgendwie etwas, das nach dicker Luft roch. Sofort sackte ihre gute Laune in den Keller. Sie hatte eine Nase für Atmosphärisches. Es war furchtbar: In dieser Familie konnte man sich auf nichts einstellen. Irgendwas war immer. Vielleicht war es einfach das dumpfe Dröhnen der Bässe aus der geschlossenen Zimmertür ihrer Tochter Lisa, was dicke Luft verhieß. Und wo steckte ihr Kleiner?

»Da bin ich wieder!«, rief sie und bewegte sich in Richtung Wohnzimmer.

Als sie um die Ecke bog, wäre sie fast über Salvatore gestolpert, der vor einem Bauernhof-Puzzle auf dem Teppichboden lag. Wütend pfefferte er ein Teil von sich fort.

Sie begrüßte ihn, fasste ihn unter den Achseln und zog ihn zu sich hoch. Doch der Junge wand sich und strampelte.

»Dann eben nicht!« Sie setzte ihn ab und folgte den guten Gerüchen. Aus der Küche kamen Geschirrklappern und die Stimmen von Andreas und Maria.

Francescas Mann, Geschichtslehrer am Johannes-Kepler-Gymnasium, hatte sich vorübergehend vom Dienst freistellen lassen. Ihre Mutter kümmerte sich um die Wäsche, und wenn es ihre Zeit erlaubte – schließlich war sie mit ihren achtundfünfzig Jahren noch immer als Kantinenleiterin beim Finanzamt tätig –, kochte sie leidenschaftlich gerne und das am liebsten gemeinsam mit ihrem Schwiegersohn.

Nicht nur, aber immer wieder nach den alten kalabresischen Familienrezepten.

Francesca klopfte an den Türrahmen.

Andreas stand da, mit einem Tellerstapel in den Händen, und suchte nach einem freien Platz auf der langen, weißen Arbeitsfläche. Francesca lächelte, nahm ihm die fünf Teller ab und drückte ihm einen flüchtigen Kuss in den Vollbart.

»Neu?«, fragte er mit Blick auf ihren taubenblauen Strickblazer.

»Was?«, fragte sie irritiert zurück.

»Na, dein Oberteil ...«

Francesca musste lachen.

»Das hab ich schon zwei Jahre!«

Maria, an der Spüle, begrüßte sie mit einem Kopfnicken und sagte:

»Deine Frisur. Du bist ja ganz nass!«

Francesca strich sich über die schwarzen, glatten Haare und prüfte den Sitz ihres kurzen Pferdeschwanzes. Belustigt sah sie auf Andreas' Küchenschürze mit dem Bild von Barack Obama und der Aufschrift *Yes we can!*

»Steht dir echt gut!«

Andreas kratzte sich im Nacken.

»Ich habe sie nur angezogen, weil ...« Mit dem Kinn deutete er zur Tür. »Stress. Mit Lisa. Sie hat mir die Schürze doch zu Weihnachten geschenkt und ich hatte sie noch kein einziges Mal angehabt.«

»Aber darum geht es doch nicht wirklich, oder?«

Andreas befreite sich von der Küchenschürze und warf sie auf einen der weißen Küchenstühle, wo sie aber nicht liegen bleiben wollte. Sie rutschte auf den Boden.

»Am besten fragst du sie selber. Aber erst nachher. Ich will wenigstens in Ruhe essen!«

Daher wehte also die dicke Luft. Francesca schaffte mit dem Ellbogen Platz auf der Arbeitsfläche, stellte die Teller ab und sah Andreas fragend an. Dieser hatte sein typisches Pokerface aufgesetzt und blieb stumm.

»Sie hat sich piercen lassen!«, sprang Maria ein.

»Wie? Wo?«

»Da, wo jeder hinschaut!« Andreas hatte seine Sprache wiedergefunden.

»Das will ich doch jetzt mal sehen!«, sagte Francesca entschlossen und marschierte zum Zimmer ihrer Tochter.

Dort war inzwischen Totenstille eingekehrt. Francesca klopfte.

»Lisa?«

Keine Reaktion. Vorsichtig drückte sie die Klinke. Abgeschlossen natürlich. Francesca holte tief Luft und beschloss, ihre Tochter erst einmal in Ruhe zu lassen.

Im Wohnzimmer dampfte bereits eine Platte gebratener Fische auf dem großen ovalen Eichentisch. Andreas war mit dem Decken fertig und Salvatore war bereits auf seinen Kinderstuhl geklettert. Er hatte sich mit seiner Gabel bewaffnet, hielt sie senkrecht in der Faust und klopfte mit deren Ende auf den Tisch.

Francesca setzte sich neben ihn und sah zu den großen Fenstern hinüber, durch die ein mildes, vom Regen weichgezeichnetes Licht flutete. Erst vor einem halben Jahr hatten sie die große, lichtdurchflutete Wohnung in der ehemaligen Textilfabrik in der Reutlinger Oststadt von der Privatdetektivin Mara Zielinski übernommen, die in eine kleinere Wohnung gezogen war. Eigentlich genoss sie solche Augenblicke. So hatte sie es sich immer gewünscht: eine große Familie, so, wie sie es noch von den Großeltern in Kalabrien her kannte. Wie oft war sie mit ihren Eltern früher in ihrem klapprigen VW-Bus in den Süden gefahren, alle großen Feiertage hatten sie in Pizzo verbracht, solange Großmutter noch lebte …

Ein Poltern aus Lisas Zimmer riss sie aus ihren Gedanken.

Andreas, der gerade den Fisch verteilen wollte, ließ das Besteck sinken.

»Nimmt sie jetzt ihr Zimmer auseinander oder was? So was kennt man eigentlich nur von pubertierenden Jungs!«

»Hast du 'ne Ahnung!«, widersprach Francesca und grinste ihn herausfordernd an. »Die Gewaltbereitschaft unter weiblichen Jugendlichen ist immens gestiegen!«

»Hunger, Hunger!«, rief Salvatore dazwischen.

»Gleich schwimmt der Fisch auf deinen Teller«, sagte Andreas.

Salvatore zog die Augenbrauen zusammen und blickte den Fisch, den sein Vater auf dem Servierbesteck balancierte, skeptisch an.

»Honauer Forellen«, erklärte Andreas stolz. »Gab's frisch in der Markthalle.«

Forellen! Francesca ließ die Schultern hängen. Sie mochte doch keine Süßwasserfische! Hatte sie ihm das nicht schon tausendmal erklärt? Andreas bestritt zwar immer, dass Forellen nach algengrünem Schlamm schmeckten, aber in jedem Urlaub am Meer war der Unterschied zwischen Meeresfischen und Süßwasserfischen zur Sprache gekommen. Und jetzt hatte er Honauer Forellen gekauft! Natürlich in der besten Absicht. Francesca schluckte und versuchte, sich nichts anmerken zu lassen.

Andreas ließ die Forelle über Salvatores Teller schweben, blickte ihn verschmitzt an, aber als dieser den Kopf wegdrehte, ließ er sie auf Francescas Teller gleiten. Dann schnitt er das frische Baguette.

Francesca beobachtete seine bedächtigen Bewegungen. So liebe ich ihn, dachte sie zärtlich.

Maria erschien. In der einen Hand eine kleine Pfanne, in der anderen eine Platte.

»Mediterranes Gemüse«, erklärte sie und stellte die Beilagen auf den Tisch. »Und für unseren Spatzel Fischstäbchen!« Liebevoll wuschelte sie dem Kleinen durchs Haar.

Salvatore strahlte, als die Fischstäbchen aus der Pfanne auf seinem Teller landeten.

»Ketchup, Ketchup!«, begann er.

Maria verschwand in der Küche, um kurz darauf mit einer Flasche Ketchup zurückzukommen.

»Ist leider nicht mehr viel drin«, erklärte sie, kippte die Flasche um, klopfte auf den Boden, klappte den Verschluss auf und wollte die Soße über die Fischstäbchen geben. Doch Salvatore nahm ihr die Flasche aus der Hand.

»Selber!«, forderte er. Seine kleinen Hände versuchten, die Reste aus der Plastikflasche zu drücken. Ihren Hunger vergessend verfolgten alle drei Erwachsenen seine Bewegungen, als handele es sich dabei um die Tischzeremonie eines Sternekochs. Der Ketchup brotzelte auf den Tellerrand.

Salvatore lachte auf.

»Pupskanone!«, rief er begeistert aus und alle lachten mit. Von den anderen angesteckt, bog sich der Kleine vor Lachen.

Francesca griff zum Besteck und genoss für ein paar Minuten die gefräßige Stille. Mit spitzen Fingern zerlegte sie ihre Forelle und schob einen kleinen Happen in den Mund, kaute. Na ja, ging eigentlich. Viel Zitrone – und ihr Mittagessen wäre gerettet.

»Wo ist eigentlich Silvio?«, fragte sie.

»Das fällt dir aber bald ein!« Maria grinste ironisch.

»Nachsitzen«, erklärte Andreas. »Wegen der Mathearbeit. Hat abgeschrieben.«

»Ach, haben wir früher auch alle gemacht«, sagte Maria.

Francesca unterbrach ihr Mümmeln und zog eine Gräte zwischen den Zähnen hervor. Dann sah sie zu Salvatore, der auf seine Fischstäbchen pustete.

»Wie war's im Kindergarten?«, fragte sie ihn.

»Gespielt«, erklärte Salvatore, ließ seine Gabel auf den Teller fallen, legte beide Handflächen aufeinander und klappte sie auf und zu. »Krokodil!«

Francesca fuhr ihrem Kleinen zärtlich durchs Haar, dann schob sie den Teller von sich weg.

»Schmeckt's nicht?«, fragte ihre Mutter.

»Süßwasserfische«, sagte Andreas. »Tut mir leid. Hab nicht mehr dran gedacht ...«

Francesca legte ihre Hand auf die seine.

»Ich hab einfach keinen richtigen Appetit. Aber vielleicht sollte ich mich jetzt mal um Lisa kümmern.« Sie wandte sich ab und ging, um im Schlafzimmer zu verschwinden.

Mit einem Stirnrunzeln sah Andreas seiner Frau nach.

Im Schlafzimmer setzte sich Francesca an ihren kleinen Biedermeier-Sekretär. Vom Bütten-Schreibpapier, das ihr Andreas zum Fünfunddreißigsten geschenkt hatte, riss sie behutsam einen Bogen ab. Sie nahm ihren alten Füllfederhalter zur Hand, das einzige Erbstück ihres Großvaters. »Liebe Lisa«, begann sie zu schreiben. Als sie fertig war, ging sie zur Zimmertür ihrer Tochter. Sie lauschte. Drinnen war es jetzt unheimlich still. Sie ging in die Hocke und schob den Brief unter dem Türschlitz durch. Dem letzten Dreieck Papierweiß versetzte sie mit dem Mittelfinger einen Schubs. Wartete einen Moment. Dann ging die Tür auf.

Lisa flog ihr um den Hals.

»Mama!«

Francesca drückte ihre Tochter an sich und streichelte ihr liebevoll über den Rücken. Lisa ging wieder auf Abstand und wischte sich mit dem Zeigefinger eine letzte Träne weg.

Francesca starrte auf den Ring an Lisas Oberlippe. Sie schluckte. Lisa erwiderte ihren Blick. Herausfordernd.

»Fängst du jetzt auch damit an?«

Francesca sah sie abwartend an. Warum verunstaltete sie sich so? Sie atmete kurz durch, schüttelte langsam den Kopf.

»Du musst selbst wissen, was für dich gut ist.«

Lisa zog eine Grimasse. Dann wedelte sie plötzlich mit dem Briefpapier.

»Wann? Jetzt gleich?«

Francesca nickte.

»Sonst sind die Schuhe weg. Wenn wir überhaupt noch welche kriegen.«

Lisa sah an sich herunter, über das weiße T-Shirt hinweg, über ihre langen, nackten Beine. Dann fing sie Francescas Blick auf.

»Was glotzt du so?«

»Nix. Ich hab nur grade gedacht, ich hab 'ne schöne Tochter.«

»Echt?«

»Na ja, bis auf …«

Lisas Gesicht verfinsterte sich.

»Bis auf was?«

»Dein Ring da … Aber lassen wir's … Wenn wir schon ins Outlet gehen. Bloß wegen ein paar neuen Tretern. Das lohnt sich ja nicht.«

Lisa hielt den Kopf schief, lächelte neugierig. Francesca zupfte an Lisas T-Shirt.

»Wie lange trägst du das schon?«

Neckisch schlug Lisa Francescas Hand beiseite.

»Heißt das, du hast echt Zeit? Zum richtig Bummeln? Durch alle Geschäfte?«

Wann hatte sie eigentlich das letzte Mal etwas mit ihrer Tochter allein unternommen?

»Bis du schlapp machst!«

»Ich muss nur noch schnell duschen!«, erwiderte Lisa, schnappte sich ihre Klamotten und verschwand im Bad.

Zurück im Wohnzimmer blickte Francesca auf einen leergeräumten Esstisch. Andreas ging mit dem Lappen über die Oberfläche. Aus der Küche drang das Werkeln von Maria.

»Ich will mit Lisa ins Outlet«, sagte sie. »Vielleicht finde ich bei der Gelegenheit auch mal wieder was Neues für mich«, dachte sie laut.

Andreas legte den Zeigefinger an den Mund.

»Salvatore macht Mittagsschlaf. Ich habe ihm doch versprochen, dass wir heute Nachmittag in die Wilhelma gehen. Da muss er fit sein!«

Nachdenklich betrachtete Francesca ihren Mann. War das noch derselbe, den sie geheiratet hatte? Ein Hausmann mit einer Obama-Küchenschürze, der eigentlich ihren Job machte, obwohl er doch viel lieber jeden Morgen als Lehrer in seine Klasse gehen würde? Okay, vorübergehend, dachte sie. Nicht jetzt. Ich stell jetzt mal das verdammte Denken ab.

»Das heißt, du brauchst den Volvo?«, fragte sie schließlich.

Andreas deutete ein Kopfnicken an.

»Dann muss ich wohl Elena rufen.«

Cobra neun?«

Der Ruf der Taxizentrale erreichte Elena Chatzidospyridaki zu einem Zeitpunkt, an dem sie schon daran dachte, ihre Schicht vorzeitig zu beenden. Seit fast zwei Stunden stand sie mit ihrem senfgelben Daimler in der Reihe der Taxen vor dem Reutlinger Hauptbahnhof. 16 Uhr 03 – und seit Mittag ging es nur zentimeterweise vorwärts. Wie viele Zigarettenpapiere hatte sie seit ihrer letzten Fahrt mit Schwarzer Krauser gefüllt, sich an ihr Taxi gelehnt und rauchend die Zeit totgeschlagen? Müde drückte sie die Antworttaste und meldete sich.

»Planie 22, Molinari«, krächzte eine männliche Stimme aus dem Lautsprecher.

Elenas Gesicht hellte sich auf. Francesca! Sie bestätigte den Auftrag und startete ihren Wagen. Eine lockere Freundschaft verband sie mit der Kommissarin seit ihrer Grundschulzeit in der Betzinger Hoffmannschule. Eigentlich hatte sie Krankenschwester werden wollen, aber nach dem plötzlichen, frühen Tod ihres Vaters hatte sie dessen Taxiunternehmen übernommen. Damals, vor achtzehn Jahren, hatten sie noch drei Wagen laufen und Fahrer angestellt und ein Haus in der Kantstraße gemietet. Das alles war Vergangenheit, dachte Elena wehmütig und bog in die Kaiserstraße ab. Heute musste man froh sein, wenn man sich mit einem Taxi alleine und mit Vierzehn-Stunden-Schichten über Wasser halten konnte.

Als sie die Planie erreichte, wartete Francesca mit Lisa bereits am Straßenrand. Elena wuchtete ihren opulenten Körper aus dem Fahrersitz, um beide mit Küsschen zu begrüßen. Francesca und Lisa nahmen auf dem Rücksitz Platz. Elena startete.

»Outlet-City Metzingen«, sagte Francesca.

Ihre Tochter war in Hochstimmung. Aber wie schnell konnte das kippen. Wie zum Test knuffte sie Lisa in die Wange. Lisa zog eine Grimasse. Test bestanden.

»Und, wie läuft's so bei dir?«, fragte Francesca nach vorne.

Elena nahm die rechte Hand vom Steuer und drehte die Handfläche hin und her.

»Mal so, mal so ...«

»Elena, du hast ja die Uhr gar nicht angemacht«, rief Lisa, als sie die Bismarckstraße hinabfuhren.

»Kein Wunder, dass die Griechen es zu nichts bringen!«, frotzelte Francesca und blickte nach vorne in den Rückspiegel, um Elenas Reaktion zu beobachten.

Wider Erwarten nahm Elena Francescas Bemerkung nicht mit Humor.

»Und ich hatte schon geglaubt, ihr wärt die ersten Kunden, die nicht das Thema ansprechen«, erwiderte sie trocken. Dann wandte sie kurz den Kopf zurück.

»Und? Sportschuhe kaufen?«

Lisa warf ihrer Mutter einen belustigten Blick zu.

»Hat sich schon überall rumgesprochen, das Sonderangebot, was?«

»Steht dir übrigens gut, Lisa«, bemerkte Elena.

»Was?«

Elena bog in die Karlstraße ein, setzte mit der Linken den Wagen auf die Überholspur und beschrieb mit dem rechten Zeigefinger einen Kreis in der Luft.

»Dein Dings da, dein Piercing! Übrigens, Francesca«, fuhr sie fort, »ich mache jetzt mein persönliches Stoffwechselprogramm. Keine Diät mehr!«

Gelangweilt drückte sich Lisa in den Sitz und stöpselte ihre Ohrhörer ein.

Francesca betrachtete den breiten Rücken ihrer Freundin. »Fährst du jetzt auch ab auf Genetic Balance?«

»Ich habe mir übers Internet eine Laboranalyse bestellt. Du bekommst eine grafische Darstellung, ob dein Körper Fett oder Kohlenhydrate besser verwertet und ob du leichter mit Bewegung oder Kalorienreduktion abnimmst.«

»Eine Analyse?«, antwortete Francesca skeptisch. Sie hatte die Phase der strengen Diäten bereits hinter sich. »Damit hast du den Jo-Jo-Effekt aber auch nicht los!«

»Nein, das läuft alles ganz anders«, behauptete Elena und beschleunigte. »Es gibt ein Jo-Jo-Gen, das bestimmt, wie schnell du nach einer Diät wieder Energiereserven anlegst. Und du kannst mit einer Vier-Phasen-Umstellung jetzt dieses Gen effektiv nutzen!«

»Und was kostet so 'ne Analyse?«, fragte Lisa. Offenbar hatte sie das Gespräch durch ihre Musik hindurch verfolgt.

»Dreihundertfünfzig Euro!«, antwortete Elena prompt. »Aber dafür sparst du ja dann beim Essen!«

Francesca lag wieder eine spitze Bemerkung bezüglich der griechischen Wirtschaftsverhältnisse auf der Zunge, schluckte sie aber hinunter.

Fünfzehn Minuten später hielt Elena in Metzingen am Eingang zur Outlet-City bei Marc O'Polo an. Francesca drückte ihrer alten Freundin dreißig Euro in die Hand. Elena stieg mit aus, um sich von ihren Fahrgästen zu verabschieden. Dann reihte sie ihr Taxi in den Stau vor dem Lindenplatz ein.

Francesca warf einen Blick zur Wolkendecke hinauf.

»Der Himmel meint es gut mit uns heute«, sagte sie lächelnd zu ihrer Tochter. »Weißt du was?«

Lisa ließ sich auf eine der begrünten, runden Ruheinseln nieder, nicht ohne zuvor einen prüfenden Blick auf die

Holzbank geworfen zu haben, die offenbar soeben erst getrocknet war. Sie wippte mit dem Fuß.

»Willst du jetzt schon schlapp machen oder was ist los?«, fragte Francesca.

Lisa nahm ihre Kopfhörer ab.

Ohne Lisas Antwort abzuwarten, fuhr Francesca fort:

»Wenn wir fertig sind mit Shopping und das Wetter uns treu bleibt, gehen wir rüber zum Lindenplatz zu Olio e Pane, da gibt's Super-Eis!«

»Ja, aber jetzt schnell«, erwiderte Lisa, »sonst kannst du meine Schuhe vergessen.« Sie spritzte auf und ließ orientierungslos ihren Blick durch die Fußgängerzone gleiten: Joop, Wolford, Bally ...

Francesca deutete auf den nächstgelegenen Eingang und steuerte das türkisfarbene Tor an.

»Hugo Boss! Du stößt fast mit der Nase drauf!«

Als die automatische Tür vor ihr aufging, drehte sie sich zu ihrer Tochter um. Die schleppte sich mit schlurfenden Schritten hinter ihr her. Francesca verdrehte die Augen. Manchmal verstand sie diese Jugendlichen einfach nicht. Vor wenigen Sekunden hatte Lisa es noch so eilig gehabt und jetzt bewegte sie sich so widerstrebend, als wartete der elektrische Stuhl auf sie.

Eine schmale Rolltreppe brachte sie nach oben, wo ein farbiger Security-Angestellter gelangweilt auf seinen Absätzen balancierte, sie aber dennoch aus den Augenwinkeln musterte.

Lisa wandte sich nach links, aber ihre Mutter deutete zu dem größeren Raum rechter Hand. Von den Regalen und Stangen leuchteten ihr pastellfarbene Sommertöne entgegen. Mit raschen Blicken durch die Gänge erfasste sie, dass sie hier falsch waren. Doch da fiel ihr Blick auf eine weiße

Lammlederhose mit kleinen vergoldeten Nieten, sie nahm sie von der Stange. Sexy, dachte sie. Kombiniert mit einem der Shirts mit Fledermausärmeln?

»Mama!«, hörte sie Lisas drängende Stimme im Rücken.

Sie warf einen Blick auf das Preisschild, seufzte, hängte die Hose zurück und fragte die Verkäuferin, die sich an der Kasse mit dem Abschneiden von Preisschildern beschäftigte, nach den Damensportschuhen. Sie erhielt die Auskunft, das Sonderangebot mit den reduzierten Sportschuhen befinde sich im Musterteileverkauf. Francesca sah sie fragend an. Mit einer Kinnbewegung verwies die Verkäuferin sie nach rechts.

»Durch die Herrenabteilung wieder runter auf die Straße. Dann links. Das letzte Haus rechts. Also gegenüber dem Klinkerbau hier.«

Francesca gab ihrer Tochter, die bereits am nächsten Durchgang stand und ihr ungeduldige Blicke zuwarf, einen Wink mit dem Daumen und bedankte sich. Dann wechselten sie über einen leicht abfallenden Weg dem Weiser mit *Menswear* folgend hinüber in die Herrenabteilung. Sie passierten eine Ruhezone mit weißen Plastiksesseln, in denen zwei Männer vor einem Großbildschirm kauerten und auf Sky ein Bundesligaspiel sahen. Schließlich nahmen sie die Treppe nach unten, ließen die Kassen hinter sich und begaben sich wieder ins Freie. Francesca warf einen Blick in die von Spielgeräten und einer kleinen Springbrunnenanlage gesäumte Sackgasse und entdeckte an deren Ende den quaderförmigen, grauen Vorbau eines Hauses, auf dessen Front in schwarzen Lettern der Firmenname Hugo Boss geschrieben stand.

»Da vorne!«

»Gar nicht so viel los, wie ich dachte«, sagte Lisa, als sie die Mütter mit spielenden Kindern passierten. »Vielleicht haben wir ja noch Glück.«

»Wart's ab«, erwiderte Francesca mit Blick auf den Pulk, der gerade vom anderen Ende der Gasse auf sie zuströmte.

Wieder ging Francesca voraus. Sie nahm die wenigen Stufen vor dem Eingang mit leichten Schritten, als plötzlich ein spitzer Schrei aus dem Gebäude drang. Eine junge Frau, die Hände vor dem Gesicht, stürmte aus dem Geschäft. Käufer aus aller Herren Länder folgten. Panikartig. Entsetzen in den Gesichtern. Francesca blieb stehen. Die Frau, blond, schlank, erbrach sich in die Zierpflanzen am Weg. Ein Mann kam ihr zu Hilfe und stützte sie.

Francesca sah sich suchend nach Lisa um, aber die war auch auf den Tumult im Durchgang aufmerksam geworden und stand plötzlich wieder neben ihrer Mutter.

»Da ist irgendwas los!«, sagte das Mädchen und sah besorgt auf die Blonde, die jetzt auf dem nackten Boden saß.

»Okay, du bleibst da!«, erklärte Francesca. Im nächsten Augenblick stand die Kommissarin neben der blonden Frau, die sich zitternd am Unterarm ihres Begleiters festhielt und ein Papiertaschentuch knetete.

»Was ist passiert?«

Die Frau sah zu ihr auf.

Francescas Blick streifte die verschmierte Wimperntusche und folgte der Kopfbewegung der Frau, die ins Innere des Geschäfts deutete. Als sie sich ihr wieder zuwandte, entdeckte sie das Namensschild. Eine Angestellte. Sie berührte die Blonde am Unterarm und zeigte ihr und ihrem Begleiter ihren Ausweis.

»Kriminalpolizei. Frau Wischnewski? Ana?«

Die Frau deutete ein Kopfnicken an.

»Gleich vorne, die zweite Kabine!«

»Halten Sie sich bitte zu meiner Verfügung!«

Die Frau und ihr Begleiter nickten.

Francesca drängte durch die Menge. Drinnen wichen die Leute vor ihr zurück. Gaffer. Nein: Menschen, denen das Grauen im Gesicht stand, die ihr den Weg wiesen, indem sie einen großen Halbkreis um die Umkleidekabinen bildeten.

Francesca hatte schon zahlreiche Leichen gesehen, in den unterschiedlichsten Situationen. Die meisten Opfer wurden in Wohnungen gefunden, erstochen, erschossen, meist in unnatürlichen Stellungen daliegend auf Teppichen, auf Parkett oder abgesackt im Schreibtischstuhl oder mit dem Kopf mit einer Schusswunde auf dem Wohnzimmertisch. Wasserleichen, die ihren toxikologischen Befund erst dem Kriminaltechnischen Institut beim Landeskriminalamt in Stuttgart offenbarten, trieben in der Echaz oder der Neckar spülte sie ans Ufer.

Was sie aber jetzt erblickte, kam ihr einfach nur skurril vor. In einer der Damenumkleiden hing – an einem Kleiderbügel aufgehängt und in einen limonengelben Sommermantel gesackt, den Gürtel in Hüfthöhe zugeschnürt – der zierliche Körper einer jungen Frau. Ihr Kopf war nach vorne gefallen, die langen schwarzen Haare verdeckten ihr Gesicht.

Francesca betrat die Kabine, bückte sich leicht und tastete nach der Halsschlagader. Wie einen Vorhang schob sie die Haare beiseite und erblickte ein asiatisch aussehendes Antlitz. Japan, China, Korea? Das Gesicht strahlte eine in sich gekehrte Ruhe aus. Als ob das Opfer schliefe. War die Frau in der Kabine derart überrascht worden, dass sie ihr Sterben gar nicht mehr wahrgenommen hatte? Merkwürdig, dass der Plastikkleiderbügel dem Gewicht standhielt. Das Kinn fiel auf den Reißverschluss eines pinkfarbenen Pullis. Der

Haken war so hoch angebracht, dass die Füße den Boden nur knapp berührten, sie steckten in offenbar brandneuen Puma-Sportschuhen.

Francesca wandte sich um, fingerte nach ihrem Polizeiausweis, den sie doch gerade noch aus der Gesäßtasche ihrer Jeans gefummelt hatte. Wo steckte er denn jetzt? Ach ja, sie hielt ihn ja noch in der Hand!

»Kripo!«, rief sie den Gaffern entgegen und hielt den Ausweis hoch. »Ich bitte Sie, wer irgendetwas bemerkt hat, bleiben Sie da und halten sich zu meiner Verfügung!«

Die Menschen, die eben noch wie zu Salzsäulen erstarrt jede ihrer Handlungen verfolgt hatten, begannen sich zu bewegen. Ein Raunen ging durch die Menge. Einige lösten sich und nutzten die Gelegenheit, im Strom der neuen Käufer, die ins Haus drängten, unterzutauchen und zu verschwinden. Andere blieben stehen und fixierten die Kommissarin. Unsicher, abwartend, unentschieden. Francesca warf den sich Entfernenden einen hilflosen Blick nach. Es war ein Fehler gewesen, sie hätte den ganzen Laden sofort dicht machen müssen, aber wie denn! Und jetzt fand sie nicht einmal ihr iPhone. Verdammt, das Gerät hatte sich zu einem unverzichtbaren Körperteil entwickelt – und gerade jetzt sollte sie es zu Hause liegen gelassen haben? Ihre Finger verloren sich weiter in den Tiefen ihrer Handtasche, berührten Bürste, Make-up-Utensilien, eine Lage ihrer Pille, Hausschlüssel. Sie wusste, dass die Leute sie anstarrten. Hob den Blick. Sah in das Gesicht von Lisa, die ihrer Mutter ihr Smartphone reichte.

Erleichtert nahm Francesca das Gerät in die Hand.

»Favoriten, Mama, Büro«, erklärte Lisa.

Ihre Kollegin im Innendienst, Kommissarin Helga Müllerschön, ging sofort ran.

»Ist Özi noch da?«, fragte Francesca. »Mord im Outlet. Ich brauche die ganze Truppe!«

Im nächsten Moment hatte sie ihren Kollegen Özcan in der Leitung.

»Bevor du an deinem Navi rumfummelst und hinten herum über die Kanalstraße kommst, das ist viel zu umständlich. Reutlinger Straße runter Richtung Lindenplatz, vor dem Rundbau von Marc O'Polo rechts rein durch die Fußgängerzone, gegenüber ist Swarovski Fossil, und dann rechts von dieser Seite aus in die Kanalstraße, Hugo Boss, aber erst ganz hinten rechts der Musterteileverkauf.«

Eine Dohle hatte sich vor der Glasfront des Wintergartens niedergelassen. Mit ruckartigen Kopfbewegungen blickte sie Jörg durch die Scheibe an.

»Verstehe deinen Code nicht«, sagte der junge Mann. Der Vogel kratzte mit den Flügeln am Fensterglas. »Ich weiß nicht, was du willst. Aber eines Tages finden wir vielleicht einen Weg …«

Offenbar hatte der Vogel seine Antwort verstanden, denn mit einer Bewegung, die Jörg wie ein vergebliches Achselzucken erschien, machte sich die Dohle wieder auf den Weg und flog davon. Jörg starrte in die Regendämmerung hinaus. Auf Feld, Wiesen, den Fluss, dessen grüngraues Wasser nur wenige Meter hinter dem Wintergarten vorbeitobte, und dahinter auf die blauen Höhenzüge der Schwäbischen Alb, die hier, in diesem Abschnitt der Großen Lauter, das Dorf einzwängten.

Plötzlich kam ihm die Landschaft bedrohlich vor. Wie

konnte ein kreativer Mensch wie seine Tante Christa sich von diesem Höllenloch inspirieren lassen? Er wandte sich um und ließ die Bilder der Landschaftsmalerin auf sich wirken. Großformate in Acrylfarben, vorwiegend in Rot, darauf schwarze, weiße, grüne Baum- und Blütensymbole. Wege, die sich in schwarzblauen Höhenzügen verloren. Wer nur die praktische und weltoffene Seite seiner Tante kannte, würde nie vermuten, dass sie Urheberin solch stimmungsvoller, abstrakt-expressiver Landschaftsgemälde war. Vielleicht war es ihre Kontaktfreudigkeit, die ihr – über das Regionale hinaus – zu Anerkennung in Kunstkreisen verholfen hatte?

Sie hatte ihm eine Zeichnung versprochen, wenn er ihr Haus hüten würde. Fünf Tage lang, während sie mit ihrer Tochter aus erster Ehe Kopenhagen unsicher machen wollte. Er hatte sich das Blatt schon ausgesucht, aus einem Konvolut der letzten Jahre, und sich für eine filigrane Tuschpinselzeichnung entschieden, in der sich wenige Linien zu einem Gebilde vereinigten, das den Flug eines Vogels andeutete.

Haus hüten hieß nicht in erster Linie, wie er zunächst vermutet hatte, Blumen gießen. Die Topfpflanzen drinnen und insbesondere den Rittersporn, die Glyzinien und die Rosen im Wintergarten schon. Aber ansonsten? Natürlich: Dass sie ihr kleines Anwesen einfach in guten Händen wusste, sich sicher fühlte in ihrer Abwesenheit. Nach dem Einbruch im letzten Jahr …

Ein plötzlich einsetzendes Gefühl der Leere trieb ihn in die Küche. Er fand eine gusseiserne Pfanne, drehte das Gas auf, knipste den Zünder an, die Flammen bildeten einen züngelnden Ring. Eine Flasche Olivenöl stand auf der Arbeitsplatte. Als er den Kühlschrank öffnete, sah er, dass seine Tante gut für ihn vorgesorgt hatte, und entnahm zwei Eier.

Wenig später trug er die Pfanne mit den Spiegeleiern in den Wintergarten, setzte sie auf dem runden, verschrammten Holztischchen ab und starrte hinaus auf das Tosen der Lauter, die sich von einem friedlich dahinfließenden Gewässer in einen reißenden Fluss gewandelt und bereits den Gartenzaun unter Wasser gesetzt hatte. Nun versank sie langsam in der aufziehenden Dunkelheit. Nachdenklich blickte er auf die kleine, weibliche Bronzefigur in der Ecke.

Kyra, dachte er und zog sein Smartphone aus der Hosentasche. Tippte auf den Fotobutton und wischte über die Oberfläche, um sich die Aufnahmen von ihrem letzten Trip nach Istanbul anzusehen, wo sie Kyras Freundin Buket besucht hatten. Das war kurz bevor die Unruhen ausbrachen. Später hatte Buket ein Bild vom Taksimplatz gepostet, das sie in stummer Haltung stehend zeigte, die Handflächen nach vorne gerichtet, den Blick zum Himmel gewandt. Nachdem es bei den Demonstrationen die ersten Toten gegeben hatte, waren die Protestierenden zu einer neuen Form des stillen Beharrens übergegangen. Jörg seufzte erleichtert, dachte darüber nach, wie gut es war, in einem Land zu leben, in dem die Unversehrtheit des Einzelnen einen unantastbaren Wert darstellte. Obwohl er Istanbul lieben gelernt hatte, die Schönheit der Stadt am Marmarameer. Er blätterte weiter. Die Galatabrücke, die weißen Schiffe, die um das Goldene Horn zogen, der Leanderturm, der Bosporus. Und dazwischen immer wieder Kyra … Er schlug die Seite mit den Nachrichten auf. Ihre letzte SMS stammte von 15 Uhr 50: Geh mir noch ein Paar Schuhe kaufen. Bis morgen. Freue mich auf dich. Küsschen. Deine K.

Schade, dass sie sich nicht heute Abend schon treffen konnten. Immerhin hatten sie sich fünf Wochen lang nicht gesehen. Sie in China und er in Neuseeland. Er selbst war heute Nachmittag wieder in Frankfurt gelandet; bis er sich schließlich mit dem Zug nach Stuttgart und dann mit seinem Opel Corsa ins Lautertal durchgeschlagen hatte, war es halb neun geworden. Sie dagegen war ja erst einmal zu ihren Eltern gefahren und musste ihren Bericht noch schreiben. Eigentlich hätte sie den ja auch hier draußen bei ihm in Hundersingen schreiben können, überlegte er. Aber dann hätte sie morgen in aller Frühe wieder extra zurück nach Metzingen fahren müssen, denn der Bericht über ihren Auftrag in China musste in der Konzernzentrale von Hugo Boss persönlich überreicht werden. Merkwürdig war nur, dass sie auf seine letzte SMS von 20 Uhr 40, in der er ihr mitgeteilt hatte, dass er gut im Häuschen seiner Tante angekommen sei, nicht mehr reagiert hatte. Vielleicht wollte sie ihn überraschen und würde doch noch kommen?

Die Eier in der Pfanne waren vermutlich kalt geworden, aber das konnte ihn nicht ärgern. Seine langsam aufkeimende Vorfreude versetzte ihn in Unruhe. Die ganzen Wochen, in denen wir uns nicht gesehen haben, habe ich mich nicht so sehr nach ihr gesehnt wie gerade jetzt, da nur noch eine Nacht zwischen uns liegt, dachte er.

Er ging ins Haus zurück, holte sich eine Gabel aus der Küche, nahm im Wohnzimmer im Vorbeigehen seinen Laptop mit, schlurfte zurück in den Wintergarten und setzte sich wieder an das Tischchen. Er schaufelte die lauwarmen Eier in sich hinein und öffnete den Laptop, um sich das Konzept seiner Facharbeit anzusehen. Eigentlich wollte er die Abgeschiedenheit im Haus seiner Tante nutzen, um in dieser Woche mit dem Schreiben zu beginnen. Als er merkte, dass er die ersten Sätze zwar gelesen, aber nicht wirklich aufgenommen hatte, beendete er das Programm. Stattdessen zog er seine Kopfhörer aus seiner Computertasche, stöpselte sie ein und öffnete Muita Bobeira von Luciana Souza, eines von Kyras Lieblingsstücken. Er streckte die Beine aus, lehnte sich zurück, verschränkte die Arme und seufzte.

Eine Dohle flatterte vor die dunkle Fensterfront. Pickte gegen die Scheibe, als würde sie um Einlass betteln.

»Du willst ins Trockene?«, fragte Jörg und spielte für einen Moment mit dem Gedanken, das Tier ins schützende Haus zu lassen.

Fahr langsamer, Tommy! Bitte! Du siehst doch gar nichts!«

Sofort drosselte Tomislav Özcan das Tempo des Dienstwagens. Die Bitte seiner Vorgesetzten war für ihn Befehl. Auf dem serpentinenartigen Anstieg nach Kohlberg strömten ihnen die Wasserfluten entgegen. Selbst im Schnellgang wurden die Scheibenwischer der Regengüsse nicht mehr Herr. In der Dunkelheit der Nacht blendeten die Scheinwerfer der entgegenkommenden Autos besonders stark.

»Warum hat denn das vorhin so ewig gedauert, bis du am Tatort warst?«, fragte Francesca.

»Ich bin nach dem Marc O'Polo erst mal rechts rein, wie du gesagt hast, und dann gleich rechts zu Hugo Boss mit der Rolltreppe in die Damenabteilung, aber da war nur ein Security und der wusste von nichts ...«

»Da kann man sich schon verlaufen in der kleinen Outlet-City«, sagte Francesca lächelnd.

Gegen den anfänglichen Widerstand ihres Vorgesetzten Herbert Maischle hatte Francesca ihren nur vier Jahre jüngeren Kollegen, dessen slawischer Vorname wohl mit der kroatischen Herkunft seiner Mutter zu tun hatte, vor acht Monaten aus einer anderen Abteilung der Reutlinger Kriminalpolizei in ihr Ermittlerteam geholt. Obwohl sie sich noch heute spöttische Fragen von Maischle gefallen lassen musste, ob die Zusammenarbeit mit ihrem »türkischen Integrationsminister« auch wirklich funktioniere, würde sie auf Özcan nicht mehr verzichten wollen. Ihre Einschätzung seiner Person hatte sich seit dem ersten Tag ihrer Zusammenarbeit nur noch weiter gefestigt. Außerdem brauchte man auf Maischles Meinung wirklich nichts zu geben. Er brüstete sich gerne mit seiner konservativen Grundeinstellung, aber erstens hatte sie schon andere, weltoffene Konservative kennengelernt und zweitens wusste jeder, dass Maischle nach seinem Studium einmal für eine rechte Splitterpartei kandidiert und mit dem Slogan »Das Boot ist voll« in den Wahlkampf gezogen war. Jugendsünden gegenüber sollte man nachsichtig sein, aber in Maischles Wortwahl kamen auch heute noch seine Vorbehalte zum Ausdruck: »Na ja, er kommt ja aus einem völlig anderen Kulturkreis« …

Tomislav Özcan allerdings passte sein Spitzname Özi überhaupt nicht. Er wollte lieber Tommy genannt werden. Und so hatte es sich im Kommissariat eingebürgert, dass man ihn in seiner Abwesenheit Özi nannte, aber mit Tommy ansprach.

Es war spät geworden. Francesca gähnte.

Der Rest des Teams arbeitete noch immer am Tatort. Nachdem Stefan Schmid, der Leiter der Kriminaltechnik, mit seinen Kollegen die Arbeit aufgenommen, Özi die ersten Zeugenvernehmungen vor Ort durchgeführt und sie die Verkaufsangestellte Ana Wischnewski befragt hatten, war Francesca auf ihren Kollegen zugegangen und hatte ihn gebeten, sie nach Kohlberg zu begleiten. Nicht nur, weil sie nicht gerne allein war, wenn sie Todesnachrichten zu überbringen hatte.

Stefan hatte alles fotografiert. Mit einem Assistenten hatte er die Leiche des Mordopfers aus seiner unwürdigen Haltung befreit und auf dem Teppichboden vor der Umkleide abgelegt. In der Gesäßtasche der Jeans waren Ausweis und Führerschein gefunden worden. Schließlich traf der Rechtsmediziner am Tatort in Metzingen ein. Der Arzt legte die Spuren am Hals der Frau frei und stellte die Vermutung in den Raum, sie sei mit dem Gürtel des Sommermantels erwürgt worden. Als Stefan der Kommissarin die Papiere in die Hand gedrückt und Francesca den Namen der jungen Frau gelesen hatte, lief in Sekundenschnelle ein Film vor ihren Augen ab. Kyra. Kyra Song. Sie hatte sie schon einmal gesehen, wenn auch nur flüchtig.

Es war an irgendeinem heißen Julitag im vergangenen Jahr. Sie hatte sich wieder einmal einen Freitagnachmittag freigekämpft für eine ihrer Unterrichtsstunden. Salvatore hatte sie noch zu Maria gebracht, weil Andreas zu einer Historikertagung nach Obermarchtal gefahren war und Lisa und Silvio auf ihrem Schulausflug waren. Von ihrem Altsaxophon, das mindestens ein Vierteljahr vorwurfsvoll auf seinem Ständer im Schlafzimmer ausgeharrt hatte, blies sie den Staub. Mit wenigen Griffen war es in seinem schwarzen rucksackartigen Etui verschwunden und dann auf dem Rücksitz ihres alten Volvo gelandet. Mittlerweile war es so spät geworden, dass sie mit dem Gedanken spielte, den Termin bei Astrid Nonnenmacher abzusagen, denn wenn es schlecht lief, würde sie nach Kohlberg mindestens vierzig Minuten unterwegs sein. Aber die Musikschullehrerin hatte sich den Nachmittag ja ebenfalls frei gehalten für ihre Stunde – und so war sie dann doch losgefahren.

In dem großen Garten des Hauses im Jusiweg hatte sie Soo-Jung Song angetroffen, schweißgebadet bei der Arbeit an einer seiner großen Holzplastiken. Der Bildhauer aus Südkorea – er hatte die Reihenfolge von Vor- und Nachnamen europäischen Gebräuchen angepasst – war nach seinem Studium in München in Deutschland geblieben, der Liebe wegen. In Kohlberg hatte er Astrid geheiratet. Soo-Jung nahm, als sie sich über die schmalen Treppen näherte, seine schwarze Schutzbrille ab, begrüßte sie freundlich und verwies sie ins Haus. Ein gastfreundliches Haus, in dem jeder willkommen war. Mit einer forschen Handbewegung wischte die Saxophonlehrerin ihre Entschuldigung fort und bot ihr Holunderblütentee an. Die zierliche Mittfünfzigerin fragte, was sie heute spielen wolle. Petit Fleur, hatte sie geantwortet. Während sie ihr Instrument auspackte und das Mundstück aufsetzte, sah sich Francesca neugierig in dem kleinen Unterrichtsraum um, der eigentlich einen Durchgang zwischen dem Flur und dem geräumigen Wohnzimmer bildete. In den Wohnungen von Freundinnen und Bekannten ließ sie sich immer wieder gerne von Einrichtungsideen inspirieren und seien es auch nur kleine Accessoires. Sofort fiel ihr auf, dass das alte, weißlackierte Klavier nicht mehr unter dem kleinen Fenster stand, sondern neben der Tür zum Flur. Dafür zierte das Fenster nun ein üppiger weißer Blumenkasten aus Holz mit einem Scherengitter, über das ein filigranes Gewächs rankte. Da machen wir jetzt erst mal ein paar Töne, schlug Astrid vor, als Francesca mit ihrem Saxophon bereitstand. Spiel mal ein G!

In diesem Moment steckte eine junge Frau mit langen schwarzen Haaren und olivfarbener Haut den Kopf zur Tür herein. Sie sah sich kurz um, lächelte Francesca entschuldigend an und war gleich wieder verschwunden. Das war unsere Kyra, erklärte Astrid. Francesca nickte. Sie hatte zwar gewusst, dass die Songs eine große Tochter hatten, aber es war das erste Mal, dass sie sie zu Gesicht bekommen hatte. Astrid erklärte, ihre Tochter studiere noch in Reutlingen, allerdings im letzten Semester, und danach wolle sie »irgendwas mit Mode« machen.

Ein kurzer Moment also nur, dass sie Kyra gesehen hatte. Aber das Bild ihres Gesichts war ihr jetzt wieder präsent. Vielleicht deshalb, überlegte sie nun, weil ich damals dachte: Auch schön, wenn die Kinder erwachsen sind und ihr Leben selbst in die Hand nehmen können …

Trotz Dunkelheit und Regen war Francesca das Schild zum Naturfreundehaus Falkenberg nicht entgangen. Sie müssten bald am Ziel sein.

»Ich fand das ja rührend von Helga, dass sie uns das abnehmen wollte«, sagte Özi, ohne den Blick von der Straße zu nehmen. Er musste abbremsen. Ein überbreiter Mähdrescher kam ihnen entgegen.

»Was will denn der mähen bei dem Regen«, murmelte er verstimmt vor sich hin.

»Was war mit Helga?«, fragte Francesca.

Die Kommissarin Helga Müllerschön war im Innendienst zuständig für die Koordination der Ermittlungsvorgänge und eine, wie Francesca fand, geniale Meisterin in der Internetrecherche.

»Na ja«, erklärte Özi. »Sie hat gesagt, du tust ihr leid. Dass du es immer bist, die Schicksalsbotin spielen muss.«

»Das ist ja nett«, kommentierte Francesca. »Aber so kenne ich sie ja gar nicht …«

»Die menschliche Persönlichkeit besteht eben aus vielen Facetten, nicht nur aus der Seite, die uns sichtbar ist«, erklärte Özi.

»Hast du das von der VHS?«

»Wir lesen gerade den ›Steppenwolf‹ von Hermann Hesse. Kennst du Steppenwolf?«

Ehe Francesca etwas erwidern konnte, krächzte Helgas Stimme aus dem Lautsprecher.

»Francesca, hört ihr mich?«

Özi nickte, obwohl Helga ihn nicht sehen konnte. Francesca musste grinsen.

»Also, wir haben jetzt alle Kennzeichen der Wagen überprüft, die im näheren Umfeld des Tatorts eine Stunde nach Ladenschluss parken. Aber es lautet keines auf den Namen des Mordopfers. Und Hinweise auf ein Fahrzeug, das man dem Täter oder der Täterin zuordnen könnte, haben wir auch nicht.«

»Und Fahrzeugpapiere des Opfers habt ihr nicht noch gefunden, irgendwo?«

»Hatte sie keine dabei.«

»Wir wissen also noch nicht, wie Kyra zum Outlet kam«, stellte die Kommissarin fest. »Aber das werden wir ja gleich erfahren, hoffe ich.«

»Habt ihr auch den kleinen Parkplatz am Friedhof kontrolliert?«, schaltete sich Özi ein.

»Du nimmst mir das Wort aus dem Mund!«, antwortete Helga. »Da war zum Schluss nur noch ein BMW mit einer auffälligen Farbe stehen geblieben. Mintgrün. Aber keine Zeugen, die jemanden in Zusammenhang mit dem Fahrzeug gesehen haben.«

»Habt ihr den Fahrzeughalter ermittelt?«

»Eine gewisse Hanna Rümmelin. Steuerberaterin. Wohnhaft Metzingen, Hart Hölzle.«

Francesca bedankte sich bei Helga und beendete das Gespräch.

»Da hinten! Da ist irgendwas«, bedeutete Özi und bog von der L 1210 in die Goethestraße ab.

Jetzt entdeckte auch Francesca das rotierende Blaulicht, das vom Dunst grauschwarzer Nebelschwaden reflektiert wurde. Als sie kurz darauf in den Jusiweg vorstießen, sahen sie durch den Schnürregen zwei Polizeifahrzeuge. Eines stand in der Garageneinfahrt, das andere direkt vor dem Haus der Songs.

Özi stellte den Dienstwagen vor das Polizeifahrzeug ab. Sie waren kaum ausgestiegen, da watete schon Willi Kächele, Leiter des Metzinger Polizeireviers, durch tiefe Pfützen auf sie zu.

»Was macht ihr denn hier?«, fragte er erstaunt und drückte Francesca und Özi die Hände.

»Und ihr?«, fragte Francesca zurück.

»Bei dem Bildhauer ist eingebrochen worden!«

Schlaflos lag Jörg auf dem Bett und lauschte in der Dunkelheit den gleichförmigen Geräuschen des Regens und des Flusses. Aus dem Rotweinvorrat seiner Tante hatte er sich eine Flasche Montepulciano geholt, aber schon nach einem halben Glas war er müde geworden und hatte sich ins Gästezimmer unterm Dach verzogen, zu faul zum Ausziehen und noch nicht müde genug, um sich endgültig unter die Decke zu verkriechen. Irgendwann musste er eingenickt sein, doch ein Albtraum hatte ihn jäh aus dem Schlaf gerissen.

Im Traum befand er sich unbekleidet in einem engen möbel- und lichtlosen Kellerraum ohne Fenster und Türen. Wasser begann von der Decke zu rinnen. Zuerst spürte er das Wasser an den Fußsohlen, dann an den Knöcheln, wenig später an den Knien. Das Wasser schwoll rasch an und schließlich musste er mit Schwimmbewegungen beginnen, um nicht zu ertrinken. Der Wasserstand stieg unerbittlich, seine Haare berührten schon die Decke, vor Todesangst raste sein Herz und er dachte: Ich muss doch noch meine Facharbeit schreiben!

Nachdem er aufgeschreckt war, raste sein Herz noch eine Zeit lang weiter. Erst als er begann, auf den Regen draußen zu lauschen, beruhigte es sich. Tagesreste, dachte er, das Wasser und die Facharbeit. Als Tagesreste beschrieb Sigmund Freud in seiner Traumdeutung das Einsickern von Wahrnehmungen, die der Träumer am Tag gemacht hatte, in das Geschehen des Traums. Schon mit siebzehn hatte er psychoanalytische Lektüre verschlungen.

Von Weitem drang das Geräusch eines sich nähernden Wagens an sein Ohr und mischte sich mit den Geräuschen des Regens und des Flusses. Der Wagen musste in der Nähe gehalten haben, denn es war zu hören, wie der Motor nun erstarb und eine Wagentür zugeschlagen wurde. Kyra, kam es ihm in den Kopf. Sollte Kyra sich doch noch so spät zu ihm aufgemacht haben? Mit einem Schwung setzte er sich auf den Bettrand, zündete die Nachttischlampe an und warf einen Blick auf seine Armbanduhr – 23 Uhr 45.

Wenig später klingelte es. Also tatsächlich Kyra, dachte er. Freudig erregt sprang er auf, drückte auf den Schalter für die Treppenbeleuchtung und polterte rasch die Treppen hinunter zur Eingangstür.

Als er öffnete, zuckte er zusammen. Vor ihm stand ein großer Mann. Das Außenlicht warf einen fahlen Schein auf seinen durchnässten Kurzmantel, während das Gesicht im Schatten lag. Noch bevor Jörg den Mund öffnen konnte, wurde er nach seinem Namen gefragt. Er bejahte, doch um zurückzufragen, blieb ihm keine Zeit mehr. Blitzschnell trat der Mann einen Schritt auf ihn zu und versetzte ihm mit der Stirn einen brutalen Kopfstoß.

Jörg schrie auf, torkelte zurück und landete auf dem gefliesten Flurboden. Sein Steißbein schmerzte.

»'tschuldigung«, sagte der Mann und schloss die Tür hinter sich ab.

Starr vor Schreck kroch Jörg rückwärts, doch der Mann streckte die Hand nach ihm aus. Wollte er ihm wieder auf die Beine helfen?

Jörg deutete ein Kopfschütteln an.

»Viel gibt's hier nicht«, stotterte er. »Aber nehmen Sie mit, was Sie wollen!«

Der Mann ließ seine Hand sinken. Er warf den Mantel über einen Stuhl neben der Garderobe und sackte den Hausschlüssel ein.

»Das hübsche Häuschen gehört dir nicht, was? Komm, steh endlich auf, du Memme!«

Jörg griff hinter sich, bekam den Zipfel eines alten Mantels an der Garderobe zu fassen, krallte sich Griff für Griff den dünnen Stoff entlang und zog sich wie an einem dicken Seil hoch. Er wischte sich mit dem Handrücken über die Stirn, unterdrückte seinen Schmerz und warf einen Blick auf die feuchte Blutspur auf seiner Hand. Dann sah er den Mann wieder an. Jetzt erst bemerkte er den elfenbeinfarbenen Zahnstocher zwischen dessen Zähnen.

Zusammengesunken saßen der Bildhauer und seine Frau auf ihrer abgenutzten Wohnzimmercouch mitten in Trümmern und starrten ins Leere. Der CD-Ständer lag am Boden, sämtliche CD-Hüllen waren geöffnet worden und verteilten sich im Raum. Ebenso die DVDs. Die Bücher waren aus den Regalen geworfen, Bilder von den Wänden gerissen worden. Selbst der schwere Topf des großblättrigen Philodendron lag umgekippt vor dem Terrassenfenster, der Stamm der großen Pflanze war geknickt.

Francesca, die sich in einen Korbsessel ihnen gegenüber gesetzt hatte, sah auf die Hand von Kyras Vater, die matt auf der Rechten seiner Frau lag und zuckte. Betreten standen Özi und Willi Kächele im Türrahmen und blickten stumm auf den Boden.

»Aber wieso?«, fragte Astrid in die Stille hinein. Sie schloss die Augen. Ihre Stimme war klanglos, tot. »Kyra hat doch niemandem was getan!«

In solchen Momenten verfluchte Francesca ihren Beruf. Aber wenn es etwas gab, das sie zur Weiterarbeit antrieb, dann war es gerade ein Bild wie dieses: Menschen, deren Welt von einer Sekunde auf die andere zerstört worden war. Eine Welle des Mitgefühls ergriff sie. Niemand würde jemals verstehen können, warum Menschen anderen Menschen derartiges Leid zufügen konnten. Der einzige Trost lag darin, dass sie den Verursacher zu fassen bekam und ihn seiner Strafe zuführte. Wenn es überhaupt einen Trost gab.

Gerne hätte sie Astrid die entsetzlichen Details erspart. Doch Kyras Mutter hatte ihr bohrende Fragen gestellt. Das war eigentlich immer so. Immer wollten die Angehörigen alles ganz genau wissen, als ob sie nachträglich teilhaben wollten an den letzten Sekunden im Leben des ihnen nahestehenden Menschen, als ob dieses Wissen ihnen, wenn schon keinen Trost, dann wenigstens ein Quäntchen Verstehen im Nichtverstehbaren ermöglichte. Der Bildhauer aber war vom ersten Moment an stumm geblieben.

Nun erhob er plötzlich leise seine Stimme. Seine dünnen Lippen bewegten sich kaum merklich.

»Ich habe ihr noch gesagt, du warst so lange weg und jetzt willst du schon wieder fort. Nur wegen so ein Paar Schuhen. Zehn Euro. Da kostet ja das Benzin mehr als das ganze Schnäppchen.«

»Vielleicht hätten wir sie auch anders empfangen sollen.« Astrid blickte seufzend auf die schwere Hand ihres Mannes.

Kyras Vater runzelte die Stirn, zog seine Hand zurück und verbarg sie zwischen Oberschenkel und Sitzkissen.

»Wie anders?«

»Ich weiß nicht. Nicht so beiläufig.«

»Sie hat doch gemerkt, dass ich mich freue!« Verzweifelt schoss sein Blick zwischen den Anwesenden hin und her.

»Du hast sie im Garten umarmt, ja. Aber dann hast du gleich wieder auf deine Skulptur eingehämmert. Du hättest ja auch mit hochkommen können. Wir hätten zusammen gemütlich mittagessen können!«

Soo-Jung Song, erschüttert von den Tränen, die plötzlich die Augen seiner Frau füllten, sah sich hilflos im Raum um.

»Kyra war es doch, die sofort wieder los wollte!«

Francesca war dem Wortwechsel des Paares mit gesenktem Blick gefolgt. Sie hob den Kopf.

»Egal, was ihr getan hättet und wie ihr es getan hättet, ihr hättet es nicht verhindern können.«

Selbstvorwürfe. Auch diese Reaktion war ihr bekannt. Die Menschen glaubten, sie hätten etwas falsch gemacht. Immer suchten sie in den letzten Stunden oder Tagen vor der Tat einen Fehler bei sich, der, wenn nicht auslösend verantwortlich, so doch schicksalhaft in den kurzen Rest des Lebenswegs eingegriffen haben sollte. Wenn sie sich anders verhalten hätten, wäre alles anders gekommen, wäre das alles nicht passiert. Sie gaben sich selbst die Schuld und klagten sich an, in den letzten, entscheidenden Sekunden nicht da, nicht erreichbar gewesen zu sein. Der Tod kam nicht nur durch ihr Versagen, sondern sie hatten den geliebten Menschen im Tod auch alleingelassen. Und oft mischte sich in solche Schuldgefühle ein noch viel tiefer gehender Schmerz: Das Gefühl, dem geliebten Menschen in den Jahren zuvor Liebe versagt zu haben, zu wenig Zeit miteinander verbracht zu haben, nicht häufig genug die Liebe zum Ausdruck gebracht zu haben und nun nie wieder etwas gutmachen zu können, konnte überwältigend sein.

Was bei Astrid und ihrem Mann gerade geschah, war typisch für Eltern, die ein Kind verloren hatten: Die Selbstvorwürfe schlugen um in gegenseitige Vorwürfe, die alles mit sich trugen, was allein auszuhalten unmöglich schien, alle Wut, Hilflosigkeit und Verzweiflung. Sie hatte schon Paare erlebt, denen es nicht gelungen war, sich gegenseitig Halt und Trost zu geben, und die stattdessen in eine Spirale von hasserfüllten gegenseitigen Anklagen gerieten.

Trotz allem beschlich Francesca ein ungutes Gefühl. Etwas an dem Gedanken, sie könnten ihre Tochter nicht freundlich genug empfangen haben, irritierte sie.

»Aber sie wohnt noch bei euch?«, fragte sie schließlich und bemerkte, dass auch sie noch immer im Präsens sprach. Dann lächelte sie Astrid zu. »Ist ja schon eine Weile her, dass ich Kyra hier gesehen habe …«

Astrid sah abwesend vor sich hin, während Soo-Jung seine Hand wieder hervorzog, sie bedächtig auf das Knie seiner Frau legte und den Handrücken betrachtete, als enthielten die angeschwollenen Adern Antworten auf seine Fragen.

»Ich hab ihr schon oft gesagt, dass es langsam Zeit wird, sich nach eigenen vier Wänden umzusehen mit ihren sechsundzwanzig«, sagte er tonlos. »Und jetzt …?« Plötzlich ergriff ihn ein Weinkrampf.

Francesca zerrte ein Papiertaschentuch aus der Packung, die angebrochen auf dem Tisch lag und reichte es Kyras Vater, der es wortlos an sich nahm und starr in der Hand behielt.

»Tut mir leid«, sagte sie. »Aber ich muss einfach noch einiges fragen.«

Soo-Jung schnäuzte. Als wollten sie sich des Einverständnisses der beiden an der Tür stehenden Polizisten versichern, blickten Astrid und der Bildhauer zu Özi und Kächele hinüber, die ihnen bestätigend zunickten.

»Erzählt einfach, was hat Kyra gemacht in letzter Zeit? Dass sie in Reutlingen studiert, weiß ich ja … Und dass sie mal irgendwas mit Mode machen wollte.«

Der Bildhauer sammelte seine Gedanken.

»Kyra hat letztes Jahr ihren Master in Modedesign gemacht«, erklärte er schließlich nicht ohne Stolz.

»Im letzten halben Jahr war sie erst einmal viel zu Hause, hat aber auch viel unternommen, Gespräche geführt, hat sich informiert bei verschiedenen Firmen«, ergänzte Astrid. »Dann hat sie sich bei Hugo Boss beworben und wurde prompt genommen.«

»Hugo Boss?« Francesca merkte auf und warf Özi einen kurzen Blick zu.

»Und? Da konnte sie gleich als Designerin anfangen?«

Astrid verneinte.

»Sie haben sie erst mal in einem anderen Bereich eingesetzt. Kyra musste Lieferanten in China überprüfen. Ob die Richtlinien von Boss eingehalten werden. Da hat sie spontan zugesagt. Ist ja auch toll, so als junger Mensch, gleich nach China...«

»Also die Arbeitssicherheit und ob die Entlohnung stimmt...«, ergänzte der Bildhauer.

Aufmerksam registrierte Francesca jedes Wort.

»Arbeitssicherheit, Entlohnung...?«, vergewisserte sie sich. »Kinderarbeit?«

»Solche Dinge...«, fuhr er fort. »Also die ganzen sozialen Sachen. Und die Umweltauflagen.«

Obwohl ihm das Reden sichtbar schwerfiel, bemühte er sich, die Fragen der Kommissarin gewissenhaft zu beantworten.

»Kann sie denn chinesisch?«, fragte Francesca.

»Sie hatte ein bisschen angefangen, aber sie hat eine Dolmetscherin dabeigehabt«, antwortete Astrid.

»Hattet ihr denn Kontakt mit ihr während der Zeit?«

Astrid deutete ein Kopfnicken an.

»Wir wollten skypen, aber die Chinesen haben Skype ja gesperrt.«

»Und Mails?«

»Die haben immer Lichtjahre gedauert und landeten dann meistens im Spam-Ordner.«

Özi räusperte sich.

»Hätte sie Stichworte wie ›Bombe‹ oder ›Regierung stürzen‹ eingebunden, wären sie in Lichtgeschwindigkeit übermittelt worden!«

Nun kam auch Fahrt in Willi Kächele.

»Wenn die NSA sie nicht abgefangen hätte«, kommentierte er bissig.

Soo-Jung rutschte so nach vorne, dass er am Rand des Polsters zu sitzen kam.

»Aber es ging ihr gut. Sie hat immer geschrieben, was für ein schönes Land China ist.« Bestätigung heischend sah er seine Frau an.

»Und dass die Arbeit ihr Spaß macht...«, ergänzte Astrid.

»Also alles unverfänglich«, konstatierte Francesca.

»Und leider immer sehr kurz.«

»Ist doch klar!«, meinte Özi. »Die Chinesen lassen nichts unzensiert raus!«

Das Gespräch verebbte. Nachdenklich starrten alle vor sich hin. Schließlich atmete Francesca durch und setzte ihre Befragung fort.

»Wann ist denn Kyra aus China zurückgekommen?«

»Gestern. Gestern Mittag«, antwortete Astrid. »Von München mit der Bahn nach Stuttgart, umsteigen nach Metzingen und dann mit dem Auto... So um halb, dreiviertel zwölf?« Sie warf ihrem Mann einen fragenden Blick zu.

Der Bildhauer nickte bestätigend.

»Aber, wie gesagt, dann wollte sie ja gleich wieder weg. Achtzehn Stunden unterwegs und überhaupt keinen Jetlag. Also, ich versteh das nicht!«

»Um Schuhe zu kaufen?«, hakte Francesca nach.

»Mit ihrer Freundin«, sagte Astrid.

Francesca straffte sich.

»Mit einer Freundin? Kennt ihr sie?«

»Sie sind zusammen zur Schule gegangen. Sie ist Steuerberaterin. Selbstständig«, erklärte Kyras Mutter. »Eigentlich ihre beste Freundin. Hanna wurde von ihren Eltern mit drei Jahren adoptiert.«

»Hanna?« Francesca schob ihren Oberkörper nach vorne.

»Hanna Rümmelin«, ergänzte Astrid.

Die beiden Kripobeamten verständigten sich mit einem kurzen Blick.

»Ihre Eltern, also ihre leiblichen Eltern stammten aus China, müssen Sie wissen«, erhob der Bildhauer wieder das Wort. »Die Rümmelins haben sie zwar von Anfang an Hanna genannt, aber Kyra hat erzählt, eigentlich heißt sie Aile, wenn Ihnen das was nützt.«

»Die Rümmelins haben ein Textilgeschäft. Schon seit ewigen Zeiten«, gab Astrid zu verstehen. »Aber nicht in der Outlet-City, sondern in der Innenstadt.«

Die Ader auf Soo-Jungs Stirn pochte.

»Die haben schwer zu knapsen«, sagte er. »Außer der BMW-Fraktion.«

»BMW-Fraktion?«

»Bäcker, Metzger, Wirte«, erklärte Astrid. »Sie sind die einzigen Einzelhändler, die von der Outlet-City profitieren.«

»Rümmelin, also ihr Vater«, fuhr der Bildhauer fort, »bombardiert das ›Metzinger Volksblatt‹ mit Leserbriefen gegen die geplanten Flächenerweiterungen auf dem Gaenslen-&-Völter-Gelände. Natürlich ist er gegen die Ausdehnung der City. Die Großen reißen sich ja alles unter den Nagel!«

Francesca warf einen Blick zum Fenster hinaus. Kyras Vater schien sich in Nebensächlichkeiten zu verlieren, aber sie wollte ihn auch nicht unterbrechen.

»Den Plan«, fuhr der Bildhauer fort, »die Outlet-City auf den Friedhof auszudehnen und die Toten auf die Schwäbische Alb umzubetten, haben sie ja inzwischen fallen gelassen.«

Die Kommissarin schob die Finger ihrer Hände ineinander und streckte die Arme nach vorn.

»Das wäre ja schon mal was«, stellte sie fest.

Kyras Eltern sahen sie verblüfft an.

»Eine Spur?«, fragte Astrid.

»So weit sind wir noch nicht«, antwortete die Kommissarin. »Aber der Wagen von Frau Rümmelin stand über Nacht am Friedhof. Die Frage ist: Wie ist Kyra zum Outlet gekommen?«

Der Bildhauer legte seine kräftigen Hände flach auf den Rand des Couchtischchens und stöhnte.

»Ich hab ihr noch gesagt, sie soll unseren Passat nehmen«, grübelte er. »Ihr Golf hat so einen komischen Klang gehabt.«

»Sie fährt einen Golf?«, fragte Francesca.

»Ja, einen silbergrauen«, meldete sich Willi Kächele. »Haben mir die Geschädigten schon mitgeteilt. Baujahr 2004. Kennzeichen …«

»Danke«, unterbrach ihn Francesca. »Tommy, Willi, könnt ihr das bitte mal gleich durchgeben? An Helga?«

Die beiden Polizisten an der Tür verschwanden nach draußen.

Astrid hielt es auf ihrer Couch nicht mehr aus. Sie stand auf und wandte sich zur Terrassentür, gegen die aus dem Dunkel der Nacht der Regen prasselte.

»Das heißt, ihr sucht jetzt Kyras Golf, oder?«, fragte sie schließlich und rieb sich die Oberarme.

»Vielleicht sind sie ja zusammen mit Hannas Wagen gefahren«, suchte Soo-Jung nach einer Erklärung.

»Dann hätte sie den Golf bei Hanna stehen lassen …«, folgerte Astrid.

Francesca beschrieb etwas in der Luft, das wie ein Fragezeichen aussah.

»Vielleicht steht er ja noch da. Das werden die Kollegen überprüfen.«

Dumpf starrte der Bildhauer wieder vor sich hin.

»Mysteriös«, murmelte er.

»Kyras Wagen zu finden, ist nicht das Problem«, sagte Francesca. »Und Frau Rümmelin wird uns schon erklären können, was ihr BMW am Friedhof verloren hat.« Sie erhob sich. »Darf ich mal Kyras Zimmer sehen?«

Gefolgt von Özi und Kächele stiegen sie eine schmale Treppe zum Dachgeschoss hoch. Es roch nach Holz und abgestandener Luft. Astrid, die vorausgegangen war, öffnete eine Tür mit einem zwinkernden Smiley-Aufkleber und knipste das Licht an.

Francesca machte zwei Schritte in den Raum und blieb stehen. Sie blickte auf eine weitere Trümmerlandschaft. Alles war verwüstet. Auch hier lagen Bücher am Boden. Ein großes Poster, in dessen Fetzen Francesca die Reste eines ultramarinblauen Siebdrucks von Matisse entdeckte, war von der Wand gerissen worden. Ein kleiner Fernseher stand mit dem Rücken zum Bett, dessen Matratze über den Rand lappte. Zwei Plüschtiere waren in die Ecke gekugelt. Das Fach des DVD-Players stand offen. Die Schubladen eines alten Schreibtisches waren herausgezogen und offensichtlich durchwühlt worden. Francesca stutzte. Lautsprecherboxen und Drucker standen auf der Schreibtischplatte, aber der Netzanschluss eines Laptops ragte ins Leere.

Kächele fing ihren Blick auf. »Der Laptop ist weg, das haben wir bereits aufgenommen!«

Francesca ließ ihren Blick über den Boden streifen.

»CDs und Filme auch.« Sie wandte sich an Özi. »Da muss die Spurensicherung her.«

»Jetzt gleich?« Özi warf einen Blick auf seine Armbanduhr. »Es ist halb eins. Da wird sich Stefan ja freuen!« Er nahm sein Funkgerät hoch und wechselte in den Flur.

»Er soll gezielt nach Speichermedien suchen, CDs, Sticks!«, rief Francesca ihm hinterher und wandte sich an Kächele. »Da hat offenbar jemand gezielt nach Dokumenten gesucht.«

Kächele hob die Schultern.

»Möglich. Aber die KTU vom Einbruch war ja schon da.«

»Gut, aber inzwischen geht es ja um Mord.«

»Klar, Frau Molinari. Aber darüber hinaus ist nichts gestohlen worden«, antwortete Kächele.

Francesca sah zu Kyras Eltern.

»Bargeld, Schmuck, andere elektronische Geräte?«

Astrid und ihr Mann schüttelten bestätigend den Kopf.

»Vielleicht hat Kyra ihren Laptop ja auch selber mitgenommen«, gab Astrid zu bedenken. »Den hatte sie ja auch in Chengdu dabei.«

»Aber doch bestimmt nicht zum Schuhekaufen!«, wandte Soo-Jung ein.

Francesca sah zu Astrid.

»Gesehen hast du das nicht? Dass sie den Laptop mitgenommen hat?«

Astrid verneinte.

»Der oder die Täter sind durch ein Kellerfenster eingestiegen«, erklärte Kächele. »Es war gekippt. Natürlich haben sie Handschuhe getragen. Innen gibt's keine Fußspuren. Und die draußen … Na ja, Sie wissen ja, der Regen … Aber die Technik hat Faserspuren am Kellerfenster gefunden.«

»Das ist ja schon mal was«, stellte Francesca fest. »Und die Nachbarn? Habt ihr schon die Nachbarn befragt?«

Kächele bejahte.

»Nichts. Es war schon dunkel und es hat geregnet. Und um diese Zeit ist in Kohlberg sowieso kein Mensch mehr auf der Straße.«

»Wir waren ja nicht da«, seufzte Astrid. »Wir sind ins Kino gegangen, in die Planie in Reutlingen.«

Die Kommissarin wollte wieder an die Chronologie der Ereignisse anknüpfen.

»Und mittags?«, fragte sie. »Kyra kam also, war nur kurz da… Und wann ist sie dann wieder los?«

Kyras Eltern sahen sich an.

»So gegen 12 Uhr 30«, antwortete Astrid mit Blick auf Özi, der sich Notizen machte. »Also das war keine halbe Stunde, dann ist sie wieder ab.«

Sie schwiegen.

»Tja«, sagte Francesca schließlich in die Stille hinein, in der nur das schwere Atmen des Bildhauers und der Regen zu hören waren, »das wär's fürs Erste…« Sie wandte sich zum Gehen. »Aber eine Bitte hätte ich noch.«

Kyras Eltern sahen sie erwartungsvoll an.

»Könnt ihr mir eine Liste machen mit allen Namen von Leuten, mit denen Kyra in Kontakt war? Alle, die ihr kennt oder von denen ihr schon mal gehört habt?«

Özi gab Astrid eine Karte mit ihren Kontaktdaten. Ohne zu lesen, blickte Kyras Mutter nachdenklich auf die Buchstaben.

»Sie hat einen festen Freund«, antwortete sie. »Seit zwei…« Sie überlegte. »Seit drei Jahren.«

»Jörg«, ergänzte Kyras Vater. »Jörg Buck. Er studiert noch.«

Astrid griff nach der Hand ihres Mannes, als suchte sie Halt.

»Der Arme! Das ist so ein netter Kerl… Er wohnt in irgendeiner WG in Reutlingen. Aber frag mich nicht, wo.«

Dein Häuschen«, sagte Sadlo. »Es hat sicher noch einen anderen Eingang.«

Jörg verfolgte die rechte Hand, die jetzt in der Tasche des navy-blauen Sakkos verschwand. Griff der Mann nach einer Pistole?

»Los, Kellereingang!« Mit einer Kinnbewegung bedeutete Sadlo ihm voranzugehen.

Jörg schob seine Schritte zur Kellertreppe, drehte den alten Schlüssel um. Das Schloss gab ein knarzendes Geräusch von sich. Warum holte er sich nicht, was er brauchte? Was wollte der Mann im Keller?

Als er die Kellertür öffnete und das Licht einschaltete, streckte Sadlo seinen Handteller aus. Jörg ließ den Kellerschlüssel in die Hand des Mannes fallen und zögerte. Wenn er ihn jetzt die Steintreppe hinabstieß?

»Geht's noch ein bisschen schneller?«, vernahm er die ungeduldige Stimme hinter sich und stieg langsam nach unten, wo sie in den säuerlichen Geruch der dort gelagerten Apfelsteigen eintauchten.

Der Obstkeller schloss mit einer Metalltür ab, die nur angelehnt war, und ging in den Wäscheraum über. Auf der Leine hingen Bettlaken. Immer den Atem seines Verfolgers hinter sich spürend gelangte Jörg zur Kellertür, von der außen eine bemooste Treppe nach oben in den kleinen Gartenstreifen zwischen dem Haus und dem Nachbarhaus führte. Sadlo schob Jörg beiseite, drückte die Klinke herunter, um zu prüfen, ob die Tür verschlossen war, zog den Schlüssel ab und versenkte ihn in der Seitentasche seines Jacketts.

Wollte der Mann sicherstellen, dass niemand ins Haus eindringen oder dass er nicht flüchten konnte? Wahrscheinlich Letzteres, befürchtete Jörg.

»Sonst noch ein Ausgang?«, fragte Sadlo.

Jörg schüttelte den Kopf.

Mit abgespreiztem Daumen bedeutete ihm der Eindringling, den Rückweg anzutreten.

Zurück im Flur schloss Sadlo die Kellertür ab und ließ den Schlüssel zu den anderen Schlüsseln in die linke Tasche seines Sakkos gleiten. Dann wies er ihn ins Wohnzimmer.

Dort fiel Sadlos Blick auf den Rundbogendurchgang, von dem aus wenige Stufen in den Wintergarten führten. Er befahl Jörg, sich auf die ausladende rostrote Wohnzimmercouch zu setzen.

Jörg gehorchte und hockte sich auf den äußersten Rand des Polsters.

Sadlo ging ein paar Schritte zu der kleinen, mit braunen Tonfliesen ausgelegten Treppe und warf einen Blick hinüber zu den Glaswänden, gegen die unaufhörlich der Regen prasselte. Dann drehte er sich abrupt um und baute sich vor Jörg auf.

»Dein Handy!«, forderte er.

Als Jörg aufstehen wollte, versetzte der Mann ihm einen groben Schubs. Jörg fiel auf das Polster zurück und fingerte sein Smartphone aus der Hosentasche. Noch ehe er es aushändigen konnte, wurde es ihm aus der Hand gerissen.

Sadlo warf einen Blick auf das Display, schaltete das Gerät aus und verfrachtete es zu den Schlüsseln. Er wandte sich um, ließ die Augen durch den Raum gleiten und ging auf die Flurtür zu.

»Sitzenbleiben!«, befahl er.

In dem Moment, als Sadlo aus seinem Blickfeld verschwand, überschlugen sich Jörgs Gedanken. Wenn er jetzt in den Wintergarten stürzte, mit dem Tischchen die Verglasung zerschlug und flüchtete? Aber wohin? Sein Opel Corsa stand auf der anderen Seite des Hauses direkt vor der

Tür. Und wenn der Typ schlau war, und er erschien ihm abgebrüht, würde er ihm einfach den Weg abschneiden. Wie gelähmt sank er tiefer in die Polster und lauschte den Geräuschen aus dem Gang. Vermutlich riss der Mann soeben den Stecker des Festnetzanschlusses aus der Wand.

Als hätte er seine Gedanken erraten, kam Sadlo mit einem süffisanten Grinsen zurück.

»Reine Gedankenverschwendung«, erklärte er. »Selbst wenn du es nach draußen schaffen würdest: Du kommst nicht weit! Autoschlüssel!«

Jörg schluckte und warf seinen Autoschlüssel auf das Glastischchen, das zwischen ihm und dem Mann stand. Dessen Gestalt erschien ihm hünenhaft. Allein seine körperliche Präsenz füllte den Raum aus. Sie ließ in Jörg mehr und mehr ein Gefühl deprimierender Hilflosigkeit aufkommen. Wenn er nur endlich wüsste, warum der Fremde ihn hier mitten in der Nacht gefangen nahm!

»So, nun können wir es uns ja endlich gemütlich machen«, grinste Sadlo, ließ sich in den Polstersessel fallen und fuhr mit der Hand über die winzigen Stoppeln, die sich auf seinen glatten Wangen abzeichneten. Er schien zu überlegen.

»Tut mir echt leid, dass ich hier so einen Zirkus veranstalten muss«, erklärte er. »Aber sobald ich habe, was ich brauche, verschwinde ich hier wieder so schnell, wie ich gekommen bin.«

Taktik, dachte Jörg und starrte auf den elfenbeinfarbenen Zahnstocher, der von einer Seite des Mundwinkels in die andere wanderte. Jetzt kommt die Stelle, an der der Verbrecher sein Opfer in Sicherheit wiegen will, um es gesprächig zu machen. Er kannte das aus Fernsehkrimis. Er rutschte wieder nach vorn, schlug die Beine übereinander, schob die

Handflächen zwischen die Oberschenkel und starrte auf das Glastischchen.

»Obwohl«, fuhr Sadlo fort, »ich weiß ja nicht, wie es dir geht. Mir jedenfalls hat die letzte halbe Stunde ziemlich zugesetzt. Ich brauch erst mal was zum Trinken.«

»Wein?«, hörte sich Jörg fragen.

Sadlo lachte hämisch auf.

»Damit ich einschlafe, was?«

Jörg zuckte zusammen.

»Wasser, zwei Gläser, und 'nen Aschenbecher!«

Jörg starrte ihn fragend an.

»Verstehst du kein Deutsch? Ab in die Küche!«

Jörg erhob sich und sah sich wie in Zeitlupe nach nebenan gehen.

»Und falls du auf die Idee kommen solltest, dir ein Messer zu besorgen: Ich habe ein sehr feines Gehör!«

Am Küchenschrank angekommen und außer Sichtweite des Mannes überlegte Jörg, ob dieser Typ tatsächlich in der Lage wäre, vom Wohnzimmer aus zu hören, wenn er jetzt die Schublade auf- und eines der großen Fleischmesser herausziehen würde. Vielleicht könnte er mit den Gläsern klappern und damit die Geräusche vom Besteckkasten überlagern. Aber es war sinnlos. Er wusste ja nicht einmal genau, wo sich die Messer befanden. Ich hab mir doch die Spiegeleier gemacht, dachte er. Aber er erinnerte sich nicht. Und wo sollte er ein Messer verstecken? Er war ja nur mit seinem weißen T-Shirt bekleidet.

Als er ins Wohnzimmer zurückkehrte und die geforderten Gegenstände auf der Glasplatte abstellte, fühlte er die misstrauischen Blicke seines Gegenübers über seinen Körper gleiten. Dann setzte er sich wieder.

Ohne ein Wort zu verlieren, legte Sadlo seinen Zahnstocher auf dem Tischchen ab, ergriff die Sprudelflasche, drehte den Deckel ab, goss beide Gläser randvoll, setzte an und trank sein Glas mit gierigen Schlucken leer bis auf den Grund.

»Dann wollen wir uns mal schön unterhalten«, sagte er, setzte sein Glas ab und zog eine Packung Zigaretten und ein Feuerzeug aus seinem Sakko. »Wie lange kennt ihr euch schon, du und deine Freundin?«

Jörg schluckte und spürte, wie sein Herz für einen Moment aus dem Rhythmus geriet. Was hatte das alles mit Kyra zu tun?

»Paar Jahre«, presste er hervor.

Sadlo zündete sich einen Glimmstängel an und blies Jörg den Rauch ins Gesicht.

»Na also. Da entwickelt sich doch ein gewisses Vertrauen.«

Jörg zuckte mit den Schultern.

»Na komm schon. Wenn du ein Geheimnis hast, das du niemandem anvertrauen würdest. Nicht mal deiner Mutter. Aber du willst, dass jemand es weiß, ein einziger Mensch nur, außer dir?«

»Warum«, antwortete Jörg mit zitternder Stimme. »Warum sollte ich …?«

»Ach, du kannst ja fast in ganzen Sätzen reden«, höhnte Sadlo und saugte an seiner Zigarette. »Na, falls dir etwas zustößt zum Beispiel?«

Eine dunkle Vorahnung stieg in Jörg auf. Es ging gar nicht um das Haus. Und es ging auch nicht um ihn.

»Deine kleine Freundin war doch in China, oder?«

Jörg zuckte zusammen. Er wandte die Handflächen nach außen und ließ sie auf seine Beine sinken.

»Du kannst mir nichts vormachen.« Sadlo sog gierig an

seiner Zigarette. »Sie musste einen Bericht schreiben und hat sicher eine Menge Fotos gemacht.«

»Sie wollen, Sie brauchen …?«, stotterte Jörg.

Sadlo drückte die angerauchte Zigarette in den Aschenbecher.

»Das Problem ist nur, ihr Laptop ist verschwunden.«

War er also schon bei Kyra zu Hause gewesen? Aber wo war Kyra?

»Eine Kopie«, sagte Sadlo und lehnte sich zurück. »Bei so wichtigen Dokumenten macht man sich doch eine Kopie.«

»Und Sie glauben, dass ich …«

»Wer sonst?«, unterbrach Sadlo ihn unwirsch und erhob sich. »Du an ihrer Stelle hättest doch auch deinem Freund das Versteck verraten oder ihm sogar die Kopie gegeben! Ich denke, ihr liebt euch? Ihr habt doch gemailt, als sie in China war, oder telefoniert!«

Jörg fühlte den Schweiß an seinen Handflächen.

»Aber …«

Sadlo ließ ihn nicht weiterreden, schien sich in eine vorher nicht sichtbare Erregung hineinzusteigern und schritt jetzt im Wohnzimmer auf und ab.

»Ich will mir nicht die Mühe machen müssen, dein hübsches Häuschen hier auseinanderzunehmen, verstehst du?«

Jörg deutete ein Kopfnicken an. Warum glaubte er, bei ihm eine Kopie zu finden? Er brauchte doch nur zu warten, bis Kyra hier auftauchte.

»Warum fragen Sie sie nicht selbst? Mein Smartphone. Rufen Sie an. Ihre Nummer ist gespeichert.«

Sadlo blieb abrupt stehen und sah mit ernstem Gesichtsausdruck an Jörg vorbei.

»Wenn das möglich wäre, würde ich wohl kaum hier stehen. In diesem verlotterten Kaff!«

Jörg schluckte. War Kyra ihm entwischt? Und dann hatte er sich über seine WG zu ihm durchgefragt? Oder standen sie beide schon länger unter Beobachtung?

»Sie ist Ihnen durch die Lappen?«, wagte er zu fragen.

Sadlo blickte zum Fenster, zu den unablässig gegen die Scheiben hämmernden, dicken Regentropfen.

»Tut mir leid, mein Junge. Aber deine Freundin …« Er ließ den angefangenen Satz in der Luft hängen.

Jörg spritzte von seinem Sitz auf. Sein Herz begann wild zu schlagen.

»Kyra, was ist mit ihr?«, hörte er sich brüllen.

Bereits zehn Minuten vor dem anberaumten Sitzungstermin um acht Uhr hatten sich die Mitglieder der Ermittlungsgruppe im Besprechungszimmer der Polizeidirektion Reutlingen eingefunden. Neben ihrem Kern – Tomislav Özcan, dem Kriminaltechniker Stefan Schmid und Helga Müllerschön – umfasste sie noch weitere zwölf Beamte, die Kripochef Herbert Maischle von anderen Abteilungen angefordert und teilweise aus dem Schlaf geklingelt hatte. Auch hatte er der Sonderkommission bereits den Namen »Outlet« verpasst und war nach Bekanntgabe mit einem kritischen Blick auf die Fotos, die Helga Müllerschön an die Schautafel pinnte, wieder verschwunden. Nur die Leiterin Francesca Molinari fehlte noch.

Die Erste Kriminalhauptkommissarin war erst gegen vier Uhr morgens in einen bleischweren Schlaf gesunken. Immer wieder hatte sich das Bild mit dem kleinen, wächsernen, vornübergefallenen Gesicht, auf das sie in der Umkleide gestoßen war, vor ihr inneres Auge gedrängt – im Wechsel mit dem olivfarbenen, lebensfrohen Antlitz, dem sie vor einem knappen Jahr bei ihrer Saxophonstunde für Sekunden begegnet war.

Aber es kam noch etwas anderes hinzu. Als sie sich gegen zwei Uhr im Dunkeln endlich ins Schlafzimmer geschlichen hatte und unter ihre Bettdecke geschlüpft war, war sie mit dem Ellbogen auf einen seltsamen, weichen Widerstand gestoßen. Vorsichtig ließ sie ihre Hand weiter nach rechts gleiten, bis sie einen weichen Haarschopf berührte: Salvatore! In letzter Zeit verkroch sich der Kleine immer häufiger, wenn er nachts aufwachte und sie noch nicht zu Hause war, in die Geborgenheit unter der Decke seines Vaters. Neben Andreas hätte allerdings zu diesem Zeitpunkt eine Bombe hochgehen können, ohne dass er aufwachen würde. Francesca hatte sich am linken Bettrand dünn gemacht, so gut es ging. Sie war es gewohnt, auf der rechten Seite liegend, mit angewinkelten Beinen und mit dem Ellbogen unter dem Kopf ihre Einschlafstellung zu finden, aber unter diesen Umständen war nichts daraus geworden. Als sie schließlich um drei Uhr entnervt ihr Bett verließ und mit steifen Gliedern in die Küche schleichen wollte, sah sie schon auf dem Flur den Lichtschein.

Lisa saß in sich zusammengesunken auf einem der weißen Küchenstühle und schluchzte lautlos vor sich hin.

Francesca rückte einen Stuhl neben sie und setzte sich.

»Hat dich alles sehr mitgenommen gestern, hmh?« Sie wollte ihr eine Träne aus dem Gesicht wischen, aber Lisa drehte den Kopf weg.

»So 'nen Scheißjob will ich mal später nicht machen!«, zischte sie. »Wie bist du denn bloß auf so was gekommen!«

»Wäre jetzt 'ne längere Geschichte«, antwortete Francesca, ging zum Kühlschrank, holte Milch, erwärmte sie auf dem Herd, löste zwei Esslöffel Honig auf und goss die mild duftende Milch in zwei Becher.

Doch Lisa war abrupt aufgestanden und wortlos wieder in ihrem Zimmer verschwunden.

Viereinhalb Stunden später stand Francesca mit dem Regenschirm vor ihrem Wagen und rüttelte vergeblich an der Fahrertür. Dann tastete sie an ihrer Jeans nach ihrem Schlüsselbund. Natürlich, Andreas hatte ja den Volvo gestern gefahren! Sie musste noch einmal umkehren und fand den Wagenschlüssel in der Küche auf der aufgeräumten Arbeitsplatte. Schön, dass er daran gedacht und den Schlüssel nicht mit in den Kindergarten genommen hatte. Auch hatte er sie extra schlafen lassen, den Wecker auf sieben gestellt. Sie mussten sich alle heute Morgen sehr rücksichtsvoll verhalten haben, dass sie vom Aufbruch ihrer Kinder nichts mitbekommen hatte!

Der eigentliche Grund dafür, dass sie zu spät dran war, lag allerdings tiefer. Eine gute halbe Stunde war Francesca vor ihrem Kleiderschrank gestanden, unschlüssig, was sie anziehen sollte. Ein Strickblazer wie gestern? Ihr Shirt mit dem Wasserfallkragen wäre zu dünn bei diesem Wetter. Und welche Hose? Wieder die schwarze Slimline-Hose mit dem Saumzipper oder einfach eine Jeans?

Eigentlich wäre ich zu Fuß ja schneller gewesen – die paar Meter um die Ecke, dachte sie, als sie endlich den nüchternen Besprechungsraum betrat.

Özi blickte kurz auf und musterte ihren fliederfarbenen Pullover mit dem rassigen Leoprint im Rücken.

Sie ließ kurz den Blick über die Köpfe schweifen. Ihre Kolleginnen und Kollegen befanden sich in murmelnden Gesprächen oder dösten vor sich hin. Kommentarlos verteilte sie an die links und rechts Sitzenden routinemäßig ihre Karamellbonbons – Marke Eigenproduktion. Von Maria. Sie nahm auf ihrem Stuhl an der Stirnseite des langen Tisches Platz, ordnete ihre Papiere und hörte Helga zu Özi sagen:

»Mich wundert es nicht, dass es ausgerechnet eine Chinesin getroffen hat.«

»Koreanerin«, verbesserte Özi. »Oder vielmehr: Deutsche, von einem koreanischen Einwanderer gezeugt.«

»Das spielt doch überhaupt keine Rolle!«, empörte sich Helga flüsternd. »Aber ihr Sternzeichen. Jungfrau. Sie hat ein miserables Horoskop. Oder was meinst du, Stefan?«

Helga boxte mit dem Ellbogen gegen den Unterarm des Kriminaltechnikers, der die Augen geschlossen hielt und nur ein Brummen von sich gab.

Wie oft hatte Özi schon versucht, ihr klar zu machen, dass Horoskope nicht von alten Weissagerinnen oder Astrologen erstellt werden, sondern von blutjungen, übernächtigten Volontärinnen in Zeitungsredaktionen.

»Gewitterwolken tauchen am Himmel auf. Wovor haben Sie Angst?«, zitierte Helga unerbittlich und kommentierte: »Ein eindeutiges Vorzeichen für alle, die zwischen dem 24. 8. und 23. 9. geboren sind.«

Özi wischte mit der Handfläche über den Tisch.

»Hat es außer ihr noch mehr Jungfrauen erwischt?«

Helga stutzte und biss auf das Karamellbonbon in ihrem Mund, es knackte. Özi sah Francesca grinsend an, auch sie konnte sich ein ironisches Lächeln nicht verkneifen.

Schließlich setzte sich die Kommissarin aufrecht und räusperte sich. Sofort kehrte Stille ein. Alle Augen richteten sich erwartungsvoll auf die Leiterin der Soko.

»Wir versuchen mal, den Stand der Dinge zusammenzufassen, um dann unsere weiteren Ermittlungsansätze abzuleiten«, begann sie routinemäßig. »Das Opfer heißt Kyra Song, sechsundzwanzig, Tochter der Musiklehrerin Astrid Nonnenmacher-Song und des Bildhauers Soo-Jung Song, alle wohnhaft in Kohlberg. Auffindesituation: Das Opfer hing in einem Sommermantel an einem Kleiderbügel aufgehängt in einer Umkleidekabine der Abteilung Musterteileverkauf der Firma Hugo Boss in der Metzinger Outlet-City.«

Ein leises Raunen ging durch die Neuen in der Gruppe.

»Todeszeitpunkt …« Francesca zögerte. »Etwa 16 Uhr 50. Ich selbst bin direkt nach der Tat dazu gestoßen«, erklärte sie. »Zufällig.« Sie sah in die Runde und stieß auf fragende Blicke.

»Einkaufsbummel«, fügte sie hinzu und ärgerte sich über ihren entschuldigenden Ton. Doch entgegen ihrer Befürchtung lächelte niemand über sie.

»Das Opfer wurde erwürgt, vermutlich mit dem Gürtel des Mantels. Das rechtsmedizinische Gutachten liegt noch nicht vor. Spurenlage?«

Francesca nahm den Kriminaltechniker in den Blick.

Stefan Schmid hatte die ganze Zeit mit geschlossenen Augen dagesessen. Jetzt zuckte er zusammen, war aber gleich bei der Sache und erheiterte die versammelte Mannschaft mit seinem fränkischen Dialekt, der fast jedes »K« zum »G« einweichte, das »T« zum »D« und das »R« rollen ließ.

»Keine Abwehrspuren. Der Täter muss die Kabine betreten und den Vorhang zugezogen haben. Dann hat er sein Opfer vermutlich blitzschnell von hinten gepackt, ihm den Gürtel um den Hals geschlungen und zugeschnürt.«

»Aber hat sie denn nicht geschrien?!«, warf die Polizeipraktikantin dazwischen.

Schmid ließ sich nicht aus der Ruhe bringen.

»Der Gürtel ...«, erklärte er weiter. »Man muss sich das so vorstellen: Ein ziemlich schmaler Stoffgürtel, der war ziemlich in sich verdreht, das kann blitzschnell gehen. Da kommen Sie nicht mal mehr zum Luftholen. Ich kann's ja mal an Ihnen demonstrieren!«

Alle lachten kurz auf. Außer der Polizeipraktikantin, die pikiert auf ihre türkisfarbenen Fingernägel schaute.

»Aber natürlich«, fuhr der Kriminaltechniker fort, »hat der Täter oder die Täterin Handschuhe getragen. Und Fußspuren gab's zwar haufenweise, aber die sind nicht zuordenbar.«

»Der Täter oder die Täterin?«, fragte die Praktikantin wieder.

Francesca warf ihr einen entnervten Blick zu.

»Dazu werden wir noch kommen.«

»Das Einzige, das wir sicherstellen konnten, sind winzige Faserspuren am Vorhang. Irgendein textiles Gewebe, das auch für Mäntel verwendet wird. Und da können Sie natürlich nun auch fragen«, meinte er mit Blick auf die Praktikantin, »dass die nicht zuzuordnen sind bei den vielen Leuten, die sich da ausziehn ...!«

Er deutete auf einen der neuen Kollegen und übergab ihm das Wort.

»Fasern haben wir auch am oberen Teil des Kellerfensterrahmens in Kohlberg gefunden«, erklärte der Kollege vom Einbruchdezernat. »Leider stimmen beide Faserspuren aber nicht miteinander überein.«

»Wäre ja auch ein Wunder gewesen«, meinte die Kommissarin. »Heißt aber noch gar nichts. Entweder es handelt sich um verschiedene Täter oder der Täter trug unterschiedliche Oberbekleidung ... Aber, egal wie. Es fragt sich doch, warum diejenige, von der jemand Informationen haben will, zuerst umgebracht wird und man erst anschließend nach ihren Datenträgern sucht.«

Die Teilnehmer der Ermittlungsgruppe blickten die Kommissarin fragend an.

»Laptop und sämtliche Speichermedien sind nämlich aus dem Zimmer des Opfers verschwunden«, ergänzte der Kollege.

»Also bleibt die Frage offen«, formulierte Francesca ihren Gedanken noch einmal anders, »warum man nicht die Herausgabe der Dokumente, die man in seinen Besitz bringen will, erzwingt oder meinetwegen erpresst, sondern den Träger der Informationen spektakulär ermordet und erst nach dem Mord beginnt, nach den Informationen zu suchen.«

Aufmerksam war der Kollegenkreis ihren Überlegungen gefolgt; alle sahen nachdenklich vor sich hin.

Francesca tippte Özi auf den Unterarm.

»Fahrzeuge, Tommy!«, forderte sie ihn auf.

»Ein verdächtiges Fahrzeug in der Umgebung konnte gestern nicht ermittelt werden. Wir vermuten aber, dass das Opfer nicht mit seinem eigenen Fahrzeug zum Outlet gefahren ist, sondern mit dem BMW der Freundin.« Özi wandte sich zu den Fotos um und verwies auf die entsprechenden Aufnahmen. »Die Freundin heißt Hanna Rümmelin, selbstständige Steuerberaterin in Metzingen. Sie konnte aber noch nicht befragt werden. Auch die Suchmeldung nach dem Fahrzeug des Opfers, einem silbergrauen Golf mit Reutlinger Kennzeichen, hat bislang noch kein Ergebnis gebracht.«

Francesca bedankte sich.

»Womit wir bei den Zeugen wären«, leitete sie zum nächsten Thema über. »Direkte Tatzeugen gibt es nicht. Wohl aber hat die Leiterin der Verkaufsstelle, Ana Wischnewski, die ich noch gestern am Tatort befragen konnte, zwei Aussagen gemacht, die uns weiterführen könnten.« Die Kommissarin blickte in die Runde und stellte fest, dass die Spannung im Raum stieg. »Sie will beobachtet haben, wie eine Chinesin …« Sie unterbrach sich. »Ich meine, wie eine ihrer Meinung nach asiatisch aussehende, zierliche Frau jemandem durch den geschlossenen Vorhang einen Kleiderbügel in eine der Kabinen reichte. Leider war sie sich nicht sicher, ob es sich um die Kabine handelte, in der sie Minuten später das Mordopfer fand, oder um die nebenstehende Umkleide.«

»Krieg unter chinesischen Produktpiraten …« Ungefragt lieferte die Praktikantin ihre Einschätzung ab.

»Warum nicht gleich: Die China-Mafia im Outlet!«, spottete Özi und erntete kollegiales Gelächter.

»Ich war noch nicht ganz fertig«, meldete sich der Kriminaltechniker wieder zu Wort. »Meine Kollegen und ich …«, fuhr er fort und warf den neben ihm sitzenden Beamten anerkennende Blicke zu. »Wir haben den Kleiderbügel natürlich untersucht, weil wir uns auch gefragt haben, wie so ein Plastikbügel ein solches Gewicht aushält. Ihr müsst euch das so vorstellen …«

Stefan Schmid erhob sich und gab mit dem Spiel seiner Hände eine Präsentation.

»Also, auf der einen Seite habe ich einen Kleiderbügel von Boss. So einen mit einem Hohlraum. Aus Plastik. Und auf der anderen Seite einen aus Holz. Und nun wurde der Bügel aus Holz …« – er führte seine rechte Faust zu seinem linken Handteller – »… von unten in den Plastikbügel hineinmontiert. Von außen siehst du nichts.«

Anerkennung heischend blickte er in die erstaunte Runde.

»Der Holzbügel hat so einen schwarzen Prägeaufdruck,

wie ihr den alle noch von früher kennt. Helmut Reutter Herrenkleiderfabrik Zell am Aichelberg. Aber das wird uns vermutlich nicht weiterführen.«

»Von denen hatte mein Ex Hunderte im Kleiderschrank!«, warf Helga Müllerschön dazwischen.

Schmid setzte sich wieder.

»Ja, der kann überall her sein und Fingerabdrücke haben sich natürlich auch nicht gefunden«, sagte Francesca. Und mit der Handtasche, die das Opfer bei sich hatte, war wohl nichts Auffälliges?«

»Ihr Handy fehlt. Ich nehm ja mal an, sie hatte es mitgenommen zum Shopping. Im BMW lag jedenfalls nichts, sofern man das mit einem Blick durch die Scheiben beurteilen kann. Ihre eigenen Autoschlüssel trug sie nicht bei sich. Aber das Opfer trug ein Paar nagelneue Sportschuhe Marke Puma, die dort für zehn Euro im Angebot waren. Und in ihrer Tragetasche lagen nicht nur ihre alten Treter, sondern nochmal dasselbe Paar. In derselben Größe.«

Francesca bedankte sich bei ihren Kollegen.

»Aber ich bin auch noch nicht fertig. Ana Wischnewski hat nämlich noch eine andere Beobachtung gemacht. Und die deckt sich mit weiteren Zeugenaussagen. Tommy?« Sie versetzte dem Kollegen wieder einen Schubs mit dem Ellenbogen.

»Also mehrere Zeugen berichten von einer brünetten Frau, die sich in der Nähe des Opfers bewegte. Und zwar, das konnten wir rekonstruieren, hatte Kyra Song zunächst im Musterteileverkauf von Boss die zwei Paar Sportschuhe ergattert. Da war die Brünette auch schon mit im Laden. Aber anschließend ging sie noch zu Armani, Escada und Calvin Klein. Dort haben Verkäuferinnen ausgesagt, ihnen sei das merkwürdige Pärchen, wie einige sich ausdrückten, aufgefallen. Die Brünette habe sich ihrem Eindruck nach keine Waren angeschaut, sondern nur so getan als ob und immer Kyra Song im Auge gehabt. Und als diese den Laden verließ – sie hatte offenbar nur rumgestöbert – sei die andere gleich wieder hinter ihr her.«

»Also mir wär das sofort aufgefallen, wenn da jemand so an mir klebt«, kommentierte die Polizeipraktikantin.

»Zum Schluss sind beide wieder in den Musterteileverkauf zurückgekehrt«, ergänzte Özi. »Und dann war die Brünette plötzlich verschwunden.«

»Was wir dabei im Auge behalten sollten«, griff Francesca Özis Ausführungen auf, »die Zeugen berichten übereinstimmend, die ansonsten unauffällige, aber hochgewachsene Frau habe einen merkwürdigen Gang gehabt.«

»Einen männlichen?«, versuchte es die Polizeipraktikantin ein letztes Mal. »Den eines Mannes?«

Francesca erwiderte ihren Blick.

»Diesmal könnten Sie richtig liegen!«

Vergeblich hatte Hanna Rümmelin in ihrer Wohnung im Hart Hölzle auf Felix Herrle gewartet. Neunzehn Uhr hatte er zugesagt, aber eine Stunde später war er noch immer nicht erschienen.

Auch Kyra hatte sich nicht mehr gemeldet. Wenigstens eine SMS hätte sie ihr schicken können, nachdem sie sich ihren BMW geliehen hatte. Jedenfalls hatte sie sich über den Pulli gefreut. So sehr, dass sie ihn gleich anbehalten wollte.

Als Kyra fort war, hatte Hanna lange am Fenster gestanden und auf die leicht abfallende Straße hinabgeblickt und den Weg der Regentropfen verfolgt, die ein nach und nach stärker werdender Wind über die Scheiben trieb, wo sie sich zu kleinen Bächen vereinigten und mit zunehmender Geschwindigkeit nach unten schossen.

Sie hatte es über Felix' Mobiltelefon und seine diversen Festnetzanschlüsse in Wohnung und Büro versucht. Felix Herrle war ein zuverlässiger Mensch, der keinen Termin versäumte und es anderen übel nahm, wenn sie sich nur drei Minuten verspäteten – sie konnte die Tatsache, dass er nicht kam, also als klare Absage werten.

Aber wie stellte er sich das vor? Glaubte er wirklich, er könne nach Belieben über sie verfügen? Und jetzt, da er sie wegwerfen wollte wie einen schönen Gegenstand, an dem man sich sattgesehen hat, glaubte er wirklich, dass sie auch in Zukunft brav die Rolle weiterspielen würde, die er sich für sie ausgedacht hatte?

Noch Anfang Januar hatte Felix sie für eine Woche nach Tunesien eingeladen, wo es jetzt spottbillig war, weil die meisten Touristen aus Angst vor Anschlägen wegblieben. Für 595 Euro eine Juniorsuite im Hasdrubal Prestige Djerba, in einer der Wellness-Oasen mit Palmengarten und Thalasso-Zentrum. Obwohl Felix nicht derjenige war, der auf den Preis geachtet hätte. Sie hatte ausgesucht und gebucht. Er zahlte. Wie eine Sekretärin, dachte sie nun. Er hätte sich nie die Mühe gemacht, stundenlang im Internet zu recherchieren, um etwas Passendes zu finden, hatte ja für alles seine Domestiken. Aber welche Frau würde sich nicht verwöhnen lassen von einem Mann, der ihr keinen Wunsch abschlug. Solange es sich um Käufliches handelte.

Das war ja nicht alles gewesen, dachte sie. Hand in Hand hatten sie stundenlange Strandspaziergänge unternommen, barfuß, mit kurzen Hosen und im T-Shirt, den Pulli locker über die Schultern gehängt. Abends fast allein an der Hotelbar mit kühlen, orangefarbenen Drinks. Und dann der Ausflug durch die Wüste nach Ksar Hedada, wo George Lucas 1997 die erste Episode von Star Wars gedreht hatte: Die dunkle Bedrohung … Unvergessen!

Hanna seufzte und wandte sich vom Fenster ab. Wenn er sie wirklich ausschließen wollte aus seinem Leben – sie würde ihn dazu zwingen, dass er sie, wenn schon aus seinem Herzen, doch nie aus seinen Gedanken streichen könnte!

Schließlich hatte sie einen Blick auf ihre Longines-Armbanduhr geworfen. Eines seiner Luxusgeschenke aus der Saint-Imier-Collection zu ihrem Sechsundzwanzigsten. So eine trägt Kate Winslet, hatte er gesagt und geheimnisvoll gelächelt. Inzwischen war es 20 Uhr 45. Schon viel zu lange gewartet.

Entschlossen hatte sie sich Kyras Golfschlüssel geschnappt. So einfach würde sie es ihm nicht machen! Mit dem Wagen, der stotterte und unterwegs an einer roten Ampel einmal sogar ausging, fuhr sie durch den nächtlichen Regen Richtung Innenstadt, um auf die Ulmer Straße zu kommen. Schon beim Einbiegen in die Reutlinger Straße raste ein Polizeifahrzeug mit Blaulicht und Martinshorn vorbei Richtung Outlet. Als sie sich dem Lindenplatz näherte, traf sie auf ein rotweißes Absperrband am Anfang der Fußgängerzone, an deren Ende sie im Vorbeifahren einen Blick auf ein größeres Aufgebot an Einsatzkräften werfen konnte. Auf der nassen Fahrbahn spiegelte sich rotierendes Blaulicht. Für einen Moment wunderte sie sich. Ein Unfall? In der Fußgängerzone? Oder ein Überfall? Doch im nächsten Augenblick war sie mit ihren Gedanken wieder bei Felix.

Ungehindert fuhr sie nach Neuhausen durch. Doch vor

der Garage an Felix Herrles Anwesen im Silvaner Weg – er stellte seine Wagen immer vor der Garage ab – standen weder sein Jaguar XJR noch sein Maserati Quattroporte. Sie würde umkehren müssen und ins Industriegebiet Längenfeld fahren. Vielleicht war er ja noch in seinem Betrieb.

Dass Felix Herrle als geschäftsführender Gesellschafter der Salzer-Chemie auch noch zu später Stunde in seinem Büro anzutreffen war, erschien Hanna als nichts Ungewöhnliches. Den sprichwörtlichen schwäbischen Fleiß hatte er zu seinem Lebensmotto erkoren. Aber vielleicht fühlte er sich auch unter Druck, da sein Vater, der ihm die Betriebsleitung erst vor zwei Jahren übergeben hatte, ihm noch immer über die Schulter schaute.

Als Hanna endlich die Carl-Zeiss-Straße erreicht hatte, konnte sie durch den dicht fallenden Schnürregen erst auf den letzten Metern erkennen, dass das Verwaltungsgebäude der Fabrik im Dunkeln lag. Auch das Licht in Felix' Büro war erloschen.

Unschlüssig parkte sie am Straßenrand gegenüber. Plötzlich sehnte sie sich nach ihrem Jugendzimmer. Ihr Vater besaß in der Reutlinger Straße im Bereich der Fußgängerzone ein altes Fachwerkhaus, wo er bis heute sein ererbtes Modegeschäft weiterbetrieb. Über dem Laden lag die Wohnung. Dort war sie aufgewachsen. Und oben unterm Dach hatte ihr Vater, als sie älter wurde, einen größeren Raum einbauen lassen, der bis heute ihrer war. Erst vor einem Jahr hatte sie sich die eigenen vier Wände im Hart Hölzle leisten können und war umgezogen, aber ihr Zimmer über dem Modeladen war unverändert geblieben. Sie wusste nicht, warum es sie mit einem Mal so sehr dorthin zurückzog.

Kurz entschlossen fuhr sie in die Innenstadt zurück. Obwohl die Parkplätze in der Metzgerstraße Anliegern vorbehalten waren, quetschte sie den Golf in eine Parklücke und eilte, die Jacke über den Kopf gezogen, hinüber zum Haus ihres Vaters. Noch auf den letzten Metern dachte sie, einfach nur in ihr altes Bett kriechen und die Decke über den Kopf ziehen ... Und einfach an ihrem Vater vorbeischleichen. Sich ausheulen? Bloß nicht! Ihr Vater war schon immer gegen ihre Beziehung zu Felix gewesen. Hatte von seinem zwiespältigen Charakter geredet, ihr weismachen wollen, er besitze einen »verschlagenen Blick«, wie er sich nicht nur einmal ausgedrückt hatte. Und ihm jetzt zu beichten, dass Felix sie verlassen hatte? Später, dachte Hanna, später. Hinzu kam, dass ihr heute nicht der Kopf danach stand, sich seine Klagen über die Outlet-City anzuhören. Womöglich würde er ihr wieder seine neuesten Leserbriefe vorlesen wollen. Und wenn sie sich darauf einlassen und ihm geduldig zuhören würde, käme er irgendwann zu später Stunde sicher wieder auf Mama zu sprechen. Auf ihren Tod vor vier Jahren. Wie alleine er sich fühle. Und dass sie das Einzige sei, was er habe ...

Ein dumpfer, ziehender Schmerz in seinem linken Oberarm ließ ihn hochschrecken. Benommen erfasste sein Blick die Handschelle an seinem Handgelenk. Er zog daran: das metallische Rasseln einer Kette, die gegen Emaille schlug.

Jetzt sah Jörg alles wieder vor sich.

Der Eindringling hatte ihn an die Armatur der Badewanne gefesselt, wo er irgendwann in einen traumlosen Schlaf gefallen sein musste. Morgens. Er erinnerte sich an das erste Vogelzwitschern. Aber das Licht, das jetzt durch das kleine Fenster fiel, war noch immer grau. Also konnte der Tag noch nicht alt sein, überlegte er. Der Regen trommelte gegen die Milchglasscheibe. Ächzend stützte er sich mit der Rechten auf dem Rand der Badewanne ab, um die Lage seiner Beine zu verändern, in denen es durch das Taubheitsgefühl hindurch wie Ameisen kribbelte.

Auf seine Frage, was mit Kyra sei, hatte er letzte Nacht keine Antwort mehr erhalten. Der Mann hatte lediglich mit der Frage geantwortet, warum er jemanden umbringen solle, dessen Informationen er brauche. Aber diese Antwort hatte Jörgs Angst nur noch vergrößert. Schließlich hatte er ihn ja gar nicht danach gefragt, ob Kyra tot sei. Der Einbrecher selbst hatte das Thema Mord ins Spiel gebracht. Auf seine weiteren, bohrenden Fragen hin hatte er sich nur weggedreht und ihm schließlich gedroht, ihn in den Keller zu sperren, wenn er ihn weiter nerve. Was stellte der Typ sich eigentlich vor? Wie sollte es weitergehen, wenn er ihm nichts preisgeben würde? Würde er ihn foltern? Waren die Handschellen schon ein Vorgeschmack oder dienten sie lediglich, wie er sich ausgedrückt hatte, seinem nächtlichen Sicherheitsbedürfnis?

Wenn er nur wüsste, wie er ihn außer Gefecht setzen könnte.

Vielleicht könnte er ihn unter dem Vorwand, die CD, die er suche, sei in einem der Blumenkästen versteckt, auf den kleinen Balkon neben seiner Dachkammer locken und ihn von der Brüstung stoßen? Aber erstens war der Kerl größer und stärker als er, durchtrainiert, wie ihm schien, und zweitens war er immer auf einen Sicherheitsabstand bedacht. Selbst wenn er sich einmal kurz umwandte, dann meistens so, dass eine kleine Kopfbewegung ihn sofort wieder in sein Blickfeld brachte. Und was, wenn es misslang? Wenn sich auf dem Balkon keine Möglichkeit ergab, ihn herabzustoßen, der Mann aber umsonst die Blumenkästen durchwühlt hatte und sich betrogen fühlte? Wenn er die Beherrschung verlieren würde? Schon gestern, als er sich in Rage redete, hatte er das Gefühl gehabt, dass zwischen seiner zur Schau gestellten Lässigkeit und einem unberechenbaren Kontrollverlust nur eine hauchdünne Wand stand.

Es musste ihm etwas anderes einfallen.

»Frühstück machen!«, hörte er plötzlich die Stimme hinter sich. Er wandte den Kopf zur Badezimmertür.

Sadlos Augen lagen tief in den Höhlen, die mittelblonden Haare hingen ihm ins Gesicht. Er blieb im Türrahmen stehen und fuhr sich über seine Bartstoppeln.

»Oder erst mal lieber rasieren?« Er grinste hämisch. »Du ja nicht, du Milchgesicht. Wer weiß, ob du überhaupt noch mal eine Rasur brauchst?«

Mit drei Schritten war Sadlo an der Badewanne, beugte sich über ihn und nahm ihm überraschend die Handfessel ab.

Jörg rieb sich das schmerzende Gelenk.

Sadlo wich zur Tür zurück und setzte ein mitleidiges Grinsen auf.

Schwankend erhob sich Jörg und hievte seine Beine über den Wannenrand. Klar war nur eines: Der Verbrecher würde nicht lockerlassen.

Im Flur ließ Sadlo, immer die Rechte in der Jacketttasche, ihn an sich vorbeiziehen.

Mit steifen Beinen schleppte sich Jörg in die Küche. Am Herd sah er sich nach dem Mann um, der wieder im Türrahmen stehen geblieben war. Sicher würde der Herr seine Bestellung gleich loswerden.

»Zwei Eier. Sieben Minuten!«

Jörg holte einen kleinen Henkeltopf aus einer der unteren Schubladen.

»Für dich auch eins, damit du mir nicht vorschnell vom Fleisch fällst!«

Er ließ Wasser einlaufen, zündete das Gas an und stellte den Topf auf den Herd.

»Und Kaffee!«

Mechanisch stellte Jörg eine Tasse unter den Auslauf der Kaffeemaschine und drückte den roten Stand-by-Knopf. Die Maschine gab ein gurgelndes Geräusch von sich und spülte durch. Sadlo näherte sich. Als die Buttons blau aufleuchteten, forderte der Mann eine zweite Tasse, stellte beide mit der Linken, die Rechte immer in der Tasche belassend, unter den Zweitassenbezug und startete das Gerät. Das Mahlwerk ratterte. Als der Kaffee durch war, stellte er sich mit seiner Tasse wieder in den Türrahmen und begann zu schlürfen, dabei ließ er sich keine Bewegung von Jörg entgehen.

Vorsichtig versenkte Jörg mit einem Löffel die Eier nacheinander im kochenden Wasser und war froh, dass keines platzte. Er stellte den Timer auf sieben Minuten und starrte in den Topf. Er musste endlich wissen, was mit Kyra war! Aber mit neuen Fragen nach ihr würde er nicht weiterkommen. Er wandte sich Sadlo zu.

»Ich habe nachgedacht«, sagte er schließlich.

Sadlo ließ die Kaffeetasse sinken und hob die Augenbrauen.

»In diesem Haus …«, fuhr Jörg fort, ohne Sadlo direkt anzusehen, »Kyra war noch nie in diesem Haus. Und wenn ich irgendeine CD verstecken wollte …«

»Vielleicht auch ein klitzekleiner Memory Stick«, wurde er unterbrochen.

»Meinetwegen auch ein Stick. Warum sollte ich ihn im Haus meiner Tante verstecken und nicht bei mir?«

»Dann überleg doch mal!«

»In meiner WG? Ich meine, da wäre er doch sicherer. Da könnten Sie nicht so einfach reinmarschieren wie hier. Also meine Mitbewohner wären da nicht so begeistert.«

Für einen Moment schien Sadlo nachzudenken.

»Das ist ein Argument«, ließ er Jörg schließlich wissen. »Menschen sind immer eine gute Tarnung. Aber andrerseits, dein Zimmer, das ist mir einfach zu billig. Und wenn das alles ist, was dir dazu einfällt …«

»Ich weiß wirklich nichts. Aber wenn Sie mir sagen, was mit Kyra los ist, bin ich bereit, mir über ein Versteck aus Kyras Sicht Gedanken zu machen«, sagte er jetzt schnell.

»Ach, der Herr will mir Bedingungen stellen?« Sadlo stellte die Tasse ab. »Ich will mir aus Kyras Sicht Gedanken machen«, äffte er. »Psychokacke!«

Der drohende Unterton war nicht zu überhören. So kam er also auch nicht weiter.

»Aber gut, wenn es dir hilft!«, sagte Sadlo plötzlich. »Deine Tante hat doch sicher das Käseblatt hier oben abonniert …«

Die Tageszeitung? Was wollte er plötzlich mit der Zeitung?

»Den ›Albboten‹?«, fragte er.

Sadlo zuckte mit der Schulter und warf einen Blick auf seine Armbanduhr.

»Vielleicht war der Austrägerfritze ja schon da.«

Der Mann trat einen Schritt zur Seite und bedeutete ihm mit einer Handbewegung, er solle zur Tür gehen und nachschauen.

Jörg zwängte sich an ihm vorbei und sah die Zeitung unter dem Schlitz der Haustüre auf dem Boden des Flurs liegen. Er nahm das Blatt auf und faltete es auseinander, überflog die Titelseite – und erschrak. War das Kyras Passfoto rechts unten?

Die Schlagzeile: »MORD IM OUTLET!«

Sein Blick verschwamm. Kyra? Was sollte das heißen? Seine Fingernägel verkrallten sich im Papier. Er starrte auf die Buchstaben, ohne den Sinn zu begreifen, und doch bohrte sich der Sinn in sein Hirn. Jörg kippte an die Wand, dann rutschte er mit dem Rücken zu Boden, noch immer das Blatt zwischen den verkrampften Händen haltend, noch immer auf Kyras Foto starrend.

»Du wolltest es ja unbedingt wissen, oder?«, grinste Sadlo.

Jörg ließ das Kinn auf die Brust fallen und begann zu schluchzen. Tausend Gedanken jagten ihm durch den Kopf. Gestern Vormittag hatte sie ihm eine SMS geschrieben. Gleich nach ihrer Landung in München. Aber da war er ja selbst noch im Flieger nach Frankfurt gesessen, hatte die Botschaft erst nachmittags gelesen, als er das Smartphone auf dem Weg zur Gepäckausgabe wieder eingeschaltet hatte. Und dann hatte er sie zurückgerufen. Sie hatte ihm erklärt, heute Vormittag, wenn sie ihren Termin bei Boss hinter sich haben würde, rauszufahren zu ihm ins Lautertal. Hatte gesagt, sie gehe erst mal zu ihren Eltern und dann brauche sie noch Zeit für sich, für den Bericht. Wenn sie sich irgendwie bedroht gefühlt hätte, hätte sie ihm das nicht gesagt? Oder hatte sie ihn nur nicht beunruhigen wollen? Aber nichts an ihrer Stimme hatte ihn irritiert. Er kannte sie doch. Wenn sie mit irgendetwas hinter dem Berg hielt, was sie beschäftigte, dann hatte er es noch immer ihrer Stimme angehört. Selbst am Telefon. Dann sprach sie weniger flüssig. Ließ Pausen zwischen den Sätzen. Aber gestern? Gut, sie hatten es kurz gemacht, aber das hatte daran gelegen, dass er seine Gepäckstücke auf dem Band entdeckt und von sich aus das Gespräch beendet hatte. Sie war es gewesen, die zum Schluss gesagt hatte, sie sehne sich nach ihm.

»Brauchst du jetzt 'ne Auszeit zum Trauern, oder was?«

Sadlos Hohn klang wie aus der Ferne – und doch hatte Jörg verstanden. Er fühlte nichts, aber in irgendeinem Winkel seines Gehirns arbeitete es weiter, unabhängig vom Rest seines Körpers, den er zusammengesackt und kraftlos im Flur vor sich hocken sah, von außen – wie in einem Film. Hatte der Typ sie umgebracht? Und suchte jetzt nach einem Datenträger, nach irgendeinem brisanten Material? Irgendetwas stimmte nicht.

Wenn der Verbrecher von vornherein hinter ihr her gewesen wäre, hätte er sie doch schon in München abpassen können. Er hätte einen halben Tag Zeit gehabt, um das Gesuchte von ihr zu erpressen. Stattdessen hatte er sie ins Outlet bummeln lassen. Um dann zuzuschlagen? Ausgerechnet dort, unter den vielen Menschen, und obwohl er nichts in Händen hatte?

»Jetzt mach mal, wir sind noch nicht fertig miteinander!«, hörte er wieder die Stimme seines Peinigers.

Jörg ließ die Zeitung sinken. Selbst wenn dieses Schwein sie nicht umgebracht hatte, so musste er doch in den Mord verwickelt sein. Offenbar hatte ihm jemand einen Strich durch die Rechnung gemacht. Oder es war alles ganz anders. Vielleicht hatten andere Gangster Kyra die Informationen längst abgejagt und sie dann getötet?

Und jetzt war die Reihe an ihm. Wie lange würde der Verbrecher noch abwarten? Und ob der Mann ihm Glauben schenkte oder nicht – das Gefährlichste für ihn war: Er würde ihn identifizieren können! Allein schon aus diesem Grund würde er ihn wohl kaum am Leben lassen.

Im nächsten Moment bemerkte Jörg einen Schatten vor sich. Er hob den Kopf und blickte in die Mündung eines Revolvers.

»Deine Schonzeit ist vorbei«, hörte er Sadlo sagen. »Wenn du nicht in die Gänge kommst, muss ich dir wohl nachhelfen.«

Eine noch nie gespürte Kälte stieg in ihm auf. Jetzt ging es nicht mehr um Kyra. Jetzt ging es nur noch um *sein* Leben.

Helga Müllerschön ließ ihre Finger über die Computertastatur flitzen. Neben ihr lagen die Tickets, die Stefan Schmid in Kyra Songs Handtasche gefunden hatte. Trotz ihrer morgendlichen Migräneattacke hatte sie sich zuerst zu der Dienstbesprechung gequält. Und jetzt brauchte Francesca die Überprüfung der Reisedaten des Opfers. Am liebsten hätte Helga sich krankgemeldet und ins Bett gelegt. Aber sie wurde gebraucht. Wenigstens hier. Und die Eltern des Opfers hatten es verdient, dass die Ermittlungen schnell vorankamen. Wenn sie sich vorstellte, dass jemand ihrer Tochter so etwas angetan hätte – sie würde Amok laufen! Sie ließ die Maus los und bückte sich nach ihrer Tasche. Ohne den Blick von ihrem Monitor zu nehmen, tasteten ihre Finger nach einem der quadratischen Waffelpäckchen mit der leckeren Haselnussschokolade. Fehlanzeige.

Der Direktflug Peking-München hatte etwa zehneinhalb Stunden gedauert. Die Maschine der Air China war pünktlich um 5 Uhr 30 gelandet. Anschließend hatte Kyra Song den S-Bahn-Transfer zum Münchner Hauptbahnhof benützt. Um 7 Uhr 28 war sie in den Intercity nach Stuttgart eingestiegen. Ankunft Stuttgart Hauptbahnhof – ebenfalls fahrplanmäßig – um 9 Uhr 47. Dann ab 10 Uhr 22 mit dem Regio Richtung Reutlingen-Tübingen. Ankunft Metzingen 11 Uhr 04. Wo ihr Golf abgestellt war, hatte ein kurzer Anruf beim Ordnungsamt in Metzingen geklärt. Fünf Wochen lang hatte der Wagen an einem der Parkplätze in der Hindenburgstraße unweit der Radiologischen Gemeinschaftspraxis gestanden – die Fahrzeuginhaberin hatte dafür eine Verwarnung in Höhe von dreißig Euro kassiert. Dann könnte sie also gegen 11 Uhr 30 in Kohlberg eingetroffen sein. Insofern stimmte das mit den Aussagen der Eltern überein.

Helga druckte die Zusammenstellung aus und watschelte durch die offene Tür ins Büro nebenan, wo Francesca und Özi an ihren Telefonen hingen. Sie schob ihren schweren Körper von der rechten Seite her an die Kommissarin heran und blickte auf ihr Rückenteil mit dem Leopardenmuster.

»Wo hast du das denn her?«, fragte sie.

Francesca beendete ihr Telefonat und sah Helga an.

»Was?«

»Dein Pullover. Echt heiß …«

»Danke, den hab ich mir bestellt …«

Helga schien sich mit der Auskunft zufriedenzugeben und wedelte mit dem Ausdruck.

Francesca nahm ihr das Blatt aus der Hand, bedankte sich und überflog den Text.

»Fragt sich jetzt nur noch: Was hat Kyra Song in der Zeit zwischen Kohlberg und dem Outlet gemacht?«, sagte die Kommissarin und blickte zu ihrer Mitarbeiterin auf. »Die

Freundin, diese Hanna Rümmelin, ist noch nicht aufgetaucht, Tommy?« Francesca drehte sich mit dem Schreibtischstuhl zu Özi um.

Özi fing ihren Blick auf, unterbrach sein Telefonat und verneinte.

»Aber die Kollegen sind dran.«

Francesca drehte zurück. Eigentlich konnte sie es nicht ausstehen, wenn jemand wie Helga fast auf Tuchfühlung ging. Aber so, wie sie ihre Kollegin kannte, rückte sie ihr immer dann so dicht auf die Pelle, wenn sie Probleme hatte, über die sie eigentlich nicht sprechen wollte. Oder vielleicht doch?

»Dir geht's nicht gut, oder?«, fragte sie, wich über die linke Seite aus und stand auf.

Helga presste die Lippen aufeinander.

»Wieder Stress mit deinem Ex?«

Helga spielte mit dem Blumenanhänger ihrer Halskette.

»Ach, es ist immer das gleiche Theater. Meine Tochter ...«

Sie stockte.

»Sophie?«

»Heute Morgen beim Frühstück. Da sagt sie doch glatt, sie will zu ihrem Vater ziehen.«

»Na ja, wie alt ist sie denn jetzt? Fünfzehn?«

Helga deutete ein Kopfnicken an.

»Na ja, weißt du ... Ich weiß nicht, wie meine Lisa sich verhalten würde. Wenn ein Kind an beiden Eltern hängt ...«

Helga machte eine wegwerfende Handbewegung.

»Alles Schnee von gestern. Natürlich hängt sie an ihrem Vater. Aber der nützt das entsprechend aus ...«

»Redet ihr denn noch miteinander?«

»Hast du noch eins von deinen Karamellbonbons?«, kam die Gegenfrage.

Francesca schob ihr den kleinen Teller hin, der immer auf ihrem Schreibtisch stand.

»Es nützt doch alles nichts«, sagte Helga, nahm den Teller an sich und verschwand ohne ein weiteres Wort wieder in ihrem Büro.

Francesca blickte ihr kopfschüttelnd nach. Dann sah sie sich nach Özi um. Aber der hatte sich inzwischen dünngemacht. Sie entdeckte ihn hinter der Jalousie an der Glaswand, die ihr Büro vom Gang und dem kleinen Wartebereich trennte, und sah auf seinen Rücken.

Während sich Francesca mit Helga unterhalten hatte, war Özi in den Wartebereich gerufen worden. Eine Zeugin, die unbedingt Francesca sprechen wollte. Er hatte die korpulente Dame mit Handschlag begrüßt.

»Chatzi ...«

»Gesundheit!«, hatte Özi ihr gewünscht und überlegt, ob es angebracht wäre, ihr ein Taschentuch zu reichen.

Aber die Frau hatte heftig den Kopf geschüttelt.

»Nein, nein, mein Name«, hatte sie erklärt. »Chatzi ...«

»Nur mit der Ruhe, wir sind ja bei der Polizei!«

»Chatzidospyridaki!«

»Ach so!«

Einen Moment war Özi der Mund offen stehen geblieben, dann hatte er gelächelt.

»Ich möchte zu Frau Molinari. Es geht um ihren Mordfall.«

Özi entdeckte die Ausgabe des »Reutlinger General-Anzeigers« in ihrer Hand, wandte sich um, und als er durch die Jalousien auf den fragenden Blick der Kommissarin gestoßen war, bat er die Frau herein.

»Elena!«, rief Francesca aus.

Francesca bot ihr einen Stuhl an. Doch Elena winkte ab.

»Ich steh im Parkverbot!«

Grinsend zog Özi sich an seinen Schreibtisch zurück. Francesca sah Elena abwartend an.

»Es ist mir peinlich«, begann die Taxifahrerin und zögerte.

»Das Parkverbot?«

Elena sah betreten auf den Boden.

»Gestern …, als ich euch beim Outlet abgesetzt habe …«

Özi hob den Kopf.

»Mein Einkaufsbummel«, erklärte Francesca zu ihrem Kollegen gewandt.

»Mit dem Taxi nach Metzingen – ganz nobel!«, rutschte es Özi heraus.

Elena warf ihm einen giftigen Blick zu.

»Da bin ich nicht gleich zurück«, sagte sie schnell. »Ich musste auf Toilette.«

Elena ließ ihren Blick wieder zum Boden wandern. Dann fuhr sie endlich mit ihrer Aussage fort.

»Die nächste ist im Parkhaus gegenüber der alten Enzian Seifenfabrik. Aber es hat ewig gedauert in dem Stau …«

Francesca sah sie geduldig an.

»Jedenfalls, als ich dann da war, kam ein Mann raus.«

»Aus der Damentoilette?«

Elena nickte.

Francesca sah sich zu Özi um, der sich jetzt ungewöhnlich langsam erhob.

»Und? Hatte er irgendwas bei sich?«, fragte die Kommissarin.

»Eine Plastiktüte, glaub ich.«

»Glaub ich oder weiß ich«, hakte Özi nach.

Elena schien zu überlegen.

»Weiß ich!«, bestätigte sie.

»Kannst du ihn beschreiben?«, fragte Francesca.

»Dann lassen wir gleich ein Phantombild machen!«, fuhr Özi dazwischen.

Elena ließ die Schultern sinken.

»Ich war doch froh, dass ich endlich …«, erklärte sie. »Irgendwie groß …«

»Haarfarbe?«, fragte Francesca.

»So genau hab ich mir den nicht angeguckt!«

»Heißt das …?«, setzte Özi wieder an.

Elena winkte ab.

»Phantombild, das krieg ich nicht gebacken.«

Francesca hob die Augenbrauen.

»Vielleicht doch? Wir haben da spezielle Methoden. Die helfen der Erinnerung auf die Sprünge.«

»Tut mir leid …« Elena zuckte mit den Achseln. »Aber ich könnte jetzt wirklich nicht sagen, wie er aussah, so im Gesicht …«

»Wie wär's mit seinen Klamotten?«, versuchte es Özi noch einmal.

»Ein Mantel. Kurz. So was in der Richtung. Irgendwas Blaues oder Schwarzes …«

Özi wandte sich ab und verdrehte die Augen.

»Das ist doch schon mal was!«, sagte Francesca übertrieben freundlich. »Also falls dir noch mehr einfällt …«

Elena verstand ihren Satz als Aufforderung zum Gehen.

»Ja gut, dann …«

»… dann weißt du ja, wie du uns erreichen kannst … Danke erst mal!«

Özi wandte sich wieder dem Geschehen zu.

»Vielen Dank, Frau Chatzi …«

»Chatzidos … pyri … Griechisch«, wollte Francesca erklären.

»… daki«, ergänzte Elena.

Francesca grinste Özi an. »Aber mit den Griechen habt ihr Türken es ja nicht so!«

Özi lachte.

»Erstens bin ich kein Türke. Zweitens ist Schatzi auch keine Griechin. Und drittens: Genauso wenig wie du Italienerin bist!«

Elena lachte nun ebenfalls.

»Aber jetzt muss ich wirklich … Strafzettel kann ich nicht absetzen!«

Francesca hielt Elena die Tür auf.

»Auf jeden Fall ist das ein weiterer Hinweis darauf, dass wir es mit einem männlichen Täter zu tun haben«, stellte die Kommissarin fest, als die Taxifahrerin fort war. »Diesmal aber ein handfester.«

»Dann hat er also nach der Tat die Kleider gewechselt«, überlegte Özi.

»Und vermutlich eine Perücke getragen …«

»Und die muss er nicht nur nachher entsorgen …«

»… sondern sich vorher erst mal besorgen«, sagte Francesca. »So viele Bezugsquellen gibt es da ja nicht.«

Özi beugte sich auf seinem Stuhl vor und gab der Suchmaschine das Stichwort »Perücken«.

»In Reutlingen gibt's zwei Einträge für Haarteile, in der Region weitere fünf. Oder sie stammt aus 'nem Webshop.«

Francesca dachte nach.

»Glaube nicht, dass er sie aus dem Web hat. Die musste ja absolut passen … Trotzdem sollte sich Helga mal an den Webshops abarbeiten. Sicherheitshalber.«

Özi zog seine Hände von der Tastatur zurück.

»Stefan soll ein paar Leute auf die Perücke ansetzen. Das hat jetzt Vorrang!«, wies Francesca ihn an.

Özi griff zum Telefonhörer.

Francesca war stehen geblieben. Vermutlich hatten sie es also mit einem Mann zu tun. Aber was sie eigentlich beschäftigte, war etwas anderes. Sie wandte sich zu Özi um.

»Was mir immer noch durch den Kopf geht«, begann sie, trat an das breite Bürofenster und sah in den Regen hinaus. »Dieses Spektakuläre an diesem Mord. Der hat sich nicht nur gegen die Person des Opfers gerichtet.«

»Geht mir auch so«, gab Özi zu verstehen. »Vielleicht richtet sich die Tat ja gegen die Firma Hugo Boss!«

Francesca wiegte mit dem Kopf.

»Oder wir sollen das glauben ...«

»Und dann der Einbruch. Irgendwas muss es mit Kyras Auftrag in China zu tun haben.«

»Ja«, antwortete die Kommissarin nachdenklich. »Jedenfalls sollen wir hier wohl ein Rätsel der besonderen Art lösen ... «

Noch halb im Schlaf lauschte Hanna den vertrauten, fernen Glockenschlägen der Metzinger Martinskirche. Sie verbanden sich mit den Geräuschen des Regens, der auf das schräge Dachfenster fiel. Als sie jedoch neun Schläge zählte, schreckte sie hoch. Hatte sie sich getäuscht? Sie sprang aus dem Bett, tastete von außen ihren feuchten Mantel – er hing über der Rückenlehne des Schreibtischstuhls – nach ihrer Armbanduhr ab, sah auf das Zifferblatt. Die Turmuhr ging richtig! Sie hatte doch heute Morgen zu Felix fahren wollen. Aber nicht so spät!

Schon gegen dreiundzwanzig Uhr war sie am vergangenen Abend in einen unruhigen Schlaf gefallen. Zwei Stunden später war sie wieder hellwach. Sofort hatten sie die Gedanken an Felix wieder im Griff. Doch auch ihr Magen knurrte. Jetzt noch mal runterschleichen, an der Wohnungstür ihres Vaters vorbei? Aber mit leerem Magen würde sie nicht weiterschlafen können …

Schließlich war sie doch noch einmal aufgebrochen, um zur Nachttankstelle an der Maienwaldstraße zu fahren. Als sie an der Outlet-City vorbeikam, lag – bis auf ein paar matt erleuchtete Schaufenster – alles im Dunkeln. Beim Vorbeifahren fiel ihr wieder das Polizeiabsperrband am Eingang zur Fußgängerzone auf, dahinter stand quer ein unbeleuchtetes Polizeifahrzeug. Merkwürdig, dachte sie noch, aber dieser Gedanke wurde gleich wieder von einem anderen Gedanken ersetzt. Was, wenn die Tankstelle geschlossen wäre? Mit stotterndem Motor fuhr sie links die Eichbergstraße Richtung Eningen hoch. Als sie am Kreisverkehr anlangte, sah sie durch den nächtlichen Regen das erleuchtete Shell-Emblem.

Am Kühlregal hatte sie sich ein Käse-Schinken-Sandwich geschnappt und durch gezielten Einsatz ihres Charmes die Bedenken einer jungen männlichen Servicekraft überwunden, ihr trotz Alkoholverbots eine Flasche Metzinger Hofsteige Schwarzriesling auszuhändigen. Wenig später zurück in der Metzgerstraße fand sie ihren alten Parkplatz unbesetzt und flüchtete sich durch den Nieselregen wieder unbemerkt in ihr Dachzimmer.

Kein Wunder, dass ich verpennt habe, dachte sie jetzt und starrte die halb geleerte Flasche auf ihrem Schreibtisch an. Hoffentlich würde sie Felix endlich erreichen! Leise tappte sie wieder die alte Holztreppe hinunter und mied dabei die ihr seit Kindheit vertrauten knarzenden Stellen. Da ihr Vater um diese Zeit schon sicher im Laden sein würde, zog sie es vor, den Hinterausgang zu benützen und einen Bogen zur Metzgerstraße zu gehen.

An Kyras Golf klebte – in einer Klarsichthülle – ein Knöllchen.

Wenig später ordnete sie sich an der Bahnüberführung wieder in den Verkehr Richtung Neuhausen ein. Immer wieder kam der Motor ins Stottern, aber wenn sie die Kupplung und gleichzeitig das Gaspedal durchdrückte, lief er wieder rund. Hoffentlich würde Kyras alte Rostbeule durchhalten, wenigstens bis zu Felix' Wohnung. Die Scheibenwischer schabten am Glas. Schließlich bog sie wieder in den Silvaner Weg ein, parkte, spannte ihren Regenschirm auf und ging auf das Haus zu.

Die stattliche alte Fabrikantenvilla, die versetzt zu den neueren Häusern in der Straße in einem großzügigen Garten lag, besaß ein Krüppelwalmdach mit einer Doppelgaube und von grauem Stein eingefasste Fenster. Auf der rechten Hälfte war das Fachwerk freigelegt worden. Das erste Obergeschoss zierte ein Erker.

Hanna öffnete die weißlackierte Gartenpforte, näherte sich der holzgetäfelten Eingangstür mit dem farbigen Jugendstilfenster und klingelte. Kurz darauf waren Felix' vertraute Clogs auf dem Steinfußboden zu hören. Hanna wischte sich die feuchte Hand am Mantel ab.

Als die Tür aufging, blickte sie in ein entsetztes Gesicht.

Felix Herrle trat einen Schritt zurück. Starrte sie mit aufgerissenen, dunklen Augen an.

»Was ist los? Bin ich ein Gespenst?«, fragte Hanna und musterte ihn irritiert. Er musste doch mit ihr gerechnet haben, nachdem er sich am Vorabend nicht mehr hatte blicken lassen! Oder war diese Tussi bei ihm?

Herrle stand regungslos da, öffnete den Mund, brachte aber kein Wort heraus.

Hannas Augen streiften seine schwarzen Brusthaare.

»Ich störe wohl?«

Der hochgewachsene Mann zog den Bademantel enger und verschränkte die Arme vor der Brust. Schließlich schüttelte er leicht den Kopf und räusperte sich verlegen.

»Ich hab dir gestern ewig lang hinterher telefoniert«, brachte Hanna hervor. »Aber so schnell entkommst du mir nicht!«

Betreten senkte er den Blick.

»Willst du mich hier im Regen stehen lassen?«

Herrle deutete eine Kopfbewegung an. Hanna klappte ihren Regenschirm zusammen und ging an ihm vorbei ins Haus. Als er die Tür geschlossen hatte, wandte sie sich zu ihm um.

»Was ist los mit dir, du bist so komisch?!«

Er blieb an der Tür stehen und verschränkte die Arme. Jetzt sah er ihr zum ersten Mal in die Augen.

»Wundert dich das?«

Hanna ließ den Schirm in den Ständer gleiten.

»Blass siehst du aus, Felix.«

Er ging voraus. War es schon so weit gekommen, dass er sie ins Besucherzimmer komplimentierte, statt – wie üblich – ins Wohnzimmer zu führen? Vor ein paar Monaten waren sie noch von der Haustür aus direkt ins Schlafzimmer marschiert …

»Was willst du denn noch?«, fragte er müde und sank auf die barocke Récamiere.

Hanna blieb am Fenster stehen, lehnte sich gegen den marmorierten Sims und sah ihn herausfordernd an.

»Was ich will? Ich will mein Leben zurück!«

Herrle grinste überlegen.

»Ich hab's satt, deine Theatralik! Ich hab gesagt, dass es mir leidtut. Ich hatte das ja nicht geplant mit Renate. Aber nun ist es so, wie es ist.«

»Was ist an ihr anders? Ist sie schöner, klüger, besser im Bett?«

»Das haben wir doch schon tausendmal durchgekaut.«

Hanna drehte sich zum Fenster um. Bloß nicht heulen!

»Du hast mir das Blaue vom Himmel versprochen.«

»Gefühle ändern sich. Aber das ist ja nichts Neues«, gab er zur Antwort.

»Aber jede Trennung hat ihren Preis. Und den habe ich dir schon vor Wochen genannt!«

»Und deshalb bist du jetzt hergekommen? Glaubst du, ich hätte deine Drohung nicht ernst genommen?«

»Ich will nichts mehr als eine Abfindung!«

Herrle kniff die Augen zusammen.

»Was bildest du dir eigentlich ein. Du führst dich auf, als wären wir zwanzig Jahre verheiratet gewesen!«, sagte er gehässig.

Hanna fuhr herum.

»In diesen drei Jahren habe ich mehr für dich getan, als in zwanzig Jahren möglich gewesen wäre.«

»Deshalb lasse ich mich noch lange nicht erpressen«, erklärte er müde.

»Du traust es mir nicht zu«, reagierte Hanna verbittert. »Aber treib mich nicht zum Äußersten. Ich habe dir schon mal gesagt: Wenn ich will, kann ich deinen ganzen Laden hier hochgehen lassen!«

»Dann würde aber mein Vater mit hochgehen. Willst du das? Ich denke, ihr seid ein Herz und eine Seele gewesen.«

Jetzt grinste Hanna überlegen.

»Gewesen? Vielleicht reicht es ja auch, wenn ihm endlich mal jemand Bescheid sagt. Dann bräuchte er sich wenigstens keine Sorgen mehr zu machen um den Betrieb.«

Herrle lächelte.

»Du hängst doch genauso mit drin! Deinen Beruf könntest du abschreiben!«

»Ich will, dass mein Geld nächste Woche auf meinem Konto ist!«

»Du bewegst dich auf sehr dünnem Eis!«

Herrle stand auf und verschwand in der Küche. Als er zurückkam, warf er den »Ermstal-Boten« auf das Couchtischchen.

»Deine Freundin hat's ja bös erwischt!«, sagte er, ohne sie anzusehen.

Stirnrunzelnd nahm Hanna das Blatt in die Hand. Im nächsten Moment lief ihr ein Schauer über den Rücken.

»Kyra?«, murmelte sie und sah Felix fragend an.

»So schnell kann's gehen …«, grinste er zynisch.

Hanna überflog den Text. Mit schwankenden Schritten ging sie auf den Stuhl gegenüber der Récamiere zu und stützte sich an der Lehne ab.

»Im Outlet? Aber wer …?« Hanna stockte der Atem.

»Wer sollte Interesse haben, deine hübsche Freundin über die Klinge springen zu lassen?«, nahm er ihr das Wort ab.

Hanna starrte ihn fassungslos an.

»Gestern war sie noch bei mir!«

Vergeblich versuchte er, ihrem Blick standzuhalten. Er erhob sich.

»Und morgen in das kühle Grab …!«

Er war stehen geblieben und grinste vor sich hin. Seine Mundwinkel zuckten.

»Du verdammter Zyniker!«, brach es aus Hanna hervor.

»Du würdest ja auch über Leichen gehen!« Wütend heulte sie auf und stürzte sich auf ihn. Verzweifelt hämmerte sie mit den Fäusten gegen seine Brust.

Herrle winkelte die Arme an. Überrumpelt ließ er ihren Angriff geschehen. Dann aber wich er zurück.

Hanna machte einen Ausfallschritt, um nicht zu stürzen. Wutentbrannt schlug sie ihm ins Gesicht und ließ ihn stehen.

Sie riss die Haustür auf und lief hinaus in den Regen. Wie in Trance stolperte sie den Gartenweg hinunter zur Straße.

Erst wenige Meter vor Kyras Wagen bemerkte sie die beiden Polizeibeamten, die um den Golf herumgingen und prüfende Blicke ins Innere warfen. Sie blieb stehen.

»Ist das Ihr Wagen?« Willi Kächele kam auf sie zu.

Hanna schaute durch den Mann hindurch.

Der Beamte wiederholte seine Frage.

Hanna nickte, dann schüttelte sie den Kopf.

Kächele griff nach ihrem Arm und bat sie, mit zum Einsatzwagen zu kommen.

Mechanisch setzten sich ihre Beine in Gang.

Ob sie sich ausweisen könne, fragte der Polizist.

Sie blieb stehen und drehte langsam den Kopf in Richtung Golf. Spürte den Regen nicht, der ihr übers Gesicht lief.

»Meine Handtasche«, murmelte sie.

Kächele begleitete sie zurück zu Kyras Wagen, wo er sich vor ihr aufstellte und seine Nase an ihr Gesicht heranschob.

»Haben Sie was getrunken?«

Mit einer Kopfbewegung verneinte Hanna.

»Meine Freundin«, sagte sie schließlich leise.

Der Beamte machte eine ungeduldige Handbewegung.

»Ja was jetzt?«

Mit zitternden Fingern zog sie die Autoschlüssel aus der Hosentasche. Ungefragt nahm der Polizist ihr die Schlüssel ab, öffnete den Wagen und reichte ihr ihre Handtasche. Hanna aber drückte sie ihm wortlos zurück in die Hände. Kächele zog den Reißverschluss auf und fingerte ihren Plastikausweis heraus.

»Aile Hanna Rümmelin?«, fragte er plötzlich etwas freundlicher und gab dem Kollegen, der bei dem Polizeiwagen stehen geblieben war, einen Wink. Der zweite Beamte kam heran.

»Der Wagen ist auf Kyra Song zugelassen«, stellte dieser fest.

Hanna nickte stumm.

»Den Wagenschlüssel muss ich leider behalten.«

Gleichgültig blickte sie das schwarze Teil auf seiner Hand an, die sich jetzt schloss.

»Und Sie darf ich bitten mitzukommen«, sagte Kächele. »Unsere Kollegen von der Kripo hätten ein paar Fragen an Sie.«

Tommy?«, fragte Francesca und blickte sich irritiert im Büro um. Sie hatte nur für zwei Minuten den Raum verlassen und jetzt war er plötzlich verschwunden? Sie hörte ein Stöhnen.

Özi hatte eine grüne Isomatte hinter seinem Schreibtisch liegen und streckte im Vierfüßlerstand das Gesäß in die Höhe.

»Hast du deinen Gebetsteppich wieder ausgerollt?«, fragte sie.

»Mach mal das Fenster auf, gleich heb ich ab!«, presste er hervor.

»Nach Mekka geht's aber da lang!«, spottete sie und deutete in Richtung Tür.

Özi kam wieder zum Stehen und grinste.

»Asana«, erklärte er. »Hund ...«

»Asanahund?«, fragte Francesca verständnislos zurück.

»VHS. Yogakurs. Hundstellung.«

Die Kommissarin lachte auf.

»Na ja, solange du nicht anfängst zu bellen«, meinte sie. »Mir reicht es völlig, wenn du schnüffelst!«

Özi lachte, rollte die Isomatte zusammen und stellte sie in eine Ecke.

»Ist wunderbar für Körper, Seele und Geist ...«

Francesca empfand es als einen angenehmen Zug ihres Kollegen, dass er nie versuchte, sie von seinen Rezepten für Gesundheit und Wohlbefinden zu überzeugen.

»Gut, und wenn jetzt alles wieder rund läuft bei dir ... Ich such 'nen Chauffeur!«, sagte Francesca gähnend.

»Ja, ich bin immer fit!«, erwiderte Özi und lächelte.

»Wenn jemand eine Vorstellung davon hat, wonach der oder die Einbrecher in Kyras Zimmer gesucht haben könnten, dann Jessica Hombach von Boss«, sagte Francesca. »Helga musste sich allerdings eine ganze Weile durchfragen, bis sie auf die Dame stieß.«

Wie immer, wenn sie mit dem Dienstwagen unterwegs waren, ließ sich die Kommissarin gerne von Özi chauffieren. Tomislav Özcan genoss es seinerseits, einen Wagen der E-Klasse zu fahren, auch wenn er im untersten Preissegment lag und bestimmt schon mehr als acht Jahre auf dem Buckel hatte. Irgendwie konnte er die Thüringer Kollegen verstehen, die ihre Dienstwagen zum Einkaufen missbraucht hatten. Machte einfach Spaß. Allerdings ermittelte jetzt das LKA gegen sie.

Nur heute nützten ihm die 170 PS unter seinem Hintern mal wieder wenig. Nach dem Ende des vierspurigen Ausbaus, wo der Verkehr Richtung Stuttgart über die zweispurige B312 weitergeführt wurde, reihte sich Lkw an Lkw. Aber schon die übernächste Ausfahrt würde sie zur Konzernzentrale von Hugo Boss führen.

»Ist das die Frau, die speziell für Asien zuständig ist?«, fragte er und verschob sein Karamellbonbon von einer Mundhälfte in die andere.

»Frag mich nicht, ich kenn mich in den Strukturen dieses Konzerns ja auch nicht aus«, antwortete Francesca. »Jedenfalls war sie Kyras unmittelbare Vorgesetzte.«

Das Metzinger Industriegebiet zog sich rechter Hand der Straße entlang. Bevor es nahtlos in das des Nachbarortes Riederich überging, setzte Özi den Blinker und bog Richtung Industriegebiet Längenfeld ab. Ein riesiger, abgezäunter Industriekomplex mit grauen Gebäuden schob sich in ihr Blickfeld. Hinter einem großen, zur Konzernzentrale gehörenden Parkhaus fuhren sie in einen Kreisverkehr und bogen rechts ab.

»Wo liegt denn der Haupteingang?«

Özi blickte sich suchend um und fuhr auf den Seitenstreifen.

»Der Navi sagt, wir stehen direkt davor …«

»Da vorne ist eine Säule mit Pfeilen!«, sagte Francesca.

Özi fuhr weiter und bog rechts ab.

»Warum fährst du denn jetzt rechts?«

»Oh lass uns nicht den Weg der Irre gehen«, grinste Özi.

Sie gerieten in eine Sackgasse, an deren Ende sich eine Wendeplatte befand, dahinter eine Absperrung zum Firmengelände und ein Pförtnerhäuschen mit einem Fußgängerdurchgang und einer Sprechanlage. Sie blickten auf ein Schild. Eine gepunktete Linie verwies sie auf den Haupteingang in der Ernst-Abbé-Straße.

»Main Gate«, las Francesca.

»Die Wege des Herrn sind unergründlich ... Das ist übrigens nicht die einzige Stelle, in der Koran und Bibel dieselben Aussagen machen«, erklärte Özi.

»Aber in ihren Widersprüchen sind sie sich leider auch ziemlich ähnlich«, erwiderte Francesca.

Kurz darauf erreichten sie die Schranke des Hauptzugangs. Nach einem Telefonat des Pförtners wurden sie durchgelassen, dann parkte der Wagen gegenüber einem kolossalen Verwaltungsgebäude aus blaugrauem Glas.

Francesca schätzte Jessica Hombach auf Mitte dreißig. Über einer weißen Bluse mit schwarzen Punkten trug sie einen schwarzen Businessblazer, dazu einen schmal geschnittenen, anthrazitfarbenen Bleistiftrock. Mit ernstem Gesicht kam sie auf die beiden Kripobeamten zu, begrüßte sie mit einem knappen, geschäftsmäßigen Lächeln und stellte sich vor. Francesca fiel der schlichte silberne Armreif an ihrem Handgelenk auf, den nur ein schwarzer, knopfartiger Button mit einem weißen Zeichen zierte. Die linke Faust umschloss ein weißes Stofftaschentuch.

»Ich bin fassungslos!«, sagte Jessica Hombach.

Sie führte sie zu einer der großzügigen Besucherecken, wo sie Platz nahmen.

»Frau Song wollte eigentlich um acht Uhr hier sein«, erklärte sie. »Aber sagen Sie mir, wie ich Ihnen helfen kann. Gibt es denn schon einen Verdacht?«

So hört es sich an, schmunzelte Francesca, wenn eine Schwäbin sich um reines Hochdeutsch bemüht.

»Wir ermitteln in verschiedenen Richtungen«, antwortete sie. »Aber im Augenblick wollen wir uns ein Bild von ihrer Tätigkeit in China machen.«

»Von meiner?«

»Von der des Opfers.«

Jessica Hombach schlug die Beine übereinander.

»Sehen Sie da einen Zusammenhang?«

»Irgendjemand hat es auf ihre Speichermedien abgesehen. Wir fragen uns natürlich nach dem Motiv.«

Frau Hombach sah auf ihre Fingernägel.

»Also worauf der Täter so scharf ist«, erklärte Özi. »Wenige Stunden nach der Tat wurde im Haus ihrer Eltern eingebrochen. Laptop, Sticks, CDs. Alles weg.«

»Oh je, dann kann ich den Auditoren-Bericht ja endgültig in den Wind schreiben!«, erwiderte Jessica Hombach bestürzt.

Francesca sah Kyras Vorgesetzte fragend an.

»Auditor. Lateinisch«, dozierte Özi. »Von Audire. Hören.«

Peinlich berührt verdrehte die Kommissarin die Augen.

»Mein Kollege befindet sich in ständiger Fortbildung an der VHS.«

Jessica Hombach lächelte bemüht.

»Vielleicht muss ich da etwas ausholen«, setzte sie an. »Hugo Boss lässt seine Produkte überwiegend durch unabhängige Zulieferer fertigen, die unter anderem auch in China angesiedelt sind. Insbesondere Handelsware im Bereich Sportswear wird aus Asien bezogen. China ist in dieser Region bis heute das wichtigste Zulieferland. Dabei messen wir auch der Verbesserung unserer Marktposition dort eine hohe Bedeutung bei. Eine kontinuierlich wachsende Mittelschicht und der damit verbundene Zuwachs an Kaufkraft für Premium- und Luxusgüter insbesondere in China bieten Hugo Boss erhebliche Absatzpotenziale. Im vergangenen Jahr wurde in Peking die größte Fashion Show veranstaltet, die wir jemals in Asien ausgerichtet haben.«

Hört sich an wie aus dem Geschäftsbericht, dachte Francesca. Hoffentlich textet sie uns nicht weiter so zu.

Als hätte Jessica Hombach ihre Gedanken erraten, fügte sie hinzu:

»Sie können das alles auch unserem Geschäftsbericht entnehmen.«

»Und wie muss ich mir nun Frau Songs Aufgabe vorstellen?«, fragte Francesca. »Konkret?«

»Auch das wird in unserem Geschäftsbericht erklärt. Hugo Boss verpflichtet sich und seine Lieferanten zur Einhaltung international anerkannter arbeits- und sozialrechtlicher Mindeststandards. In den Sozialstandards werden die Einhaltung von nationalen Gesetzen geregelt, das Verbot von Kinderarbeit und Zwangsarbeit, maximale Arbeitszeiten, menschenwürdige Arbeitsbedingungen, Diskriminierungsverbot, Zahlung angemessener Löhne, gesunde und sichere Arbeitsbedingungen ...«

»Hört sich ja besser an als in der Türkei«, warf Özi dazwischen.

»In der Türkei produzieren wir übrigens auch«, klärte Frau Hombach ihn auf.

»Das klingt ja alles ganz toll, aber wie wollen Sie das kontrollieren?«, fragte Francesca.

Frau Hombach beugte sich vor und entschloss sich zu einer ausgreifenden Handbewegung, als wolle sie die Welt erklären.

»Darum geht es ja gerade. Frau Song war die vergangenen Wochen in Chengdu als Auditorin eingesetzt, nachdem sie ihre interne Schulung absolviert hatte. Unsere Lieferanten sind dazu verpflichtet, mit ihr zu kooperieren. Sie besichtigt den Betrieb, spricht mit den Betriebsangehörigen, kann von den Betriebsanlagen und -gebäuden Aufnahmen machen und sogar Einblick in die Bücher nehmen.«

»Und was passiert bei Verstößen?«, fragte Francesca.

»Erstens können Sie davon ausgehen, dass unsere chinesischen Partner ja an einer dauerhaften Geschäftsbeziehung mit Hugo Boss interessiert sind…«

»Na ja, gut«, unterbrach Özi ihren Redefluss. »Aber man kann ja, wenn man weiß, der Kontrolleur ist im Anflug, vorher die Kisten vom Notausgang wegräumen, und wenn er wieder weg ist, stellt man sie wieder hin!?«

Jessica Hombach lächelte missbilligend.

»Das Auditergebnis fließt in die halbjährliche Lieferantenbewertung ein. Werden Verstöße festgestellt, wird je nach Schweregrad das Auditintervall erhöht und zusammen mit dem Lieferanten ein verbindlicher Maßnahmenplan vereinbart. Aber auch das steht in unserem Geschäftsbericht.«

»Und wenn das nicht zieht? Kündigen Sie den Lieferanten?«

»Notfalls ja.«

Jessica Hombach sah auf ihre rotgoldene Armbanduhr.

»Ich will ja Ihre Zeit nicht überstrapazieren«, sagte Francesca, »aber Kyra Song. Angenommen, sie ist vor Ort auf Unregelmäßigkeiten gestoßen. Gibt sie Ihnen denn nicht zwischendurch mal Bescheid?«

»Schon… Sie hat uns wöchentlich eine Mail geschickt. Aber…« Frau Hombach zögerte. »Wenn das unter uns bleibt… Man weiß ja nicht, was die Chinesen alles mitlesen…«

Francesca und Özi sahen sich an.

»Deshalb haben wir eine Art Code vereinbart…«

Francesca rückte an die Kante ihres Stuhls vor.

»Also, und das wollten Sie ja wissen… Wenn ihr ein Verstoß auffällt, schreibt sie in ihrer Mail… Ich verrate Ihnen natürlich jetzt nicht den Code… Aber nur als Beispiel. Das Wetter ist miserabel. Könnte dann heißen: Die Kooperation mit dem Lieferanten läuft schlecht. Oder: An den Straßen gibt es überall kleine Garküchen, ich kann nur nicht alles essen. Das heißt dann: Die Standards werden im Großen und Ganzen eingehalten, aber es gibt verschiedene kleinere Missstände…«

»Wow!«, stieß Özi aus. »James Bond lässt grüßen!«

»Und was war nun konkret mit den Mails von Frau Song?«, fragte Francesca.

»Da war nichts Auffälliges dabei.«

»Also kein Code?«

»Kein Code.«

»Könnten Sie uns diese Mails ausdrucken?«

»Selbstverständlich. Ich kann das veranlassen.«

»Tja«, sagte Francesca, »jetzt kann ich mir das schon etwas konkreter vorstellen…«

»Aber wirklich helfen konnte ich Ihnen auch nicht…«

Jessica Hombach tupfte sich mit ihrem weißen Stofftaschentuch die Augen.

»Vielleicht ist sie ja auch auf irgendetwas anderes gestoßen, man weiß es ja nicht«, fügte sie hinzu. »Obwohl unsere Auditoren ja immer von der Regierungsseite aus einen Aufpasser zur Seite haben, mal so gesagt. Im Fall von Frau Song nahm sicher ihre Dolmetscherin diese Aufgabe war. Die holt sie am Flughafen Peking ab, begleitet sie zu den Zulieferern und zum Hotel…«

»Aber in einem Bett schlafen sie nicht?«, fragte Özi mit schelmischem Grinsen.

»Eine Rund-um-die-Uhr-Bewachung ist das auch nicht. Und das läuft auch nicht offiziell, Sie verstehen schon …«

Francesca erhob sich, um sich jedoch gleich noch einmal zu setzen.

»Da wäre noch etwas«, sagte sie und streifte eine schwarze Haarsträhne hinters Ohr. »Hatten Sie schon einmal einen Fall, bei dem die Chinesen versucht haben, den Auditor zu bestechen oder irgendwie Druck auszuüben?«

Hombach blickte einen Moment irritiert zum Fenster.

»Das steht jetzt nicht im Geschäftsbericht, sondern ist meine persönliche Meinung, die auf Erfahrung beruht. Wir reden ja mit unseren Auditoren … Das ist so eine Gratwanderung manchmal: Wo hört Gastfreundlichkeit auf und wo fängt Bestechung an? Man muss da etwas andere Maßstäbe anlegen. Aber das wird offen kommuniziert und aus meiner Sicht ist etwas, das wir mit unseren europäischen Maßstäben vielleicht als Bestechung werten würden, bisher noch nicht vorgekommen.«

»Aha«, sagte Özi unschlüssig, was er mit dem Gesagten anfangen sollte.

Francesca und ihr Kollege brüteten vor sich hin. Das klingt schon alles etwas gewunden, dachte Francesca, aber vielleicht ist das einfach ihr Stil. Dann fiel ihr Blick auf das weiße Symbol, das den schwarzen Stein des Armreifs zierte. Es erinnerte sie an einen chinesischen Drachen.

Jessica Hombach fing ihren Blick auf.

»Hübsch nicht? Hat mir einer unserer Auditoren mitgebracht … Und, was ich noch hinzufügen wollte: Irgendwelche Anschläge auf unsere Auditoren, Morddrohungen oder Vergleichbares sind mir nicht bekannt. Das wollten Sie doch wissen? Aber dass es einen Zusammenhang zwischen Kyras Ermordung und ihrem Bericht an Hugo Boss geben könnte, ist schon beunruhigend ... Ich hoffe, Sie kommen weiter!«

Francesca und Özi erhoben sich nun gleichzeitig, um sich zu verabschieden.

»Tut mir leid«, sagte Jessica Hombach und erhob sich ebenfalls. »Die Mails leite ich an Sie weiter ... Glauben Sie denn, dass Sie die Dokumente irgendwie finden? Wir haben natürlich auch ein starkes Interesse daran ...«

»Wir werden Sie selbstverständlich verständigen!«, antwortete die Kommissarin. »Und danke, dass Sie sich Zeit genommen haben. Wir finden allein hinaus!«

Wenig später hatten sie den langen Weg nach draußen hinter sich und strebten ihrem Wagen zu.

»Schöne heile Modewelt!«, sagte Özi und betätigte den elektronischen Türöffner.

»Na ja, ein bisschen Betroffenheit hat ja Frau Hombach schon gezeigt«, entgegnete Francesca, dachte aber: Das ist so ein Typ von Frau, die ihre Seidenstrümpfe über die Stuhllehne legt, bevor sie mit ihrem Lover in die Kiste springt.

»Ein bisschen sehr professionell, ja«, meinte Özi und klemmte sich hinters Steuer. »Und wer kontrolliert eigentlich die Kontrolleure der Kontrolleure?«

Der Timer in der Küche piepste.

»Los!«, forderte Sadlo, noch immer den Revolver in der Hand. »Heute werden andere Saiten aufgezogen. Mach das Frühstück fertig!«

Jörg ließ die Zeitung aus der Hand gleiten und quälte sich vom Boden des Flurs hoch in die Senkrechte.

»Kaffee trinken wir in deinem reizenden Wintergarten. Da hast du die letzte Gelegenheit, auf richtige Gedanken zu kommen.«

Sadlo deutete mit der Mündung auf Jörgs Fußspitzen.

»Ansonsten fangen wir bei deinen Füßen an. Waterboarding ist mir zu anstrengend!«

Er grinste fies und ließ Jörg an sich vorbeiziehen. Im nächsten Moment verstummte das akustische Signal des Herds. Sadlo nahm seine gewohnte Stellung im Türrahmen ein, steckte den Revolver jetzt wieder zurück in sein Sakko, legte seinen elfenbeinfarbenen Zahnstocher zwischen die Lippen und beobachtete jede von Jörgs Bewegungen.

Vielleicht würde seine Tante wegen des Dauerregens ihre Unternehmung vorzeitig abbrechen und zurückkehren, schoss es ihm plötzlich durch den Kopf. Das wäre vielleicht die Rettung. Oder sie würde auch noch als Geisel genommen …

Ohne einen klaren Gedanken fassen zu können und noch immer aufgewühlt von der Zeitungsmeldung, bereitete er das Frühstück, stellte das Geschirr zusammen, holte einen Glasaschenbecher aus dem Küchenschrank und trug schließlich alles auf einem Tablett hinüber in den Wintergarten, wo er den kleinen Holztisch deckte.

Sadlo setzte sich, nahm den Zahnstocher aus dem Mund und bemerkte, dass Jörg für sich selbst nur die Kaffeetasse mitgebracht hatte.

»Wo bleibt dein Ei? Iss was! Es könnte deine letzte Mahlzeit sein!«

Jörg reagierte nicht und setzte sich Sadlo gegenüber, der jetzt sein Frühstücksei mit einem scharfen Messerhieb köpfte. Jörg nippte an seinem Kaffee und blickte auf die Lauter hinaus. Ihm schien es, als sei der Fluss über Nacht weiter angeschwollen, dass die grünbraune Brühe sich noch näher an den Wintergarten herangeschoben hatte. Aber wenn seine Tante wüsste, was hier gerade ablief! Und wenn alles hier vorbei wäre und sie später erfahren würde, was sich ereignet hatte? Dann wäre ihr altes Haus für sie verloren. Im letzten Jahr erst der Einbruch. Und jetzt das. Sie würde sich nicht mehr sicher fühlen. Wie war das eigentlich genau gewesen mit dem Einbruch damals? Sie hatte es ihm doch erzählt, aber er hatte wieder mal kaum zugehört. Sie redete immer ohne Punkt und Komma. Aber vielleicht war doch etwas in seinem Hirn hängen geblieben.

»Na, arbeitet es in deinem klugen Köpfchen?«, wurde er aus seinen Gedanken gerissen.

»Tut es«, gab Jörg zu verstehen und führte den Becher mit dem Kaffee wieder zum Mund. Der Einbruch damals. Seine Tante war schon zu Bett gegangen und hörte in der Diele ein Geräusch. Sie war aufgestanden und runtergegangen und hatte den Maskierten schon von der Treppe aus erblickt. Dreist hatte der das Flurlicht eingeschaltet. Der Maskierte hatte sie einen Moment angestarrt und sie hatte schon geglaubt, ihre letzte Stunde hätte geschlagen. Ja, so hatte sie sich ausgedrückt, dachte er. Meine letzte Stunde. Aber dann hatte er sich plötzlich abgewandt und war im Dunkel der Nacht verschwunden. Was ihn an der Erzählung seiner Tante gewundert hatte, war die Banalität der Bilder. So wie man sich das eben vorstellt. Ein Maskierter in der Wohnung. Er wird ertappt. Lebensgefahr für eine alte Dame. So wie im Krimi im Vorabendprogramm. Mit dem Schrecken sei sie noch mal davongekommen, das war auch so eine Redewendung, die sie benützt hatte, mit dem Schrecken. Dabei wusste man, dass auch Einbruchsopfer Jahre, wenn nicht ein Leben lang traumatisiert blieben. Traumatisiert …

»Du träumst von deiner Freundin?«, fragte Sadlo.

Er durfte sich jetzt nicht ablenken lassen. Musste sich auf die Fortsetzung des begonnenen Gedankenfadens konzentrieren. Da war noch etwas. Sie hatte von den Ratschlägen der Kripo erzählt. Eine gute Stunde hatte es gedauert, bis die Beamten mit der Spurensicherung von Reutlingen aus angerückt waren. Der Täter hatte ein Kellerfenster ausgehebelt und beim Einsteigen Faserspuren hinterlassen, deren Auswertung aber offenbar zu keinem Ergebnis führte. Irgendwie hatte seine Tante in ihrem Redeschwall auch die Information untergebracht, der Täter habe keine Fingerabdrücke oder sonstige Spuren hinterlassen und sei bis heute nicht gefasst worden. Wie hoch war die Aufklärungsquote bei Wohnungseinbrüchen? Nicht einmal zwanzig Prozent, war ihm noch im Kopf geblieben aus irgendeinem Zeitungsartikel. Aber er driftete ab … Woran hatte er eben noch gedacht?

Jörg warf einen knappen Blick auf Sadlo, der inzwischen Ei und Marmeladebrot verschlungen hatte und zur ersten Zigarette überging. Was ging in dem Kopf dieses Verbrechers vor sich, wenn er hinaus auf das Tosen der Lauter blickte?

Ich habe noch eine Zigarettenlänge Zeit, dachte Jörg. Mein Leben hängt von einer Zigarettenlänge ab! Er musste sich zwingen, seine Gedanken zu sortieren! Die Kriminalpolizei. Was hatte die Kriminalpolizei seiner Tante geraten? Gitter vor die Kellerfenster einbauen zu lassen? Aber so viel er wusste, hatte sie diesen Rat bis heute nicht in die Tat umgesetzt. Jetzt aber fiel es ihm wieder ein. Ich sorge auf andere Weise vor, sagte sie. Soll keiner glauben, eine alte Frau habe keinen Kopf und keine Hand und keinen Mut. Und noch einmal würde ihr so etwas nicht passieren. Wenn noch einmal einer käme und sie womöglich bedrohen würde, würde sie vorgesorgt haben! Vorgesorgt …

Offenbar wollte Sadlo Gelassenheit demonstrieren, denn im Gegensatz zu gestern, als er gierig und schnell an seinen Zigaretten sog, schien er heute Morgen zum Genussraucher mutiert zu sein. Eine halbe Zigarette. Eine halbe Zigarette Zeit würde ihm noch bleiben.

Vorgesorgt, hatte sie gesagt. Und als sie das sagte, waren sie hier gesessen, hier im Wintergarten, jetzt erinnerte er sich. Sie saß da, wo dieser Verbrecher jetzt den Rauch genüsslich gegen die Glasfassade blies. Und er war ihr gegenüber gesessen, an diesem schrundigen Tischchen, und hatte seine Mails abgerufen und sie reden lassen – jetzt wusste er wieder, dass sie sagte, ich habe überall im Haus Messer versteckt.

Warum war er nicht früher darauf gekommen? Er hatte kostbare Zeit vergeudet. War es die Angst, die ihn gelähmt hatte nachzudenken, seiner Erinnerung selbst auf die Sprünge zu helfen? War es der Schock über Kyras Tod? Heute Nacht, als er in der Badewanne angekettet war … Er hatte die ganze Nacht Zeit gehabt. Und jetzt erst, in der Gegenwart einer Zug um Zug unerbittlich zur Neige gehenden Zigarette, fiel es ihm wieder ein … Überall im Haus. An Stellen, auf die keiner je kommen würde …

Jörg warf einen verstohlenen Blick auf den hüfthohen Rittersporn, der ihm aus einem großen Tontopf an seiner Seite entgegenwuchs. Er sah zu Sadlo, der seinen Körper jetzt nach vorn neigte, sich dem Aschenbecher zuwandte und den Stummel ausdrückte. Er nahm seine Kaffeetasse in die Linke und ließ die Rechte, immer mit halbem Blick auf den Mann, langsam unter den Tisch gleiten, auf seinen Schoß und von seinem Schoß weiter abwärts, bis er das Blätterwerk fühlte. Der Tisch zwischen ihnen würde seine Hand vor einem misstrauischen Blick schützen. Seine Finger begannen langsam unter den Blättern zu kreisen, bis sie auf etwas Metallisches stießen, etwas, das nicht in einen Blumentopf gehörte, unsichtbar und doch erfühlbar mit seiner geriffelten, kühlen Oberfläche, die seine Faust jetzt umschloss. Er spürte das Klopfen seiner Halsschlagader.

Sadlo lehnte sich zurück und sah ihn an, er grinste.

»Was glotzt du so dämlich?«

Jörg lächelte ihn an.

Sadlo erhob sich, streckte sich, gähnte.

Langsam zog Jörg seine Hand zurück. Seine Halsschlagader zuckte.

»Ich weiß nicht, wo Kyra hier etwas verstecken würde«, hörte er sich plötzlich sagen. »Aber ich weiß, wo meine Tante etwas verstecken würde.«

Indem er wieder Kyras Namen ausgesprochen hatte, nahm sein Gedanke an Klarheit und Kraft zu. Er verwandelte sich in eine bisher nie gekannte, zerstörerische Wut, in einen Zerstörungswillen, der Besitz von ihm ergriff und alle Einwendungen, alle Vorbehalte, alle Warnungen, die sein Gewissen ihm eingab, überspülte.

Sadlo sah ihn verblüfft an.

»Und das fällt dir erst jetzt ein?« Er verschränkte die Arme vor der Brust und sah Jörg mit zusammengekniffenen Augen an. »Ich denke, Kyra war noch nie in diesem Haus?«, fragte er misstrauisch.

Dieser Mann hatte kein Recht, Kyras Namen auszusprechen. Er hatte dieses Recht verwirkt, unabhängig davon, ob er sich tatsächlich schuldig gemacht hatte an ihr oder ob er nur Teil des Räderwerks war, das sie vernichtet hatte. Und der Gedanke, der ihn nun fast ganz einnahm und sich jetzt in jedem seiner Muskeln als unerbittlicher Wille einnistete, ließ die Grenzen zur Tat zerfließen. In die Bitterkeit seines zerstörerischen Zorns mischte sich ein ebenso neues, unbekanntes Gefühl. Eine sich vorab, noch vor der Vollbringung seiner sich anbahnenden Tat einstellende tiefe Genugtuung. Ein Gefühl der Befriedigung, nicht nur seine aus den Fugen geratene Welt wiederhergestellt zu haben, sondern der mörderischen Macht des anderen Einhalt geboten zu haben mit seinem vernichtenden Zorn.

»Sie haben sich neulich kennengelernt. Bei der letzten Kunstausstellung meiner Tante in Sankt Johann«, hörte er sich lügen.

Für einen Augenblick fixierte Sadlo die kleine Bronzefigur in der Ecke.

Die Halsschlagader klopfte. Das Problem war der körperliche Abstand, den der Mann einhielt. Er musste ihn mit Worten dazu bringen, dass er vor lauter Gier, kurz vor seinem Ziel zu sein, seine Distanz aufgab.

»Letztes Jahr ist hier eingebrochen worden. Und beim Essen nach der Ausstellung hat meine Tante ihren ganzen Frust bei meiner Freundin abgelassen.«

Sadlo warf ihm einen misstrauischen Blick zu.

»Was hat das mit mir zu tun?«

»Na ja, meine Tante hat sich überlegt, wo sie ihren wertvollsten Schmuck verstecken könnte, falls noch mal einer auf die Idee kommt, hier einzusteigen. Und ich habe gemerkt, dass Kyra irgendwie Lunte gerochen hat. Sie war so komisch auf einmal, hat mit ihr getuschelt, und als ich sie später darauf angesprochen habe, hat sie so getan, als wäre nichts gewesen …«

Sadlo sah Jörg zweifelnd an.

»Weißt du was, Junge? Du quatschst zu viel!«

Der Typ nahm ihm die Geschichte nicht ab. Er musste zum Punkt kommen, musste die mörderische Gelegenheit, nach der sein Rachewille suchte, jetzt selbst herbeischaffen. Mit einer Kopfbewegung deutete er auf die Reihe der Blumentöpfe, die an der Glasfront des Wintergartens entlang aufgereiht standen.

Sadlo folgte seinem Blick.

»Ich kann es nicht versprechen. Aber wenn Kyra wirklich so brisantes Material verstecken wollte, gäbe es kein idealeres Versteck. Aus ihrer Sicht ...«

Sadlo schien zu überlegen. Misstrauisch glitten seine Augen über die Topfpflanzen.

Würde er ihn graben lassen oder würde er die Töpfe zerschießen?

Sadlo zögerte.

»Im Blumentopf? Du schaust zu viel Krimis!«

Plötzlich ergriff Sadlo mit beiden Händen das Tischchen und schleuderte es in eine Ecke. Krachend splitterte ein Holzbein.

»Deine letzte Chance!«

Jörg warf Sadlo einen hasserfüllten Blick zu, in den er seine ganze Verachtung legte.

»Na los, ich warte!«, rief Sadlo drohend.

Jörg ließ sich vor dem Rittersporn auf die Knie sinken und die rechte Hand zurück unter das Blattwerk gleiten, er wunderte sich, dass sie nicht zitterte. Es muss sehr schnell gehen und mit aller Kraft, dachte er und spürte, dass die mörderische Kälte in ihm durch seinen Arm kroch, durch sein Handgelenk floss bis in die Fingerspitzen.

Sadlo räumte Jörgs Stuhl beiseite und trat hinter ihn.

Jörgs Linke drang in die Erde ein.

»Doch nicht so!«, schrie Sadlo. Er stieß ihn beiseite.

Jörg stützte sich auf dem Boden ab und sprang mit einem Satz auf.

Sadlo sah zu ihm hoch.

»Keine Dummheiten! Ich warne dich!«

Voller Ungeduld beugte er sich über den Topf, packte die Pflanze am Schaft und zog, das Wurzelwerk hob sich mit der Erde.

Der Fluss stand unmittelbar vor der Glasfront. Der Regen prasselte gegen die Scheiben. Eine Dohle flatterte vor das Fenster. Irritiert sah Sadlo zu dem Vogel auf.

Den Augenblick nutzend rammte Jörg die Klinge des Teppichmessers mit voller Wucht in den Rücken seines Peinigers. Er traf neben das Schulterblatt und ratschte herunter. Sakko und Hemd rissen auf. Blut quoll aus der lang gezogenen Wunde.

Sadlo stöhnte dumpf auf. Das Wurzelwerk des Rittersporns plumpste zurück in den Topf.

Jörg ließ das Teppichmesser fallen, wich zurück und blickte voller Entsetzen auf den massigen Körper, der sich jetzt aufbäumte.

Ächzend sank Sadlo auf die Knie. Seine Hände umkrallten den Rand des tönernen Blumentopfs. Dann kippte sein Körper röchelnd zur Seite und riss den Rittersporn mit sich.

Die Dohle flog davon. Die einzige Zeugin.

Als Francesca das Vernehmungszimmer betrat, traf sie auf eine junge Frau, deren langen, schwarzen Haare von Nässe trieften und deren heller Sommermantel sich vom Wasser dunkel gefärbt hatte. Noch an der Tür wandte sie sich um, um ein Handtuch zu holen.

Hannas zierliche Gestalt wurde von einem Schauer geschüttelt. Als die Kommissarin zurückkam, hob sie kurz den Blick.

»Wollen Sie sich nicht wenigstens die Haare trocken reiben?«

Mechanisch ergriff Hanna das Handtuch, entfaltete es und ließ es mit langsamen Bewegungen zaghaft über ihre Haare gleiten.

»Tee?«

Özi, der gerade die Tür hinter sich schließen wollte, machte kehrt.

»Mein Kollege bringt Ihnen etwas zum Aufwärmen. Sie holen sich ja noch eine Erkältung«, sagte Francesca besorgt.

Hanna nickte kaum wahrnehmbar, legte das Handtuch zurück und hob den Blick.

»Danke«, hauchte sie.

»Aile Hanna Rümmelin?«, begann die Kommissarin. Ihre Augen glitten über die zusammengekauerte, zierliche Gestalt, sie hatte den Eindruck, dass die junge Frau durch sie hindurchschaute.

»Sie sind in Metzingen aufgewachsen… Und stammen aus dem alteingesessenen Modegeschäft, das es schon gab, als man an eine Outlet-City nicht einmal dachte…«

Hanna schloss die Augen.

»Kyra Song…«, fuhr Francesca fort. »Wir haben Sie hierhergeholt, weil wir hoffen, dass Sie uns vielleicht weiterhelfen können.«

Hanna blinzelte und starrte auf das Handtuch.

»Kyras Eltern sagten uns, sie wollte sich mit Ihnen treffen. Sie sind – Sie waren – befreundet?«

Die Befragte reagierte nicht. Ihr weggetretener Gesichtsausdruck ließ die Kommissarin daran zweifeln, ob sie ihr überhaupt zuhörte.

Özi brachte einen Pappbecher und stellte ihn vor Hanna ab.

»Der Automat«, erklärte er entschuldigend. »Das Heißwasser funktioniert nicht. Wenigstens einen Kaffee ...«

Hanna bedankte sich kaum hörbar.

Özi lehnte sich an die Wand.

»Wann haben Sie Kyra getroffen? Um welche Uhrzeit?«

Hanna schien zu überlegen.

»Zwei?«, antwortete sie schließlich mit belegter Stimme.

»Also so um 14 Uhr?«, wollte sich die Kommissarin vergewissern und warf Özi einen kurzen Blick zu.

»Vielleicht auch eine Viertelstunde später ...«

»Sie kam zu Ihnen oder wo haben Sie sich getroffen?«

Müde rieb sich Hanna den Nasenrücken.

»Bei mir in meiner Wohnung.«

»Bitte schildern Sie mir doch etwas ... In welcher Verfassung war sie?«

Jetzt hob Hanna den Blick. Zum ersten Mal sah sie der Kommissarin in die Augen.

»Aufgedreht irgendwie. Sie wollte gleich wieder los. Mit mir zusammen. Ins Outlet. Da gab es irgendwie so ein Sonderangebot. Sportschuhe.«

»Und Sie?«, fragte Özi.

»Ich bin nicht mit ...«, antwortete Hanna, ohne den Kopf Özi zuzuwenden. »Ich ... hatte noch eine Verabredung.«

Francesca sah Hanna fragend an.

»Sie hat Ihnen nicht erzählt, was Sie gemacht hat, bevor sie bei Ihnen eingetroffen ist?«

Hanna runzelte die Stirn. Wieder ergriff ein Zittern ihren Körper.

»Ihr Kaffee«, sagte Francesca. »Ein bisschen Wärme wird Ihnen gut tun …«

Hanna legte beide Hände um das Pappgefäß und zog es an sich.

»Ich dachte, sie käme direkt aus Kohlberg.«

Francesca sah wieder zu Özi.

»Uns fehlt 'ne gute Stunde«, stellte er fest.

Hanna öffnete den Mund.

»Ihre Eltern sagten aus, sie habe um spätestens 12 Uhr 30 das Haus verlassen«, schob die Kommissarin nach.

Ohne einen Schluck getrunken zu haben, stellte Hanna den Pappbecher nachdenklich ab.

»Im Nachhinein ist es schon merkwürdig«, erklärte sie. »Irgendwie stand Kyra unter Strom. Vielleicht war sie unter Druck wegen ihres Berichts. Das wissen Sie vermutlich schon. Sie sollte heute Morgen ihren Termin bei Boss wahrnehmen und ihren China-Bericht abgeben. Sie ist für das Unternehmen als Auditorin tätig.«

»Darüber sind wir im Bilde. Aber so wie es aussieht, sind Sie die Letzte, die mit Kyra gesprochen hat. Hat sie denn irgendetwas über China rausgelassen? Ich meine, das müsste Sie ja auch interessiert haben, oder?«

»Ja klar …«

Hannas Hände begannen ihre Ausführungen zu begleiten.

»Ich dachte, deswegen kommt sie zu mir, um zu erzählen. Wir hatten zwischendurch zwar gemailt, aber immer nur knapp. Natürlich wollte ich endlich Einzelheiten erfahren, regelrecht gebrannt habe ich darauf. Schließlich war sie fünf Wochen unterwegs. Aber sie hatte ja nur ihre Schuhe im

Kopf… Sie hat das auf den nächsten Tag geschoben. Aber heute hätte sie ja auch keine Zeit gehabt…«

Hanna ließ ihre Hände in den Schoß sinken und schluchzte.

»Warum? Hat sie gesagt, was sie vorhatte – heute?«, fragte Francesca.

»Sie musste ja noch ihren Bericht fertig schreiben und dann nach Metzingen in die Konzernzentrale…«

»Ja, das hatten wir schon…«, sagte Francesca. »Außerdem: In Kyras Wagen haben wir ihren Laptop gefunden. Haben Sie an dem was gemacht?«

Hanna hob abwehrend die Hände.

»Ich weiß, im Kofferraum. Aber den habe ich nicht angefasst!«

»Die Festplatte wurde ausgebaut«, erklärte die Kommissarin. »Sie ist verschwunden.«

Hanna sah die Kommissarin verblüfft an.

»Die Festplatte?«

»In Kyras elterlicher Wohnung wurde eingebrochen. Und dort haben die Täter offenbar gezielt nach Speichermedien gesucht…«

»Eingebrochen?«

»Merkwürdig, nicht?«

Hanna ließ den Blick durch den Raum schweifen und suchte nach einer Entgegnung.

»Aber wenn Sie den Laptop nicht in den Fingern hatten – und Sie hatten den Wagen die ganze Zeit benutzt –, dann kann ihre Freundin die Festplatte ja nur selbst ausgebaut haben«, folgerte Özi. »In der fraglichen Stunde.«

»Aber warum?«, fragte Hanna. »Sticks und CDs und so wurden ihr gestohlen, aber die Daten auf ihrem Laptop soll sie selber zerstört haben? Und weshalb soll sie dann umgebracht worden sein?«

»Wenn wir das wüssten«, erwiderte Francesca, »wären wir schon ein Stück weiter.«

Für einige Sekunden breitete sich Schweigen aus. Schließlich fragte Hanna:

»Wer… Wer kann denn so was gemacht haben? Warum denn gerade Kyra?«

»Wir haben noch keine heiße Spur, wenn Sie das meinen. Wissen Sie noch, wann Kyra wieder gegangen ist?«

Hanna griff nach dem Becher und nahm einen Schluck.

»Lange war sie nicht da. Vielleicht eine Dreiviertelstunde, vielleicht auch etwas länger?«

»Also 15 Uhr«, konstatierte Özi.

»Und wie? Wie ist sie gestorben. Hat sie leiden müssen?«

Die Kommissarin verneinte.

»Das ging alles sehr schnell«, sagte sie mit belegter Stimme. »Sie haben es aus der Zeitung?«

Hanna ließ die rechte Hand zu Boden gleiten und kratzte sich am Knöchel.

»Aber ich hab nur die Überschrift gelesen… Ich war so…« Sie kniff den Mund zusammen.

»Sie wurde erwürgt. In einer Umkleide. Bei Boss«, erklärte Özi. »Mehr dürfen wir Ihnen im Moment nicht sagen… Aber vielleicht fällt Ihnen noch irgendetwas ein. Sie haben sie doch gut gekannt. Hat sie zum Beispiel einmal näher über ihre Arbeit bei Boss gesprochen?«

Hanna stellte den Pappbecher zurück.

»Ich glaube, sie hatte Probleme mit ihrer Vorgesetzten«, antwortete sie nach längerem Nachdenken. »Aber die Arbeit selber machte ihr Spaß. Sie war stolz darauf, dass man ihr das schon zutraute, die Durchführung eines Audits.«

»Das scheint mir ein Widerspruch zu sein«, erwiderte Francesca.

»Ja, hört sich vielleicht so an. War es vielleicht auch. Einerseits traute man ihr einiges zu, andererseits hat sie mal gesagt, sie fühle sich in Gegenwart ihrer Vorgesetzten irgendwie befangen. Sie hat sich immer genau überlegt, was sie sagt. Es sollte sich wohl alles immer locker anhören, aber gleichzeitig schon druckreif sein ...«

Francesca sah Hanna nachdenklich an.

»Und wie ging es dann weiter, gestern Abend, bei Ihnen?«

»Mein Bekannter wollte noch vorbeikommen. Eigentlich wollten wir den Abend gemeinsam verbringen.«

»Eigentlich?«, fragte Özi dazwischen.

»Er hat mich aber... Er hat mich versetzt...« Hanna wandte den Kopf zur Seite. »Später bin ich dann zu ihm gefahren. Aber ist das denn noch wichtig?«

»Wie ist denn der Name Ihres Bekannten?«

»Herrle, Felix«, antwortete Hanna brav.

»Kann er das bezeugen?«

»Er war nicht da ... Aber warum ...?«

Hanna rutschte auf ihrem Stuhl vor.

»Es tut mir leid«, sagte Francesca, »reine Routinefrage. Aber wir brauchen Ihr Alibi.«

Mit großen Augen sah Hanna die Kommissarin an.

»Ich fürchte, damit kann ich Ihnen nicht dienen«, erwiderte sie. »Anschließend bin ich nämlich zu meinem Vater. Aber der hat mich auch nicht gesehen. Unser Textilgeschäft in der Reutlinger Straße. Er wohnt dort. Ich habe da noch mein Jugendzimmer. Ich habe dort übernachtet ...«

Francesca sah Hanna fragend an.

»Ja, fragen Sie mich nicht, warum!«, stieß sie hervor. »Ich weiß es auch nicht. Felix und ich, es lief nicht mehr gut in letzter Zeit. Mir ging es einfach beschissen ...«

Francesca senkte den Blick. Wieder entstand eine Pause.

»Sie sind die ganze Zeit schon mit Kyras Wagen unterwegs gewesen?«

Hanna nickte.

»Warum das denn?«

»Ihr Golf stottert immer wieder, und da ich gestern Abend eigentlich sowieso nicht mehr fort wollte … Jedenfalls haben wir die Wagenschlüssel getauscht und ich habe ihr meinen BMW geliehen.«

»Der ist uns aufgefallen. Kyra hat ihn am Friedhof stehen lassen«, sagte die Kommissarin und wandte sich zu ihrem Kollegen. »Sagst du Stefan Bescheid?«

Özi verließ den Raum.

»Wir müssen Ihren Wagen ebenfalls unter die Lupe nehmen, tut mir leid«, erklärte sie Hanna.

Diese zuckte gleichgültig mit den Schultern und begann, in ihrer Handtasche zu wühlen.

»Sie brauchen nicht zu suchen«, sagte Francesca und erhob sich. »Ihr Wagenschlüssel befand sich ja in Kyras Tasche.«

Hanna schossen Tränen in die Augen.

»Ach so, ja …«

Francesca hielt ihr ein Karamellbonbon hin.

Ohne auf die Geste der Kommissarin zu reagieren, fragte Hanna, ob sie nun gehen dürfe.

»Meine Kollegin wird Sie nach Hause bringen«, sagte Francesca. »Aber eine Frage wäre da noch. Kennen Sie Kyras Freund?«

»Jörg?«

Francesca bewegte auffordernd die Hand.

»Jemand aus seiner WG sagte uns, er sei für ’ne Woche nach Hundersingen. Aber er wusste nichts Genaueres.«

»Ja«, erwiderte Hanna. »Das hat mir Kyra auch gesagt.

Und das hat mich ebenfalls gewundert, warum sie nicht noch am selben Abend zu Jörg gefahren ist. Schließlich hatten sie sich auch fünf Wochen lang nicht mehr gesehen. Aber vielleicht war ihr das zu viel Hin und Her ...«

»Und hat sie auch gesagt, was ihr Freund dort will?«

»Blumen gießen. Das Haus gehört seiner Tante«, antwortete Hanna. »Oder einfach auf das Haus aufpassen, solange sie verreist ist ...«

»Sie kennen nicht zufällig den Namen dieser Tante?«

»Leider nicht, aber sie soll 'ne ziemlich bekannte Malerin sein.«

Jörg sah auf den gekrümmten Leib hinab, auf das blaue Sakko, das aufgeschlagen auf den Fliesen lag mit dem hellen, seidigen Innenfutter nach oben, hörte auf das Röcheln, das weiter aus Sadlos Mund drang. Ein helles, seidiges Innenfutter, war sein erster Gedanke. Sein zweiter: Ich habe jemanden umgebracht! Er sah sich neben sich selbst stehen, neben dem massigen Körper auf dem Boden, neben dem Rittersporn, neben der Blutlache. Dann ging er, ohne einen weiteren Gedanken denken zu können, zurück in die Wohnung, wollte die Haustür öffnen und endlich hinaus, hinaus in den Regen.

Erst als die Haustür nicht nachgab, fiel ihm wieder ein, dass der Schlüssel ja noch immer im Jackett des Mannes steckte, das inzwischen vollgesogen war mit Blut. Und nicht nur der Haustürschlüssel. Auch seine Wagenschlüssel und sein Smartphone befanden sich darin. Er ließ die Arme hängen und starrte die robuste Eichentür an, als sei in ihrer

Maserung eine Lösung zu lesen. Er würde also in den Wintergarten zurückgehen müssen und dem Toten die Schlüssel aus dem Jackett ziehen, aber was, wenn der Mann sich nur tot stellte? Eine Filmszene schoss ihm durch den Kopf, tausendmal gesehen. Jemand bückt sich neben einen Totgeglaubten und greift nach dem Revolver neben seinem Kopf, da packt eine Hand zu mit eisernem Griff…

Jörg schüttelte das Bild ab und wandte sich um. Da fiel sein Blick auf das Telefonkabel am Boden neben dem Modem. Aber es war zerrissen. Das Ende lag lose neben dem Stecker. Verzweifelt versuchte er, sich an die Kälte zu erinnern, an die Kälte seines Willens, die ihm sein Leben zurückgegeben hatte, aber da war nichts mehr in ihm. Eine gleichgültige Leere war an die Stelle des Willens getreten. Gleichgültigkeit und der Wunsch, diesen Käfig zu verlassen, aber der Weg dahin würde zurück in den Wintergarten führen, wo es eine Glaswand gab.

Wie in Trance führten ihn seine Schritte durchs Wohnzimmer und die kleine Treppe hinab. Neben der Treppe lag der runde Tisch, den der Mann beiseite geworfen hatte, lag da und streckte ihm seine restlichen drei Beine entgegen.

In den Augenwinkeln streifte sein Blick den Körper des Mannes. Von einer Sekunde auf die andere hatte er, Jörg Buck, sich in jemand anderen verwandelt, weil etwas, das in ihm geschlummert hatte, Macht über ihn erlangt hatte. Jetzt aber in die Tasche des Toten zu fassen, erschien ihm als ein undenkbarer Akt der Gewalt. Und so widersprüchlich ihm der Gedanke erschien, desto klarer sagte ihm sein Gefühl, dass er dazu nicht mehr in der Lage war. Dann packte er in einem letzten, verzweifelten Willensakt zwei Beine des Tischchens, hob es über den Kopf, trat vor und schleuderte es in die Verglasung.

Die schwere Glasfront splitterte. Draußen plumpste der Tisch in das braune Wasser, wo die Strömung ihn einige Meter weiterschob, bis er an Zweigen, die aus der regengepeitschten Oberfläche ragten, hängen blieb. Mit dem Stuhl, von dem erst vor wenigen Minuten noch sein Peiniger ihn herablassend angegrinst hatte, stieß er die Ränder des Loches weiter aus, bis es groß genug war. Dann ließ er den Stuhl neben sich fallen, bückte sich, schob vorsichtig seinen Körper durch die Öffnung und stand endlich im Freien.

Erst jetzt, da die Kälte des Wassers über seine Knöchel kroch, entdeckte er, dass die anschwellende Strömung bereits einige Zentimeter hoch an der Verglasung des Wintergartens entlangschwappte. An der Hausecke schoss das Wasser aus dem Ablauf der Dachrinne über die blaue Plastiktonne. Rasch durchweichte der niederprasselnde Regenguss T-Shirt und Hose, lief in Strömen über Haare und Gesicht, doch er dachte jetzt nur daran, nach vorne zur Straße zu kommen.

Auf dem schmalen Plattenweg zwischen dem Drahtzaun zum Nachbargrundstück und der Hauswand schwammen geköpfte Blüten. Dicke Regenwürmer wanden sich auf den Granitplatten. Als er endlich seinen Opel Corsa erreichte und seine steifen Finger in die Tasche seiner Jeans stieß, fiel ihm wieder ein, dass seine Wagenschlüssel ja ebenfalls im Sakko des Mannes steckten. Unschlüssig blieb er an der Wagentür stehen. Er müsste die Polizei verständigen, er brauchte ein Telefon, und wenn man kein Handy besaß, müsste man eine Telefonzelle suchen. Irgendein Winkel seines Gehirns bemerkte die Verlangsamung seiner Gedanken, beobachtete, wie seine Augen jetzt die Landstraße, die den mäandernden Bewegungen der Großen Lauter folgte, nach beiden Richtungen absuchten, nahm die zunehmende Kühle wahr, die von unten her an ihm hochstieg.

Und doch musste er sich klar machen, dass der Ortskern des Dorfes, das sich mehrere Kilometer an der Hauptstraße entlangzog, in nördlicher Richtung lag – er würde lange zu Fuß unterwegs sein. Vielleicht könnte er auch versuchen, per Autostopp voranzukommen. Vielleicht würde ihn ein freundlicher Fahrer sogar bis nach Reutlingen mitnehmen, aber er ließ diesen Gedanken sofort wieder fallen. Die Polizei müsste herkommen in dieses gottverlassene Nest, den Ort besichtigen, die Leiche des Mannes bergen, Spuren sichern …

Als er sich endlich auf den Weg machte und am unbefestigten Straßenrand entlang Richtung Ortsmitte ging, tauchte ein mächtiger Holzlastzug vor ihm auf. Jörg flüchtete die Böschung hinab und sah der Autoschlange nach, die dem Lkw folgte, bevor er seinen Marsch fortsetzte.

Zwanzig Minuten später traf er auf eine Straßengabelung. Eine Nebenstraße wand sich den Hang hinauf. Durch den Regenschleier entdeckte er am Rand eines ungeteerten Parkplatzes eine Telefonzelle. Wenig später umschlangen seine Finger den kalten Türgriff. In der Zelle breitete sich ein Gestank nach Urin und Altpapier aus. Um atmen zu können, klemmte er einen Fuß in die Tür. Er hielt den grauen Hörer ans Ohr, um zu prüfen, ob die Anlage funktionierte; als er das Freizeichen hörte, hängte er wieder ein und fischte mit klammen Fingern sein schmales Portemonnaie aus der Gesäßtasche. Wenigstens sein Geld hatte der Verbrecher ihm gelassen. Er öffnete es und ließ mutlos die Arme sinken. Kein passendes Kleingeld, lediglich einige Kupfermünzen. Erschöpft trat er nach draußen und sah sich um. Vielleicht sollte er es doch mit Trampen versuchen.

Auf der anderen Straßenseite fiel sein Blick auf eine Metzgerei. Er musste heruntergekommen aussehen, dachte er, als er den Laden betrat und ihn der skeptische Blick der Fleischfachverkäuferin traf, während sich unter seinen Füßen eine Wasserlache bildete. Er versuchte zu lächeln und entschuldigte sich, suchte nach passenden Worten und war erleichtert, der einzige Kunde zu sein.

»Ich hab einen Toten gefunden. Man muss die Polizei rufen.«

Die Verkäuferin reagierte so, wie er es sich vorgestellt hatte. Sie starrte ihn mit offenem Mund an. Dann aber rief sie nach dem Metzger – in dem für die Schwäbische Alb typischen, rauhen Dialekt.

»Eigeen! Do isch oiner, der hot en Daude gfonda!«

Der Metzger erschien aus dem Arbeitsraum und wischte sich die Hände an einem blutigen Handtuch ab.

»Mo?«, fragte er.

»Im Haus von Frau Neumann«, erklärte Jörg. »Ich bin ihr Neffe.«

Die beiden hinter der Fleischtheke sahen sich fragend an.

»Bei dr Chrischdel!«, stieß die Verkäuferin aus.

Fürsorglich forderte der Metzger ihn auf, in dem kleinen Essbereich Platz zu nehmen, um im nächsten Moment wieder in seinem Arbeitsraum zu verschwinden.

»Sie send jo ganz blass!«, sagte die Verkäuferin und bot ihm etwas zu trinken an.

Jörg bedankte sich, lehnte höflich ab und blieb stehen, froh, dass die Verkäuferin ihn nicht weiter ausfragte. Im Hintergrund hörte man die Stimme des Inhabers, der jetzt offenbar telefonierte, während die Verkäuferin sich nun abwandte und sich abwartend in den Türrahmen zum Arbeitsraum stellte. Schließlich kam der Metzger zurück und vermeldete, die Polizei sei unterwegs. Aus Reutlingen. Sie kämen gleich mit der Kripo. Das könne aber eine halbe

Stunde dauern. Ob er nicht doch in der Essecke so lange warten wolle?

Jörg sah auf die Lache unter sich und zog sich auf einen der Bistrohocker zurück. Doch als die Verkäuferin mit Wischmob und Eimer anrückte, hielt er es nicht länger aus. Er bedankte sich und sagte, er wolle der Polizei entgegengehen. Ohne auf ihren Einwand zu achten, bedankte er sich noch einmal und verließ den Laden.

Die Landstraße verlief, von Häusern gesäumt, in einer lang gezogenen Biegung weiter Richtung Norden. Jörg spürte, dass er jetzt nur gehen wollte. Gehen. Die Straße war menschenleer. Er marschierte am linken Straßenrand drauflos, mit hängenden Armen und vornübergebeugtem Oberkörper und bewegte sich wie einer, der schon Hunderte von Kilometern zurückgelegt hat, erschöpft, krank, unfähig, an etwas zu denken, immer nur den nächsten Schritt vor Augen, den vom Wasser überspülten Asphalt, die im Wasser stehenden Grasbüschel. Hörte er in der Ferne ein Motorengeräusch, blieb er stehen, sah auf, trat einen Schritt zur Seite und wartete, bis der Wagen an ihm vorbeigerauscht war, um dann seinen Weg fortzusetzen. Unbewegt lagen die bleiernen Wolkenmassen auf dem Dorf, über den Felsen, über den angrenzenden Wäldern, die zwischen den Häusern sichtbar wurden. Immer wieder fiel sein Blick auf die Zonen des über die Ufer getretenen Flusses. Ganze Felder hatten sich zu schmutziggrün schimmernden Seen verwandelt. In dicht am Ufer stehenden Häusern leckte das Wasser an Terrassentüren und Treppen, Kellerfenster waren verschwunden. Im Flussbett wälzte sich die braune Strömung, auf der Holzbalken schwammen, Bretterkisten, Plastiktonnen.

Als er das Ortsschild erreicht hatte, hörte er endlich von Ferne das Martinshorn. Er wollte sich das triefende Shirt vom Körper reißen, um wie mit einer weißen Fahne dem heranfahrenden Polizeiwagen Zeichen zu geben, aber es klebte so fest an seiner Haut, dass er von seinem Vorhaben abließ. Jetzt, da der Wagen in Sichtweite kam, stolperte er auf die Mitte der Straße, riss die Arme hoch und bewegte sie hin und her. Der Wagen preschte noch einige Meter in ungebremster Fahrt auf ihn zu, dann aber verringerte er sein Tempo und hielt schließlich am Straßenrand an. Jetzt erst bemerkte er den schwarzen Mercedes, der hinter dem Polizeiauto ebenfalls stoppte.

Als dem Zivilfahrzeug eine Frau entstieg und sich auf ihn zubewegte, ließ er die Arme sinken, ging ebenfalls auf sie zu und wunderte sich, dass sie ihn gleich mit seinem Namen ansprach.

Francesca warf einen mitleidigen Blick auf die abgerissene Gestalt vor ihr und stellte sich vor.

»Setzen wir uns erst mal in den Wagen«, schlug sie vor. »Sie sind ja ganz durchgefroren!«

Die Kommissarin begleitete den Durchnässten zu ihrem Dienstwagen, nicht ohne den Fahrer des Polizeifahrzeugs zuvor gebeten zu haben, noch einen Moment zu warten. Sie öffnete Jörg die hintere Tür und bat ihn, auf dem Rücksitz Platz zu nehmen.

Das Gebläse lief auf Hochtouren. Özi begrüßte den Ankömmling mit einer Kopfbewegung. Als Francesca zurück war, wandte sie sich um und bat Jörg, erst einmal zu erzählen.

»Ich kenne den Mann nicht«, begann er stockend.

»Wo haben Sie ihn gefunden?«

Jörg senkte den Blick und starrte auf seine nassen Oberschenkel. Sollte er jetzt gestehen, dass er es war, der den Mann getötet hatte?

»Normal wohne ich in Reutlingen«, erklärte er. »Meine Tante, sie hat hier ein kleines Haus …«

»Sie ist verreist und Sie sollten die Blumen versorgen?«

Woher wussten sie das, dachte Jörg erstaunt.

»Warum sind Sie denn nicht einfach zu den Nachbarn, die Polizei rufen«, fragte Özi.

»Ich hab bloß gedacht: 'ne Telefonzelle«, erwiderte Jörg erschöpft.

»Und was ist passiert?«, fragte Francesca. »Versuchen Sie, der Reihe nach …«

»Ja, und gestern Abend … Letztes Jahr wurde schon mal eingebrochen …«

»Also ein Einbrecher«, stellte Özi fest.

»Bevor wir an dieser Stelle weitermachen«, sagte Francesca und zögerte für einen Augenblick.

Jörg sah zu ihr auf.

»Sie sind mit Kyra Song befreundet?«

»Ich weiß, was passiert ist!«, entgegnete Jörg kaum hörbar.

Francesca und Özi warfen sich erstaunte Blicke zu.

»Dieser Mann, dieser Einbrecher, er wusste bereits davon, noch bevor es in der Zeitung stand …«

»Ach …«, stieß Francesca verwundert aus.

»Er hat nach etwas gesucht, was ihm furchtbar wichtig war!«

»Hier in diesem Dorf?«

»Es geht um irgendwelche Dateien und er war davon überzeugt, meine Freundin hätte mir verraten, wo sie ihren Stick versteckt hat. Es ist mir total schleierhaft …«

»Und?«

»Was und …?«

»Hat er gefunden, was er wollte?«

»Im Haus meiner Tante?« Jörg kämpfte mit Tränen. »Was in aller Welt hat denn Kyra gegen ihn in der Hand gehabt, dass sie sterben musste?«

»Das wüsste ich auch gerne«, sagte Francesca weich. »Wir kennen bislang weder ihren Mörder noch denjenigen, der hinter ihren Dokumenten her ist. Aber vielleicht kommen wir der Sache ja nun näher. Hat er Sie bedroht?«

»Es war die Hölle …«

Ein Zittern erfasste Jörgs Körper.

»Er war wie besessen. Er hat mich eingesperrt. Und er hat seine Waffe auf mich gerichtet und …«

Jörg ließ den Satz in der Luft hängen.

»Und dann sind Sie ihm zuvorgekommen …«

Jörg senkte den Blick. Sein Atem ging schneller.

»Bin ich jetzt verhaftet?«, presste er schließlich hervor.

»Erst mal bin ich froh, dass Ihnen nichts passiert ist«, antwortete Francesca mit ruhiger Stimme. »Fahren wir …«

Özi gab dem Polizeifahrzeug ein Zeichen mit der Lichthupe und fuhr voraus.

»Den Wagen des Mannes haben Sie nicht zufällig gesehen?«, fragte die Kommissarin.

»Ich habe nur ein Auto heranfahren gehört, irgendwo in der Nähe«, antwortete Jörg. »Direkt vor dem Haus hat er sicher nicht geparkt. Und dann ist er ja plötzlich vor der Tür gestanden und hat mich erst mal niedergeschlagen.«

Francesca warf einen Blick auf Jörgs Stirnbeule.

»Und womit hat er Sie niedergeschlagen?«

»Kopfstoß!«, erklärte Jörg.

Kurz darauf hielten sie vor Christel Neumanns Haus.

Francesca wies einen der uniformierten Beamten an, die wenigen in der Umgebung parkenden Wagen auf ihre Kennzeichen hin zu überprüfen.

»Wir müssen links am Haus vorbei zum Wintergarten«, erklärte Jörg, als er ausgestiegen war. »Die Haustür ist ja verriegelt.«

Francesca bat ihn vorauszugehen. Die Beamten folgten. Noch vor der Hausecke schwappte ihnen eine riesige Wasserlache entgegen. Als er um die Ecke watete, blieb Jörg plötzlich wie angewurzelt stehen. Die Beamten versammelten sich neben ihm. Alle blickten auf den reißenden Strom, der an der Rückwand des Hauses vorbeiflutete. Francesca nahm Jörgs Blick auf. Einige Eisenträger ragten ins Freie. Der Rest einer kleinen Treppe verlor sich im Wasser.

»Der Wintergarten!«, stieß Jörg entsetzt aus. »Der Wintergarten…! Weggeschwemmt!«

Francesca sah ihn fragend an.

»Da soll ein Wintergarten gewesen sein?«

Sprachlos sah Jörg die Kommissarin an.

»Das heißt, die Leiche…«, sagte Francesca fassungslos. »Die Leiche ist auch weg?«

Durchnässt bis auf die Knochen schlich sich 49 durch den Hintereingang des Bambus Garden und nahm leichtfüßig die wenigen Treppen.

Aus der Küche war das Geklapper von Töpfen und Tellern zu hören und ein Zischen. Die Spülmaschine brummte. Ein leichter, würziger Duft von Zimt, Nelken und Anis zog ins Treppenhaus.

Entschlossen stieß er die Küchentür auf. Eine junge, zierliche Frau mit weißer Kochmütze hantierte bei offener Flamme mit dem Wok.

»Ich muss den Meister sprechen«, sagte er in ihrer Sprache.

Die Frau schob den Wok von der Flamme.

»Er will nicht gestört werden …«, gab sie zur Antwort, ohne aufzublicken.

Verächtlich spuckte 49 aus.

»Er erwartet mich!«

Die Frau wandte sich von ihrem Kochgeschirr ab und reckte sich zu der Gegensprechanlage, die zwischen der Abzugshaube und einer grellen Neonröhre installiert war. Nach einem kurzen Wortwechsel sagte sie:

»Der Meister ist bereit!«

Ohne ein weiteres Wort verließ 49 die Küche und eilte, immer zwei der knarzenden Stufen auf einmal nehmend, das Treppenhaus hoch.

426, ein hochgewachsener Mann in einem schmalen, anthrazitfarbenen Business-Anzug, stand im Türrahmen.

Beschämt sah 49 auf seinen zerknitterten, nassen Mantel hinab. Dann hob er den Blick und starrte in das unbewegliche Gesicht des Mannes.

Ohne das heruntergekommene Äußere von 49 anzusprechen, ließ 426 ihn ein, schloss die Tür und ließ ihn in dem kahlen Büro stehen, während er selbst hinter einem ausladenden, antiken Schreibtisch Platz nahm. Mit einer geschäftsmäßigen Geste forderte er 49 zum Sprechen auf.

»Sadlo ist verschwunden«, sagte 49 und wartete ab.

Keine Reaktion war auf dem maskenartigen Anlitz seines Gegenübers abzulesen. Endlich antwortete 426:

»Das heißt, du kommst mit leeren Händen?«

49 blickte betreten zu Boden.

»Auch die Polizei sucht nach ihm …«

»Die Polizei?«

»Francesca Molinari. Erste Kriminalhauptkommissarin bei der Polizeidirektion Reutlingen.«

426 wiegte den Kopf und notierte sich den Namen.

»Und unser Geld? Die Zehntausend?«

49 ließ die Schultern hängen. Dann hob er wieder den Blick.

»Aber über seinen Wagen …«, sagte er, »über sein Auto werde ich ihn wiederfinden …«

426 erhob sich.

»Man muss abwägen«, sagte er. »Das Wichtigste sind die Dokumente. Sie sollten nicht in falsche Hände geraten … Aber ich hoffe, Sadlo macht seinen Fehler wieder wett und taucht irgendwann mit Songs Schnüffeleien wieder auf und bringt uns nicht noch in größere Schwierigkeiten.«

49 gab zu verstehen, dass er die Anspielung im letzten Teil des Satzes begriffen hatte.

»Ich gebe dir alle Freiheiten. Aber von nun an«, entschied 426, »wirst du wieder mit Li zusammenarbeiten …«

426 deutete mit ausgestrecktem Zeigefinger nach unten zur Küche. Ein flüchtiges Lächeln erschien auf seinem Gesicht.

49 deutete mit einer Kopfbewegung an, dass er verstanden hatte.

Die Sprechanlage gab ein akustisches Signal von sich. 426 betätigte eine der Tasten.

»Tisch Nummer hundertelf!«, ließ sich Lis Stimme aus dem Lautsprecher vernehmen.

»Moment!«, erwiderte 426 und erhob die Hand. Mit einer Kopfbewegung gab er 49 zu verstehen, dass er mithören solle und stellte den Lautsprecher laut.

49 straffte sich und fixierte die Hand, die das Gerät bediente.

»Wer?«, fragte 426 zurück.

»Herrle…«, ließ sich die Stimme der Frau vernehmen.

426 räusperte sich.

»Hast du gehört?«, fragte er sein Gegenüber. »War zu erwarten, dass er hier auftaucht…«, erklärte 426. Ohne die Antwort abzuwarten, drückte er die Sprechtaste. »Sei freundlich zu ihm!«, befahl er. »Und vertröste ihn…«

In der Polizeidirektion Reutlingen hatte Stefan Schmid während Francescas und Özis Abwesenheit nicht nur die kriminaltechnische Untersuchung von Kyras Golf und Hannas BMW veranlasst, sondern auch die Koordination der Ermittlungen zur Herkunft der Perücke übernommen. Die Untersuchung der beiden Wagen hatte keine neuen Ergebnisse zu Tage befördert. Aber einer der aktuell von Maischle dem Ermittlerteam zugeteilten »neuen« Kollegen war nach aufwendiger Detailarbeit auf ein Perücken-Studio in Heilbronn gestoßen, dessen Inhaberin sich daran erinnern konnte, dass ein Mann vor etwa vierzehn Tagen nach einer brünetten Echthaar-Perücke für Frauen gefragt und schließlich eine nach längerem Anprobieren erstanden hatte.

Helga Müllerschön sah erleichtert von ihrem Monitor zu Schmid auf, als er neben sie trat und ihr mitteilte, sie könne ihre Internetrecherche nach der Perücke einstellen. Sie nutzte die Gelegenheit, um ihre Hand auf Stefans Unterarm zu legen, aus Dankbarkeit, wie es aussehen sollte.

Schmid, dem jede körperliche Nähe im Kollegenkreis zuwider war, zog seinen Arm sofort zurück, und als Helga nachsetzen wollte und ihm den Teller mit einem allerletzten Exemplar von Francescas Karamellbonbons unter die Nase hielt, war er froh, dass plötzlich Francesca und Özi in der Tür auftauchten. Abrupt wandte er sich zu ihnen um und sah fragend auf die noch immer vom Regen lädiert aussehenden und ernst dreinblickenden Kollegen.

»Vielleicht solltet ihr erst mal duschen und euch umziehen«, begrüßte er sie.

»Geht schon«, antwortete Francesca und sah Özi an. »Oder?«

Özi trat unschlüssig von einem Bein auf das andere.

»Ein Mann ist ein Mann«, spulte er schließlich einen seiner Lieblingssprüche ab. »Übrigens, heute Abend verliert dein BVB mal wieder gegen unsere Bayern«, fügte er mit Blick auf Stefan hinzu.

»Abwarten«, grinste Stefan.

»Bis dahin gibt's noch zu tun«, lächelte Francesca, trat zur Seite und machte den Blick auf Jörg frei. »Jemand sollte mit diesem jungen Mann hier nach Hause fahren. Duschen und Umziehen. Und dann …« Sie fasste Jörg kurz an der Schulter. »… wieder hierher zurück. Wir brauchen Sie noch mal.«

Das ist also hier die Chefin, dachte Jörg und gab zu verstehen, dass er einverstanden war.

»Das kann ich ja machen«, bot sich Helga an und stemmte beide Hände auf die Lehnen ihres Schreibtischstuhls, um ihren Körper stöhnend emporzuhieven.

Doch Francesca winkte ab.

»Nichts da, Helga. Wir haben einiges zu besprechen. Und zwar jetzt gleich!«

Helga, die sich schon auf die Abwechslung gefreut hatte, verzog den Mund und griff zum Telefonhörer. Dann musste eben die Praktikantin den jungen Mann nach Hause begleiten, damit er sich wieder in trockene Klamotten werfen konnte.

Das Team versammelte sich nebenan um Francescas Schreibtisch.

Die Kommissarin sah sich suchend um und fragte nach ihren Bonbons. Schuldbewusst gestand Helga, dass nur noch eines übrig sei, und wollte sich schon wieder Richtung Tür begeben. Doch die Kommissarin winkte ab.

Zuerst informierte Stefan Schmid darüber, dass die Spurensicherung bereits auf dem Weg nach Hundersingen sei. Er werde selbst nachkommen, sobald sie hier fertig wären.

Helga Müllerschön reichte Francesca eine dünne Mappe.

»Der Emailverkehr von Jessica Hombach und Kyra Song. Klingt alles ziemlich Blabla …«

Francesca bedankte sich und ließ die Mappe ungeöffnet liegen.

»Das Beste kommt zum Schluss!«, sagte Stefan Schmid und berichtete über ihren Treffer im Heilbronner Perücken-Studio.

»Die Perücke?«, staunte Francesca. »Das habt ihr aber schnell rausgekriegt!«

»Die Heilbronner Kollegen faxen uns eine Personenbeschreibung und lassen ein Phantombild des Perückenkäufers anfertigen!«

Francesca nickte Stefan anerkennend zu.

»Und jetzt zu Kyras Freund …« Sie wies mit einer Kopfbewegung nach draußen.

»Jörg Buck hatte eine Begegnung der unangenehmeren Art«, setzte Özi Francescas Satz fort.

»Sternzeichen?« fragte Helga und sah zu Özi.

Alle sahen sie verständnislos an.

»Ach so, wieder Horoskop, was?«, lachte Özi.

»Sein Geburtsdatum würde mir ja völlig genügen!«

Francesca verdrehte die Augen und beschloss, Helgas Frage zu ignorieren.

»Jedenfalls kann Herr Buck den Mann, um den es geht, genau beschreiben«, erklärte sie.

Nun gaben die Kommissarin und Özi einen ausführlichen Bericht über die Ereignisse in Hundersingen.

»Erst mal muss uns Jörg Buck auch ein Phantombild anfertigen«, sagte die Kommissarin abschließend. »Das können wir dann mit dem Heilbronner vergleichen.«

»Aber wieso ein Phantombild, wenn der Mann ertrunken ist?«, fragte Helga.

Ruhe bewahren, befahl sich Francesca selbst und antwortete:

»Auch das Phantombild eines Toten macht Sinn! Vielleicht hat ihn ja sonst noch jemand vorher gesehen – oder kennt ihn sogar ...«

Nur dreißig Minuten später betrat ein Kollege den Raum und meldete, eine Leiche sei am Ufer der Großen Lauter angeschwemmt worden. Ein Ruck ging durch Francescas Körper. Sofort war sie auf den Beinen.

»Wo genau?«

»In Bichishausen. Am Kanuverleih Wilder Süden.«

»Das ist nicht weit von Hundersingen«, sagte Özi und machte mit den Händen eine Bewegung, als würde er einen Meterstab aufklappen. »Vielleicht zwei, drei Kilometer flussabwärts!«

»Dann müssen wir wohl in den sauren Apfel beißen und noch mal los«, stellte Francesca fest. »Ist Jörg wieder da?«

Sie stürmte aus dem Raum.

»Moment!«, rief sie der Praktikantin auf dem Flur entgegen, die gerade mit Jörg zurückkam. »Der junge Mann kommt gleich wieder mit uns mit!« Und mit Blick auf Jörg, der sich einen olivfarbenen Parka angezogen hatte: »Tut mir leid …«

Jörg sah sie verwundert an. Özi, der nachgekommen war, klimperte schon ungeduldig mit seinem Schlüsselbund.

»Ihr spezieller Freund«, grinste er, »hat zwar schon ein paar Stunden im Wasser gelegen, aber Sie werden ihn vielleicht noch wiedererkennen.«

»Ach, wurde er schon gefunden?«

»So, wie es aussieht …«

Jörg sah zu Boden und schluckte.

»Und Sie«, sagte Francesca zu der Praktikantin gewandt. »Wenn Sie wollen, können Sie jetzt mal mit zum Außendienst.«

Die Praktikantin sah die Kommissarin für einen Moment verblüfft an und warf einen Blick auf ihre Uhr.

»Überstunden. Daran müssen Sie sich gewöhnen, wenn Sie später zur Kripo wollen.«

Özi grinste. »Tote schlafen nicht.«

»Kein Problem«, erwiderte die Praktikantin. Ihr Gesicht erstrahlte. »Dann lass ich meinen Termin eben fatzen!« Sie zückte ihr Smartphone.

Als sie wenig später zu viert im Wagen saßen, klärte die Kommissarin Jörg über die Notwendigkeit der erneuten Dienstfahrt auf.

»Sie müssen ihn ja identifizieren.«

Jörg, der auf dem Rücksitz Platz genommen hatte, nickte

stumm. Noch auf ihrer Rückfahrt von Hundersingen hatte er mitbekommen, wie die Kommissarin per Funk einen Suchtrupp angefordert hatte. Dass die Leiche des Mannes nun so schnell gefunden worden war, war sicher dem Umstand zu verdanken, dass sie dabei besonderen Wert auf die Teilnahme von Ortskundigen gelegt hatte. Jetzt schob sich das durch das Wasser dunkelblau verfärbte Sakko des Mannes vor sein geistiges Auge, das Sakko, dessen Vorderseiten wie zwei Flügel neben dem Rücken der Leiche auf der Oberfläche eines grünbraunen Wasserlaufs schwebten.

Als sie die Röhre des Ursulabergtunnels verließen, hatte sich das Tal verdunkelt. Özi schaltete das Licht an. Schwarzgraue, tief stehende Wolkenmassen lasteten auf der Landschaft. Dabei regnete es kaum noch. Reglos standen die Bäume in der eingekehrten Windstille. Eine unheimliche Ruhe breitete sich aus. Doch nur unweit vor dem Ortseingang von Unterhausen brach der Sturm los.

Orkanartige Böen trieben niederprasselnde Wassermassen vor sich her, peitschten Äste und Zweige und bogen die Wipfel der Bäume in die Waagrechte. Özi, dem der niedergehende Wasserschwall die Sicht nahm, reduzierte das Tempo und rettete den Wagen schließlich unter das schützende Dach einer auftauchenden Tankstelle. Jetzt mischten sich in den Regenguss Hagelkörner in Hühnerei- bis Tennisballgröße. Unsichtbare Blitze krachten, unmittelbar gefolgt von heftigem Donnergrollen. Halb fasziniert, halb vom Schrecken gelähmt beobachteten die Wageninsassen das zerstörerische Treiben des Unwetters, das innerhalb einer Minute den Straßenverkehr zum Erliegen brachte. In Sekundenschnelle bildete der Hagel an den Straßenrändern schneeweiße Hügelreihen angeschwemmter Eiskörner. Aufgewirbelte Pappschachteln flogen, gefolgt von Ziegelsteinsplittern, durch die Luft. Auf der anderen Straßenseite kippte der Sturmwind einen Bauzaun auf die Straße. An der Tankstelle splitterte die gelbe Plastikverkleidung der Preistafel. Geschoßartig schlug der Hagel auf parkende Fahrzeuge nieder, deren Karosserien sich binnen weniger Sekunden in spiegelnde Kraterlandschaften verwandelten. Krachend zerbarst die Windschutzscheibe eines schwarzen Honda, dessen Fahrer vergeblich versucht hatte, sein Auto im letzten Moment in den geschützten Bereich der Tankstelle zu manövrieren.

»So was habe ich noch nie erlebt!«, stellte Francesca fest.

Ihre Mitfahrer stimmten ihr zu. Doch ebenso plötzlich, wie die Hagelzelle Einzug gehalten hatte, erlahmte der Wind und die Niederschläge versiegten wieder – bis auf einen feinen Regen. Keine fünfzehn Minuten lang hatte der Sturm getobt.

Özi startete wieder den Motor und reihte den Wagen in den zähen Abendverkehr ein, der wieder langsam in Fluss kam. Wenig später quälte er sich die schmale Steige nach Holzelfingen hinauf. Der an sonnigen Tagen so imposante Ausblick ins Tal der Echaz und auf den gegenüberliegenden bewaldeten Steilabfall der Schwäbischen Alb war durch tiefe, unbewegte Wolkenschleier verhängt und das abnehmende Licht brachte einen frühen Abend.

In Jörg arbeitete es. Er musste es endlich loswerden. Er beugte sich vor und schob sein Gesicht neben die Kopfstütze des Beifahrersitzes.

»Als ich vorhin beim Umziehen war. Mein Mitbewohner. Er sagte: Ein Chinese hätte sich nach mir erkundigt.«

»Ein Chinese?«, fragte die Kommissarin zurück.

»Ein Kommilitone. Angeblich.«

»Haben Sie denn einen chinesischen Kommilitonen?«

»Ich kenne einen Japaner. Freddy, also mein Mitbewohner, kann das bestimmt nicht so unterscheiden. Er sagte eben Chinese.«

»Und was wollte er?«

»Keine Ahnung. Er wollte wissen, wo ich bin. Und Freddy sagte eben Hundersingen. Aber mehr wusste er ja auch nicht. Das heißt …«

Jörg schien nachzudenken.

»Ich glaube, er hat ihm gesagt, dass ich einen Opel fahre. Einen Corsa.«

»Das heißt, der Mann, der Sie bedroht hat«, folgerte Francesca, »hatte möglicherweise einen Mittelsmann, um Ihren Aufenthaltsort in Erfahrung zu bringen.«

»Oder einen Hintermann«, warf die Praktikantin ein.

»Aber was viel Wichtiger ist«, fuhr Jörg fort. »Freddy sagte: Kyra war da.«

Francesca fuhr herum.

»Wann?«

»Gestern. Irgendwann nachmittags.«

»Das kann dann nur zwischen Kohlberg und ihrem Abstecher zu ihrer Freundin gewesen sein«, bemerkte Özi.

»Aber sie hat doch gewusst, dass ich noch im Flieger sitze!«, sagte Jörg und lehnte sich kopfschüttelnd zurück.

»Ihr Mitbewohner«, fragte Francesca. »Hat er Ihnen nichts ausgerichtet? Nichts weiter?«

»Nein, offenbar war sie keine fünf Minuten da. Sie wollte nur kurz in mein Zimmer und ist gleich wieder verschwunden.«

»In Ihr Zimmer?«

»Ich weiß, was Sie jetzt denken«, sagte Jörg. »Das habe ich mir natürlich auch gedacht. Irgendeine Nachricht. Und natürlich habe ich mich in meinem Zimmer umgesehen. Aber da war nichts. Fehlanzeige.«

»Vielleicht hat sie was gesucht?«, meinte die Polizeipraktikantin.

»Was soll sie denn gesucht haben?«, erwiderte Jörg genervt. »Wir wollten uns doch heute Mittag sowieso treffen …«

»Mysteriös«, stellte Özi fest.

»Vielleicht ist die Frage gar nicht so verkehrt«, wandte Francesca ein. »Entweder hat Kyra etwas geholt oder gebracht. Denken Sie mal nach, vielleicht fällt Ihnen ja noch irgendetwas ein. Sie kennen sie doch am Besten!«

Der Wagen hatte Holzelfingen hinter sich gelassen und passierte eine kerzengerade Strecke. Hier oben auf der Albhochfläche schien sich der wolkenschwere Himmel etwas aufzuhellen, dennoch nahm der Regen wieder zu. Özi schob den Kopf nach links. Aber an Überholen war nicht zu denken. Die flatternde Plane des Lkw vor ihm schüttete seine Wassermassen klatschend gegen die Frontscheibe, Özi reduzierte das Tempo.

»Manchmal hat sie mir was in meiner Abwesenheit ins Zimmer gelegt«, erklärte Jörg. »Um mich zu überraschen. Das letzte Mal war es ein Krimi. Oder auch mal eine Blume.«

»Wie romantisch!«, lächelte die Praktikantin.

Jörg warf ihr einen grimmigen Blick zu.

»Scheiß drauf! Sie ist tot!«, erwiderte er bissig.

Die Praktikantin gab eine genuschelte Entschuldigung von sich. Francesca drehte sich zu Jörg um und sah, dass er mit den Tränen kämpfte.

Schweigen kehrte ein. Nur das schmatzende Geräusch der das Wasser durchpflügenden Reifen und das Gebläse der Klimaanlage waren zu hören. Die Kommissarin sah hinaus auf die lichtlosen Felder. Was hatte Kyra in Jörgs Zimmer gewollt?

»Also keine Überraschung?«, hakte sie noch einmal nach. »Kein Buch, keine Blumen?«

Der Befragte hüllte sich in Schweigen. Dann sagte er schließlich:

»Wenn wir zurück sind ... Ich werde mein Zimmer auf den Kopf stellen. Darauf können sie sich verlassen!«

»Tun Sie das«, erwiderte die Kommissarin. »Irgendeine Erklärung dafür wird es ja geben! Und rufen Sie mich sofort an. Egal, um welche Uhrzeit!«

»Auch nachts?«

»Auch nachts!«

Nach einigen Kilometern Landstraße Richtung Münsingen bogen sie nach Gomadingen ab. Überall streiften die Blicke der Wageninsassen Trümmer, die der Hagelsturm hinterlassen hatte. Von den Dächern klafften ihnen schwarze Lücken entgegen. Geschlossene Rollläden und ganze Häuserfronten sahen aus wie mit Maschinengewehrgarben übersät. Vereinzelt flatterten bereits grüne und blaue Plastikplanen vor zerborstenen Fenstern.

Als sie endlich ins Lautertal vorstießen, wurde ihnen immer wieder das ganze Ausmaß der Überschwemmungen vor Augen geführt. Entwurzeltes Gesträuch strudelte auf den lehmfarbenen Seen, die der dahinstürzende Fluss jenseits seiner Ufer erschaffen hatte, abgerissene Äste und Unrat trieben zwischen den Obstbäumen der Bauerngärten.

Die Polizeipraktikantin stellte Vermutungen über den volkswirtschaftlichen Schaden an. Francesca dagegen dachte an die Fernsehauftritte der Politiker, die mit publikumswirksamen Rufen nach Soforthilfe für die Flutopfer ihren Wahlkampf aufpeppen würden, während die Betroffenen ihre durchgeweichten Möbel vor ihre Häuser stellten und den Kampf mit den Antragsformularen aufnehmen würden.

In Dapfen machte sie ihre Mitreisenden auf ein Gasthaus aufmerksam.

»Das Lagerhaus mit Chocolaterie«, erklärte sie. »Ein schönes Ausflugsziel. Sie bieten nicht nur ausgefallene Sorten Kuchen aus der eigenen Backstube. Sie besitzen auch eine kleine Manufaktur, die Schokoladen und Seife herstellt.«

Als niemand auf ihren Tipp reagierte, fügte sie hinzu:

»Im Sommer kann man draußen sitzen. Direkt an der Lauter. Aber die Terrasse hinter dem Haus ist jetzt bestimmt auch überschwemmt...«

In Hundersingen standen noch immer die Fahrzeuge des Spurensicherungstrupps vor dem Haus der Malerin. Francesca erblickte Stefan Schmid, der vorausgefahren war und gerade seine Gummistiefel aus dem Kofferraum holte, und winkte ihm zu.

Jörg warf dem Haus, in dem er die schrecklichsten Stunden seines Lebens verbracht hatte, einen gequälten Blick nach und sank tiefer in seinen Sitz.

Wenig später tauchte im Nebel der tief hängenden Wolken die Burgruine von Bichishausen auf. Kurz darauf waren rechter Hand auf dem Parkplatz des Kanuverleihs mehrere Einsatzwagen der Feuerwehr, zwei Notarztwagen und Polizeifahrzeuge zu erkennen, zu denen sich jetzt der schwarze Mercedes der Reutlinger Kripo gesellte. Schwarze Regenschirme verdeckten den Blick zur Anlegestelle und zwischen den Füßen der Schaulustigen schwappte die braune Brühe des Flusses über die glitschigen Holzbohlen.

Francesca lehnte Özis Angebot, unter seinen Schirm zu kommen, ab. Stattdessen hakte sie sich bei Jörg unter, während ihr Kollege ihnen den Weg zu den Einsätzkräften frei machte, indem er ihnen vorausging und sich zwischen die

Neugierigen hindurchzwängte. Mit kleinen Schritten trippelte die Praktikantin hinterher.

Endlich rückten die orangefarbenen Jacken der Einsatzkräfte in ihr Blickfeld. Francesca begrüßte den Einsatzleiter per Kopfnicken. Man kannte sich.

»Der Mann ist ertrunken und hatte leider keine Papiere bei sich«, erklärte er.

»Schon klar«, antwortete die Kommissarin. »Sonst hätten wir ja nicht extra zu euch rausfahren müssen.«

Der Tote lag mit dem Rücken auf den Bohlen, die unter Wasser standen, und Jörg erkannte schon von Weitem, dass sein Oberkörper mit einem grauen Anorak bekleidet war, unter dessen geöffnetem Reißverschluss ein rotweiß gestreifter Pullover sichtbar wurde. Für einen Moment schloss er die Augen. Francesca zog ihn näher an den Körper heran. Als er in das Gesicht des Toten starrte, sah er in das Gesicht eines Fremden, an dessen Lippen Schaum hing. Er wandte sich zu der Kommissarin, dann schüttelte er langsam den Kopf.

Aufgekratzt betrat Francesca am späten Abend ihre Wohnung. Sie wollte den Lichtschalter im Flur betätigen, zog aber ihre Hand wieder zurück. Andreas ließ die Tür zu Salvatores Kinderzimmer oft noch einen Spalt offen, wenn sie Licht machte, könnte sie den Kleinen wecken. Vorsichtig schloss sie die Wohnungstür hinter sich, hängte ihren durchnässten Mantel an den wackligen Garderobehaken und dachte: Mein Mann ist einfach nicht der übliche Handwerkertyp, außerdem wollten wir uns sowieso schon lange mal eine neue Garderobe anschaffen …

Obwohl ihr Tag nicht gerade stressfrei verlaufen war, fühlte sie sich, als habe sie soeben drei Energiedrinks in sich hineingeschüttet. Sie tastete nach den Klettverschlüssen ihrer aufgeweichten Turnschuhe, öffnete sie, streifte sie ab und ließ sie ins Dunkle purzeln. Mit nassen Socken schlich sie voran. Als sie die Klospülung rauschen hörte, blieb sie stehen.

»Nicht erschrecken!«, flüsterte sie Lisa zu, die verschlafen auf sie zu tapste.

»Mama?«, hörte sie ihre Tochter leise fragen.

Francesca erfühlte im Dunkeln ihren Unterarm.

»Habt ihr den Mörder schon?«

Francesca verneinte flüsternd und wünschte ihrer Tochter eine Gute Nacht. Lisa verschwand in ihr Zimmer und Francesca schlich um die Ecke Richtung Bad. Aus der Schlafzimmertür fiel ein schmaler Streifen Licht. Sie steckte den Kopf durch den Spalt, sah Andreas, der im Bett lag und las, jetzt von seinem Buch aufblickte und sie mit einem Lächeln ansah.

»Schön, dass du noch wach bist«, flüsterte sie. »Ich komme gleich!«

Sie verzog sich ins Bad, hängte ihre Jeans an den Haken, alle anderen Klamotten verschwanden im Wäschekorb.

Der warme Strahl der Dusche perlte über ihre geschlossenen Augen. Aber anders als gewöhnlich, wenn das Wasser sie entspannte, arbeiteten die Gedanken in ihrem Kopf weiter. Sie sagte sich, sie müsse abschalten und sollte einfach das sanfte Rieseln des Wassers genießen. Aber dann sah sie wieder den Schaum vor dem Mund des Toten, sah das Gesicht der Polizeipraktikantin, die wider Erwarten nicht nur dem Anblick der Leiche standgehalten, sondern sich ihr voll Neugier genähert hatte, sah Jörgs Finger, die auf der Rückfahrt abwechselnd an der Innenverkleidung der Wagentür und an seinem Handrücken gekratzt hatten. Wenn er in seinem Zimmer über Nacht nicht selbst etwas fand, würde sie es morgen von Stefan Schmid auf den Kopf stellen lassen!

Eine Kopfmassage wäre jetzt gut, dachte sie und ließ die Zunge das süßliche Wasser schmecken, das aus dem Duschkopf floss, aber sie wollte Andreas nicht mehr aus dem Bett holen. Plötzlich spürte sie in Gedanken den Geschmack von Andreas' Zunge auf den Lippen und beeilte sich, fertig zu werden, sich oberflächlich abzutrocknen und so, wie sie war, über den Flur ins Schlafzimmer zu huschen und die Tür abzuschließen.

Andreas, auf der Seite liegend und den Kopf von ihr abgewandt, in der Linken das Buch, bewegte sich nicht, als sie nackt unter die Decke kroch und sich an seinen Rücken schmiegte. Francesca spitzte die Lippen und drückte ihm einen sanften Kuss in den Nacken.

Andreas brummte.

Mit der linken Hand griff sie über seinen Kopf hinweg auf sein Buch zu, schob den Mittelfinger zwischen die Seiten und versuchte, mit dem Druck von Daumen und kleinem Finger, die Buchdeckel gegeneinander zu klappen.

Andreas verlagerte das Buch auf das Kopfkissen und entzog es so ihrem Zugriff.

»So spannend?«, hauchte Francesca und begann, an seinem Ohrläppchen zu knabbern.

»Carl Bames«, erklärte Andreas ungerührt. »Der hat im neunzehnten Jahrhundert alle wichtigen Ereignisse in Reutlingen festgehalten ...«

»Entzückend!«, flüsterte Francesca und schmiegte ihre Brüste an seinen Rücken.

»1898 war der Juli ebenso verhagelt wie bei uns. Gewitter,

Dauerregen. ›Zwar kam auch später kein Komet, wie es berechnet der Prophet; allein man soll nicht lachen; denn unverhofft, mit einem Schlag, kann kommen unser letzter Tag; deswegen lasst uns wachen!‹«

Francesca blies sanft gegen seine Nackenhaare und ließ ihre Hand über seinen Bauch nach unten gleiten. Langsam und zärtlich.

Andreas gab ein wohliges Grunzen von sich. Dann ließ er das Buch plötzlich fallen.

»Du müsstest ja total erschlagen sein«, gab er schließlich von sich, »nach der kurzen Nacht gestern und deinem Tag heute.«

Francesca zog ihre Hand zurück. Sie kannte die Ansage.

Andreas legte das Buch auf seinen Nachttisch, drehte sich auf den Rücken und starrte an die Decke.

»Ist dir eine Laus über die Leber gelaufen oder was ist los mit dir?«, fragte sie, stützte den rechten Ellbogen ins Kissen und vergrub ihr Kinn in die Hand.

»Sei mir nicht böse, aber ich bin einfach …«, begann er. »Lisa hat wieder Theater gemacht, den ganzen Nachmittag ging es hin und her. Zoff, dann wieder Versöhnung, dann wieder Zoff, dann wieder Versöhnung. Silvio kam nach der Schule nicht nach Hause, ich musste rumtelefonieren, er hatte vergessen Bescheid zu sagen, dass er bei Kevin mittagisst. Du weißt, dieser Junge von der Familie, die gerade aus Leipzig hergezogen ist. Und Salvatore war auch ganz schön anstrengend. Außerdem musste ich kochen und die ganze Wäsche machen …«

»Ja, und Maria?«

»Maria kommt doch samstags nicht.«

Hin- und hergerissen zwischen Enttäuschung und Verständnis ließ Francesca ihren Kopf ins Kissen fallen und starrte nun ebenfalls an die Decke. Schweigen breitete sich aus.

»Bei uns ist alles verkehrt herum«, sagte sie schließlich.

Andreas drehte sich zu ihr um und strich ihr eine feuchte Strähne aus der Stirn.

»Ist doch nicht immer so …«

»Aber immer öfter«, hielt Francesca dagegen. »Entweder fressen mich meine Fälle auf oder bei dir ist am Abend die Luft raus.«

»Na ja, weißt du wie spät es ist?«, versuchte er zu relativieren.

»Ach, ist ja egal«, sagte Francesca und drehte ihm den Rücken zu.

»Außerdem«, argumentierte er. »Es ist doch auch so mal schön. Es muss doch nicht immer gleich alles sein!«

»Das sagt der Richtige«, zischte sie.

Andreas schwieg. Nach einer Pause sagte er:

»Das erinnert mich an einen Witz.«

Na, wie schön, dachte Francesca, auch eine Methode, die Stimmung seiner Frau wieder aufzubauen.

»Der Mann liegt im Bett. Kommt die Frau rein. In schwarzer Reizwäsche. ›Na, wie gefalle ich dir?‹ Der Mann verdutzt: ›Ist was mit Oma?‹«

Andreas lachte über seinen Witz. Und ob sie wollte oder nicht: Jetzt musste auch Francesca lachen …

Auch Tomislav Özcan hatten die Ereignisse der vergangenen Tage keine Ruhe gelassen. Nach Dienstschluss fuhr er mit seinem Citroen Chrono zur Burgstraße und suchte einen Parkplatz. Aber trotz vorgerückter Stunde war alles von Nachtschwärmern belegt. Endlich fand er beim Finanzamtsparkplatz noch eine Lücke.

Schnellen Fußes ging er zur Oberen Wilhelmstraße, wo seine kurdischen Freunde einen Imbisstand betrieben, froh, dass der Regen nachgelassen hatte. An einem kleinen Tischchen gegenüber der Theke nahm er mit Blick auf die Tür Platz. Nie mit dem Rücken zur Tür – eine Angewohnheit, über die er nicht nachdachte. In den Auslagen dampften auch um diese Zeit noch die Speisen und er bestellte einen Kebap Iskender, an dem er besonders den frischen Joghurt schätzte.

Später diskutierte er mit dem Wirt bei einem Glas Tee das Nationalitätenproblem in der Türkei und wehrte alle Fragen nach seinen Ermittlungen im Outlet-Mord geschickt ab. Es muss ja auch noch andere Themen in meinem Leben geben, dachte er, obwohl Erdogans Minderheitenpolitik auch nicht gerade dazu angetan war, zu einem entspannten Feierabend beizutragen.

Trotz der nächtlichen, feuchten Kälte, die draußen unter sein Hemd gekrochen war, hatte ihn während des Essens eine Hitzewelle erfasst, er zog seine schwarze Lederjacke aus und warf sie auf den Stuhl neben sich. Später merkte er, dass er den Ausführungen seines kurdischen Freundes über eine aggressive Demo national gesonnener Türken in Freiburg nicht wirklich folgte. Immer wieder ertappte er sich dabei, den offenen Fragen im Outlet-Mordfall nachzusinnen. Was wollte der Täter ihnen sagen, dass er den Mord so publikumswirksam inszenierte? Und vor allem: Was war mit der Frau, die dem Täter den Kleiderbügel gereicht haben sollte? Diese Frage war bisher noch gar nicht näher beleuchtet worden. Auch die Sache mit dem Chinesen und Kyras plötzlichem Erscheinen in Jörg Bucks Wohngemeinschaft brachte mehr Dunkelheit als Licht in den Fall.

»Hilfst du mir nächsten Samstag beim Umzug?«, hörte er die Stimme des Wirts an sein Ohr dringen. »Bleibt es dabei?«

»Ja klar«, erwiderte er. »In einer Woche haben wir den Fall aufgeklärt!«

Seit einem halben Jahr schien es sich in seinem großen Bekanntenkreis herumzusprechen, dass er immer hilfsbereit zur Stelle war, wenn er für kleinere Transporte gebraucht wurde. Sein gebrauchter Kastenwagen bot sich dafür an. In dem ließen sich auch größere Teile transportieren, die nicht in einen Kofferraum passten.

»In einer Woche?« Der Wirt sah ihn zweifelnd an.

»Worauf wetten wir?«

»Auf, sagen wir, fünf mal Iskender Kebap gratis?«, schlug Özi vor.

Lachend willigte der Kurde in die Wette ein.

Die Tür ging auf und ein orangefarbener Regenschirm schob sich herein. Als er zugeklappt wurde, kam eine vollbusige Blonde zum Vorschein mit eng anliegendem, karminrotem Pulli und einem schwarzen Minirock. Die langen, schlanken Beine endeten in grafitfarbenen High-Heel-Stiefeletten.

Özi taxierte die Frau. Scharf, dachte er, aber nicht mein Beuteschema. Noch immer hatte er sich nicht daran gewöhnen können, allein einzuschlafen und ebenso allein aufzuwachen, seit er sich von seiner letzten Freundin getrennt hatte, und jetzt dachte er: Für eine Nacht, warum nicht?

Seinem Freund, dem Wirt, war sein Blick nicht entgangen.

»Guckst du?«, fragte er, drehte sich zu der Kundin um und stand auf, um sie zu bedienen.

Jetzt spürte Özi, wie die Erschöpfung durch seine Knochen kroch. Er erhob sich, stellte den leeren Teller und das Glas auf die Theke, bezahlte mit einem Zehn-Euro-Schein, wünschte dem Wirt eine Gute Nacht und ging, ohne sich noch einmal nach der Frau umzudrehen, hinaus. Der Regen hatte wieder eingesetzt.

Als er endlich den Parkplatz erreichte, preschte ein Wagen heraus. Özi schreckte einen Schritt zurück. Mit aufheulendem Motor und offenbar nicht ganz fahrsicher bog das Fahrzeug nun kriechend in die Seestraße Richtung Kreiskrankenhaus ein. Seine Hand griff schon zum Smartphone und für einen Moment spielte er mit dem Gedanken, seine Kollegen von der Verkehrspolizei auf den Wagen aufmerksam zu machen, aber das Kennzeichen verschwamm bereits im nächtlichen Regendunst. Kopfschüttelnd sah er dem Mitsubishi nach.

Unerbittlich bohrte sich der Klingelton in ihren Schlaf. Francesca tastete nach dem Gerät auf ihrem Nachttisch und blinzelte. Die Zeitangabe auf dem Display switchte auf 5 Uhr 01. Sie nahm den Anruf an. Der diensthabende Beamte meldete sich. Ein Herr Buck habe angerufen. Es seien wichtige Unterlagen aufgetaucht. Es sei sehr dringend. Herr Özcan sei schon auf dem Weg zu ihr, er werde sie abholen.

Francesca schlich sich aus dem Bett und duschte. Als sie ins Schlafzimmer zurückkehrte, um im Dunkeln ihre Klamotten zusammenzufischen, knipste Andreas die Nachttischlampe an.

»Tut mir leid«, sagte sie. »Bin gleich fertig.«

Andreas brummte.

Francesca öffnete den Kleiderschrank, holte zwei Strickjacken hervor und hielt sie ihrem Mann entgegen.

»Welche findest du besser? Die schwarze oder die blaue?«

Verschlafen blinzelte Andreas ins Halbdunkel. Er würde nie verstehen, warum sie ihn immer um Rat fragte, wo sie ihn doch für einen ausgemachten Modemuffel hielt und sich außerdem immer für das Gegenteil dessen entschied, was er vorschlug.

»Nimm doch beide mit. Dann kannst du tagsüber wechseln, wenn du es dir anders überlegst …«

Ohne den Spott in seiner Stimme zu bemerken, antwortete Francesca:

»Gute Idee! Und welche Hose?«

Sie legte die beiden Strickjacken aufs Fußende und angelte zwei Kleiderbügel hervor.

»Die grüne oder die weiße?«

»Die weiße«, erwiderte er, schloss die Augen und ließ den Kopf wieder zurück ins Kissen sinken.

»Dann nehm ich die grüne. Die weiße ist zu empfindlich bei dem Wetter!«, entschied sie sich. »Schlaf weiter!«

Sie raffte ihre Kleider zusammen, kleidete sich im Bad an und schminkte sich. In der Küche fand sie im Brotfach eine halbe, weiche Brezel, die sie sich in den Mund schob und auf dem Weg zum Kinderzimmer zu kauen begann. Dort warf sie noch einen kurzen, zärtlichen Blick auf den schlafenden Salvatore. Dann verließ sie das Haus.

Unten wartete schon Özi auf sie mit laufendem Motor. Als Francesca einstieg und ihn begrüßte, ließ er seinen Blick über das dschungelartige Muster ihrer Hose gleiten. Kurz überlegte er, ob er ihr ein Kompliment machen sollte, ließ es dann aber bleiben.

Die Wohngemeinschaft von Jörg Buck befand sich im zweiten Obergeschoss in einem der markantesten älteren Gebäude Reutlingens: der Seepost. Alte steinerne Lettern am Eingang des Eckhauses, das heute ein Bistro beherbergte, kündeten vom ehemaligen Postamt Ecke See- und Albstraße. Ein ungewöhnlicher Giebel über einem schwarzhölzernen Aufsatz krönte das in die Jahre gekommene stattliche Haus, unter dessen Dächern die alten Fachwerkstrukturen hervortraten.

Als Francesca und Özi dem Dienstwagen schräg gegenüber dem Hallenbad entstiegen, fiel ihr Blick auf die mit gelben Müllsäcken notdürftig abgeklebten Fenster, deren Scheiben der Hagelsturm zerschlagen hatte. Der Dauerregen hatte offenbar eine Pause eingelegt. Ein frischer, mäßiger Wind wehte. Lockere Wolkenformationen trieben am Himmel und weißliche Aufhellungen kündeten vom neuen Tag.

Jörg empfing die Beamten mit tausend Entschuldigungen, dass er sie aus ihrer wohlverdienten Nachtruhe gerissen hatte, führte sie in sein Zimmer und knipste die Deckenleuchte an.

Francesca sah sich um. Der gelbliche Schein der Lampe erhellte spärlich die Einrichtung, die lediglich aus einem Kiefernholzbett, einem alten, dunkelfarbigen Schrank, zwei Stühlen und einem auf zwei Holzböcken lagernden Brett bestand. Darauf befanden sich die üblichen Schreib-Utensilien, ein kleiner, alter Monitor, eine Tastatur, darunter auf dem Boden ein klobiger Rechner. Einige Bücher waren auf dem Boden entlang der Holzleiste aufgereiht, die den schäbigen Dielenboden abschloss. Rotweinflaschen dienten als Buchstützen. Die Wände zierten Plakate mit den rotschwarzen *lips* der Rolling Stones und vom letzten Southside Festival sowie eine der berühmten Schwarzweiß-Photographien von Robert Doisneau – der Kuss vor dem Hôtel de Ville Paris 1950, wie der kleine Aufdruck verriet.

»Es ist ein Rätsel«, begann Jörg. Blass und mit hängenden Armen war er in der Mitte des Zimmers stehen geblieben und ließ seinen übernächtigten Blick durch den Raum wandern, als suche er irgendwo nach der Lösung.

Francesca setzte sich an den Rand des ungemachten Betts, während Özi sich gegen den Schreibtisch lehnen wollte, der jedoch seinem Gewicht sofort nachgab.

Mit abgespreizten Fingern fasste Jörg vorsichtig ein DIN-A 4-Blatt links und rechts zwischen Daumen und Zeigefinger, nahm es von der Holzplatte, balancierte es durch das Zimmer und legte es der Kommissarin kommentarlos vor die Füße.

Jetzt setzte sich Özi neben Francesca und beide begannen, das Gedicht zu entziffern, das mit einem Bleistift in einer ebenmäßigen Handschrift auf dem Papier geschrieben stand. Stumm bewegte Francesca beim Lesen die Lippen.

When this you see, remember me
and bear me in your mind
Let all the world say what they may,
speak of me as you find

»Von einer meiner Lieblingsplatten«, erklärte Jörg und blieb mit gesenktem Kopf vor dem Blatt stehen. »Innenseite. Eine ziemlich frühe von den Stones, mit achteckigem Cover. ›Through The Past, Darkly‹.«

»Klingt wie 'ne Grabinschrift«, stellte Francesca fest.

»Oder wie eine Vorahnung«, gab Özi zu bedenken.

»Weiß nicht«, entgegnete Jörg. »Wir haben die Platte von

’nem Flohmarkt in der Kemmlerhalle. Ich hab sie Kyra geliehen … Aber es ist ein Epitaph. Brian Jones gewidmet. Einer der Bandgründer. Leadgitarrist. Angeblich ertrunken. 1969 in seinem Swimmingpool …«

»Angeblich?«, fragte Özi.

»Bis heute halten sich Mordtheorien … Ich bin aber noch nicht fertig.«

Jörg wandte sich zum Schreibtisch um, nahm einen unbeschriebenen Briefumschlag aus Bütten und legte ihn mit der Vorderseite nach unten mittig auf das Papierblatt.

»So lag das auf meinem Kopfkissen. Genau so. Ich hab das gar nicht wahrgenommen das erste Mal, als ich zum Umziehen hergekommen bin.«

»Und Sie glauben, das hat Kyra Ihnen so hingelegt?«, fragte Özi.

»Ich hab mir die ganze Nacht das Hirn zermartert«, antwortete Jörg. »Aber ich glaube, ich hab rausgefunden, was sie mir sagen wollte!«

Francesca und Özi blickten fragend zu ihm auf.

»Also genau so lag das da«, wiederholte Jörg. »Das Papier mit dem Gedicht und ein leerer Briefumschlag.«

Er rückte einen der Stühle heran, um sich den Kommissaren gegenüberzusetzen. Das Blatt und der Briefumschlag lagen nun zwischen ihnen.

»Wenn Sie zunächst nur den Umschlag betrachten. Woran erinnert Sie das?«

»Email?«, versuchte es Francesca nach kurzem Zögern. »Das Symbol für E-Post im Web?«

Jörg nickte, beugte sich zum Boden, hob den Umschlag auf, klappte die gummierte Rückseite auf und hielt sie hoch.

»@aol.com«, entzifferte Francesca.

»Ich glaube, Kyra hat ein neues Postfach angelegt.«

»Aber die Adresse ist unvollständig«, wandte Özi ein.

»Und außerdem, was ist mit dem Passwort?«, fragte Francesca.

Jörg ergriff das Blatt mit dem Gedicht und reichte es den Kripobeamten.

»Das Gedicht muss eine verschlüsselte Botschaft enthalten«, erklärte Jörg. »Sie hat mir nämlich mal erklärt, wie sie ihre PIN für die Kreisparkasse rekonstruiert, falls sie diese mal vergisst. Also ihr System …«

Er begab sich zum Schreibtisch, holte sich den Campus-Reporter und einen Kugelschreiber und nahm Francesca das Blatt mit dem Gedicht aus der Hand. Dann setzte er sich wieder und legte die Studentenzeitung und das Gedicht auf seine Knie.

»Nach diesem System würde es folgendermaßen ablaufen«, erklärte er und knipste den Kuli an. »Vom ersten Wort der dritte Buchstabe, vom zweiten Wort der Zweite, vom Dritten der Dritte und dann das Ganze noch mal von vorne bis zum Zeilenende …«

Er unterstrich die einzelnen Buchstaben.

»e-h-y-e-e-m.«

Eine Pause entstand.

»Aber das ergibt doch gar keinen Sinn!«, wandte Özi ein.

»Muss es auch nicht«, entgegnete Francesca. »Aber woher wollen Sie wissen«, fragte sie an Jörg gewandt, »dass die Anzahl der Buchstaben nur aus der ersten Zeile generiert werden soll?«

»Sechs. Sechs Buchstaben«, antwortete Jörg. »So viele sind es auch bei ihrer Mailadresse. Also bei ihrer normalen. Kyraso …«

»Also ehyeem@aol.com?«

»Ist nur 'ne Idee …«

»Und was ist nun mit dem Passwort?«, fragte Özi.

»Nach demselben System. Die zweite Zeile funktioniert dann aber nicht, deshalb habe ich die dritte genommen. Dann wäre das Passwort t-l-t-r-a-w-e-a …«

Jörg hob den Blick von seinen Unterlagen und sah die beiden Kommissare halb erwartungsvoll, halb zweifelnd an.

»Man muss es einfach ausprobieren …«, erklärte er.

»Ja, und? Warum haben Sie das noch nicht gemacht?«, fragte Özi mit gebremster Ungeduld in der Stimme. »Einfach getestet?«

Auch der Gesichtsausdruck der Kommissarin verriet Zweifel.

»Konnte ich doch nicht!«, verteidigte sich Jörg. »Mein Laptop ist doch noch in Hundersingen!«

Francesca deutete mit dem abgewinkelten Daumen auf den alten Rechner unter dem Holzbock.

»Und was ist damit?«

»Der ist Marke letztes Jahrhundert«, erwiderte Jörg. »Nicht wlan-tauglich!«

Francesca erhob sich.

»Dann nichts wie ins Büro«, sagte sie. Und zu Özi: »Helga ist zwar noch nicht da, aber was bleibt uns anderes übrig!«

»Das nächste Mal belege ich einen Codeknackkurs an der VHS«, witzelte Özi und stand ebenfalls auf.

Als sie wenig später die Albstraße betraten, fiel Francescas Blick auf den zerbeulten Briefkasten, aus dem ein Exemplar der Sonntagszeitung lugte. Jörg glitt mit den Fingern über die Dellen, die der Hagel geschlagen hatte.

»Ist das Ihre Zeitung?«, fragte die Kommissarin. Als Jörg zustimmend nickte, zog sie das Exemplar heraus und begann zu blättern.

»Das Phantombild«, sagte sie zu Jörg. »Das ist also gestern Nacht noch raus?«

Jörg bejahte.

»Gut, dass Sie das noch hingekriegt haben, nach allem …«, lobte Francesca und hielt inne. Auf Seite drei blickten ihnen zwei Abbildungen mit einer knappen Täterbeschreibung entgegen. »Die Zeitungsfritzen haben es tatsächlich noch untergebracht!«

»Ziemlich aussagekräftig«, äußerte sich nun auch Özi, der Francesca über die Schulter blickte.

Jörg tippte auf die linke Abbildung.

»Aber die Haare? Also so hab ich das nicht geschildert. Der sieht ja aus wie 'ne Frau! Das Bild rechts, das kommt hin.«

»Mit Perücke«, erklärte Francesca. »So könnte er mit Perücke ausgesehen haben. Im Outlet. Und die rechte Abbildung zeigt den Gesuchten in natura, sozusagen.«

»Gut, dass Stefan daran gedacht hat, beide Versionen zu veröffentlichen«, meinte Özi.

Jörg sah die Kommissarin nachdenklich an.

»Ich hab' nur nicht ganz verstanden, was das bringen soll, so ein Phantombild«, sagte er schließlich. »Der Mann ist doch tot! Mit oder ohne Perücke.«

»Aber wir kennen seine Identität noch nicht«, erläuterte Francesca. »Und wir haben noch keine Beweise, dass er auch der Mörder Ihrer Freundin war.«

Gut, dass Du schon kommst, Helga«, lächelte Francesca der Tür zugewandt und ließ ihre Karamellbonbons auf Helgas Mousepad purzeln.

»Gar nichts ist gut!«, entgegnete Helga und watschelte an ihren Schreibtisch, ohne die Umstehenden eines Blickes zu würdigen. »Sonntags in aller Frühe zum Dienst! Meine Tochter hat wieder Theater gemacht. Sie ist dabei, ihre Sachen zu packen.«

Betreten sahen Özi und Jörg vor sich hin, als seien sie die Ursache von Helgas Missstimmung.

Francesca stellte sich hinter Jörg und schob ihn ein Stück Richtung Schreibtisch.

»Unser junger Mann hier hat einen kleinen Test vorbereitet ...«

Kommentarlos ließ Helga ihre Handtasche auf den Boden plumpsen, ihr Schlüsselbund landete klirrend neben der Tastatur. Sie setzte sich, ließ den Rechner hochfahren und steckte sich ein Bonbon in den Mund.

»Jetzt sind Sie noch mal an der Reihe!«, forderte die Kommissarin Jörg auf.

»Also wir gehen jetzt erst mal auf die Aol-Startseite«, begann er.

Helga startete den Browser und bewegte die Maus zwischen den verstreuten Bonbons.

»Und jetzt auf Email und dann die Adresse. ehyeem@aol.com!«

»Können Sie das buchstabieren?«, bat Helga.

Langsam nannte Jörg die einzelnen Buchstaben.

»Das kann ruhig schneller gehen, ich bin ja nicht doof«, monierte Helga und tätigte die Eingabe. »Passwort?«

Jörg buchstabierte das vermeintliche Passwort. Helga tippte, Francesca und Özi blickten gebannt auf den Monitor.

»Sie haben Post!«, klang es aus dem Lautsprecher.

»Wow!«, stieß Francesca aus und klopfte Jörg leicht auf die Schulter. »Super Ermittlungsarbeit, Sie können gleich bei uns einsteigen!«

Jörg lächelte kurz, aber sogleich verfinsterte sich seine Miene. Helga klickte auf das Email-Symbol. Die Mail öffnete sich. Vier Anhänge wurden angezeigt.

Für alle Fälle! stand in der Betreffzeile und darunter: *Lieber Jörg, zuerst den Brief öffnen!*

Helga sah sich fragend zu Francesca um. Die Kommissarin nickte. Die Textdatei wurde geöffnet.

Du hast also meine Botschaft verstanden und den Code geknackt, und ehrlich, ich hoffe, Du hältst mich nicht für total verrückt. Ich weiß selber nicht, ob ich spinne, und vielleicht hat sich ja auch alles in der Zwischenzeit erledigt und wir sind auf dem Weg zu Frau Hombach. Aber wenn mich jemand nicht für verrückt hält, dann Du, und niemand außer Dir hätte meine Botschaft verstanden. (Ich musste die Festplatte meines Laptops zerstören, aber das nur nebenbei…). Du wirst Dich sicher gefragt haben, was mit mir los ist. Vielleicht hätte ich mein Material auch auf einen Stick kopieren und Dir diesen unter das Kopfkissen legen oder den Stick in einem Schließfach verschwinden lassen und Dir den Schlüssel unters Kopfkissen schieben können, aber das war mir nicht sicher genug und ich habe meine Gründe dafür. Beim Einchecken auf dem Flughafen Peking fing es schon an. Natürlich hatte ich mir schon in Chengdu meine Dateien auf einem Stick gesichert. In der Hosentasche habe ich ihn durch die Sicherheitsschleuse geschmuggelt, natürlich hat es gepiept. Ich hatte Panik! Aber ich habe ganz cool getan und der Kontrolleurin meine Pille hingehalten. Zwischen zwei Lagen Pille hatte ich den Stick gepresst und die Kontrolleurin hat verständnisvoll gelächelt und dann war ich mit der Sache durch. Aber dann wurde mein Laptop konfisziert. Nach einer halben Stunde brachten sie ihn zurück mit der Bemerkung, es sei alles in Ordnung. Auf meine Nachfrage hin erklärten sie mir, Verdacht auf Sprengstoff, aber reine Routine… Okay, also dann der lange Flug. Aber bei der Gepäckausgabe in München, ab da hatte ich wieder ein ungutes Gefühl. In der S-Bahn und anschließend im IC München-Stuttgart saß immer dieselbe Frau in meinem Abteil in meiner Nähe, die schon bei der Gepäckausgabe immer zu mir rüber gelinst hatte. Eine Chinesin. Zufall? Vielleicht steigere ich mich ja in was hinein, aber unter Verfolgungswahn leide ich nicht. Doch ist mein Verdacht ganz unbegründet? Dafür spricht, dass sie immer mal wieder aufstand, wie um auf die Toilette zu gehen, aber sie machte das auch, wenn das Toilettenzeichen rot war, und im Vorbeigehen hat sie immer so komisch zu mir rüber geschaut, so als ob sie sich vergewissern wollte, ob ich noch da bin. Aber vielleicht bilde ich mir das auch alles ein. Jedenfalls hätten die Chinesen allen Grund dazu zu verhindern, dass mein Material an die Öffentlichkeit kommt, und das ist es auch, was mich so misstrauisch werden ließ. Wenn du die Fotodatei 2 öffnest, weißt Du, was ich meine. Ich bin zu Hause und fahre jetzt zu Hanna. Meine SMS von heute Vormittag hast Du ja erhalten. Meine Eltern wissen nichts davon, sie würden sich nur unnötig Sorgen machen und helfen könnten sie mir auch nicht und auch Hanna wird vorläufig nichts erfahren, die hält mich sowieso für leicht hysterisch. Vielleicht kann Frau Hombach mir ja morgen sagen, wie ich damit umgehen soll. Vor der Radiologischen Praxis in Metzingen hat sich wieder ein Chinese rumgedrückt. Diesmal ein Mann. Ich kann nicht sagen, dass er mich beobachtet hätte, vielleicht leide ich ja doch unter Halluzinationen, aber etwas bange ist mir schon. Wenn ich nicht zu müde bin, fahre ich heute Abend noch zu Dir raus nach Hundersingen. In Liebe. Deine K.

Betreten starrten die Versammelten auf den Monitor. Jörg unterdrückte ein Schluchzen. Als erstes fand Helga die Sprache wieder.

»Die leidet doch nicht unter Verfolgungswahn! Also mir wär's da auch nicht wohl dabei, wenn da ständig die Chinesen hinter mir her wären!«

»Langsam«, mahnte Francesca. »Jetzt will ich mir erst mal die Fotos ansehen!«

Helga öffnete den Anhang mit der Datei *Fotos 2* und startete die Präsentation.

Zwischen graubraunen Hochhäusern ein alter Torbogen. Ein Lastentaxi, vollbepackt mit Koffern und Stoffsäcken. Eine nächtliche Einkaufsstraße mit Lichtreklamen. Alte, aber herausgeputzte, niedrige Holzhäuser mit Geschäften, vor denen Bastsiebe und Lampions angeboten werden. Dann folgten mehrere Aufnahmen aus der Pandastation Chengdu.

»Kannst du die überspringen?«, bat Francesca.

»Aber die Panda-Babys, die sind doch so süß!«, antwortete Helga, ließ aber jetzt den Zoo schneller vorüberziehen.

Es folgte eine Aussicht von einer Brücke auf den Fühé und auf das Stadtgebiet mit den beiden herausragenden Wolkenkratzern, ein Schaufenster mit Louis Vuitton-Handtaschen, eine bevölkerte Einkaufspassage mit blauen Fähnchen vor den Geschäften, ein Tempel in einem Seerosenteich, Eindrücke aus dem Wangjiangloupark.

»Offenbar hat sie sich doch ziemlich frei bewegen können«, stellte Özi fest und fragte: »Wie groß ist eigentlich Chengdu?«

»So zehn Millionen Einwohner zirka«, antwortete Jörg.

»Und wo sollen die brisanten Fotos jetzt sein?«, fragte Helga und schob sich ein weiteres Bonbon in den Mund.

»Jetzt mach halt schon weiter«, erwiderte Francesca ruhig, aber bestimmt.

In den folgenden Bildsequenzen veränderten sich die Inhalte. Bilder von neonbeleuchteten Einkaufsstraßen des Stadtzentrums, funkelnden Hochhausgiganten und idyllischen Parkszenerien mit Holztempeln wechselten zu Bildern, die Industriebrachen zeigten, öde Randzonen, düstere Fabrikgebäude. Aufnahmen von am Straßenrand kauernden Kindern in viel zu großen, verdreckten Shirts, die ihnen bis übers Knie reichten. An den Seiten einer menschenleeren, schmalen Seitenstraße reihten sich heruntergekommene Holzbaracken, vor denen blaue Plastiktonnen standen. Endlich der Blick in einen dunklen, lang gezogenen Raum. Den mit Plastikplanen verhängten Fenstern entlang waren zwanzig bis dreißig Kinder und Minderjährige zusammengepfercht, die Flüssigkeiten aus Plastikfässern in kleinere Plastikbehälter umfüllten.

»Lass mal stehen!«, wies Francesca Helga an und besah sich nun jedes Detail der Aufnahme. »Was sind das für Substanzen?«

»Kinderarbeit? Sie ist auf Kinderarbeit gestoßen!«, stieß Jörg hervor.

Helga ließ ein weiteres Bild erscheinen.

»Sieht so aus«, bestätigte Özi. »Offenbar sind die Notausgänge blockiert …«

»Die sind da richtig zusammengepfercht«, sagte Helga erschüttert. »Und keine Wasserflaschen. Die haben ja nicht mal was zum Trinken …«

»Wie alt sind die?«, fragte sich Francesca halblaut. »So acht, neun, bis zwölf vielleicht?«

»Dass so was nicht verboten ist!«, empörte sich Helga.

»Ist verboten, auch in China.«, klärte Francesca ihre Kollegin auf. »Wird aber viel zu wenig kontrolliert.«

»Im letzten Jahr haben die chinesischen Behörden zweiundzwanzig Kinderhändler festgenommen«, fiel Özi ein, »die Kinder werden ihren Eltern geraubt und an Waisenhäuser verkauft.«

Helga drehte sich zu ihm um und zerbiss hörbar die Reste ihres Bonbons.

»Die Waisenhäuser kaufen Kinder auf?«

»Ja«, bestätigte Özi, »und das habe ich jetzt nicht von der Volkshochschule. Die Waisenhäuser verkaufen sie weiter an die Adoptionsbehörden. Und dann kommen die kinderlosen Amis, Japaner und Europäer, die so kleine Schlitzaugen süß finden, und blättern den Beamten ihre Dollars auf den Tisch und dann sind alle glücklich. Bis auf die Eltern. Die Kinder bekommen ein schönes Zuhause, gut zu essen und eine Superausbildung. Und die Händler, Zwischenhändler und Beamten haben gut verdient. So funktioniert das.«

Für wenige Augenblicke kehrte Schweigen ein.

»Mach mal weiter, Helga!«, sagte Francesca schließlich mit belegter Stimme.

Das nächste Bild zeigte eine Nahaufnahme von drei etwa neunjährigen Mädchen, die sich eng aneinander auf dem Boden drängten und mit ernstem Gesicht auf etwas sahen, das außerhalb des Suchers lag.

Abwartend tänzelten Helgas Finger über den Pfeiltasten.

Francesca schob ihr Gesicht näher an den Monitor.

»Warte mal«, sagte sie. »Lass mal stehen …«

Nun zeigte die Kommissarin auf das linke Gesicht.

»Irgendwie kommt mir die bekannt vor …«

Helga sah zu ihr auf.

»Also ich könnte nicht mal die drei hier auseinanderhalten!«

»Ich hab die schon mal gesehen. Auf irgendeinem Foto …«

Francesca hob die Augen und sah nachdenklich zum Fenster hinaus.

»Ein Fall?«, fragte Özi.

Die Kommissarin nickte.

»Ja, aber vor deiner Zeit … Ich krieg es jetzt auch nicht mehr zusammen …«

»Ist noch mehr drauf?«, fragte Jörg.

Helga brachte ein weiteres Foto auf den Bildschirm. Der Innenraum einer Lagerhalle. Massive Holzkisten stapelten sich bis unter die Decke. An der Seite stand ein Gabelstapler. Francesca gab Helga einen Wink und das nächste Bild erschien. Der ins Holz gebrannte Schriftzug des Bestimmungshafens erschien.

»Rotterdam«, sagte Jörg. »Die verschiffen ihre Produkte nach Europa …«

»Aber was für Produkte?«, überlegte Francesca. »Irgendeine chemische Substanz …?«

»Jedenfalls irgendetwas, das Gewinn abwirft«, sagte Özi.

Helga schloss die Präsentation.

»Das war das Letzte …«

Özi sah Jörg von der Seite her an und klopfte ihm auf die Schulter.

»Mutig, Ihre Freundin!«

»Tja, aber so, wie es aussieht …«, antwortete Jörg, ließ aber den Rest des Satzes in der Luft hängen.

»Warum hat sie das nicht gleich dort der Polizei gemeldet?«, fragte Helga.

»Wird sie wohl haben«, entgegnete Jörg. »Aber man sieht ja, wie das dort funktioniert. Auf dem Airport haben sie sich gleich ihren Laptop gekrallt.«

»So einfach ist das nicht«, wandte Francesca ein. »An jedem Flughafen werden Stichproben gemacht. Kokain, Heroin, Sprengstoff. Was glauben Sie, was nicht schon alles in Laptops geschmuggelt wurde.«

Jörg ließ die Arme hängen.

»Und die anderen beiden Anhänge?«, fragte Helga. »Die mit ›Bericht Hombach‹ und die Bilddateien ›Boss‹?«

»Die schauen wir uns später an«, sagte die Kommissarin. »Und zwar mit Frau Hombach gemeinsam. Finde ihre Privatadresse raus und ruf sie an. Sie soll um elf da sein.«

»Warum hat das Mädchen denn das Material nicht gleich an die Hombach geschickt?«, wollte Helga wissen. »Da wäre es doch auch sicher gewesen.«

»Sie war sich doch selbst nicht ganz im Klaren darüber, ob sie mit ihrer Einschätzung richtig liegt oder unter Verfolgungswahn leidet«, erklärte Jörg.

»Aber bevor du Frau Hombach anrufst…«, sagte die Kommissarin zu Helga. »Vorher brauchen wir die große Dienstbesprechung. Um acht? Oder sagen wir 8 Uhr 15!«

Helga nickte und griff zum Telefonhörer.

»Und das Mädchen«, fragte Özi und sah Francesca zweifelnd an. »Das Mädchen auf dem Foto? Fällt dir noch immer nichts ein?«

Kurz vor acht schaltete Özi im Besprechungszimmer das Fernsehgerät ein. Mit verschlafenem Gesicht betrat die Polizeipraktikantin den Raum. Fröstelnd schob sie ihren Seidenschal unters Kinn und wühlte ihre Hände in den Stoff.

»Sonntagmorgen – und Sie sind die Erste!«, begrüßte Francesca sie.

»Und ich der Zweite«, sagte Stefan Schmid, der mit übernächtigtem Gesicht dazustieß.

Die Praktikantin musterte Francesca beeindruckt.

»Steht Ihnen gut, dieser Rippstrick!«, sagte sie. Sie griff sich einen Stuhl aus der Reihe, drehte ihn zum Bildschirm, ließ sich auf das dünne Polster fallen und streckte gähnend die Beine aus. Der Kriminaltechniker tat es ihr nach und setzte sich neben sie.

SWR und RTF 1 brachten in ihren Nachrichten die Phantombilder des Unbekannten. Die Sprecher lasen die Fahndungsmeldung vor, die Stefan noch spät in der Nacht formuliert und herausgegeben hatte.

»Um die Zeit guckt doch sonntags noch keiner fern!«, ließ sich Helgas Stimme vernehmen. Die Kommissarin vom Innendienst war im Türrahmen stehen geblieben und blickte ebenfalls auf den Monitor.

Francesca ließ die Bemerkung der Kollegin unkommentiert und half ihr, die Ausdrucke der Phantombilder und die der Fotos mit den Kindern an die Pinnwand zu heften.

Özi schaltete das TV-Gerät wieder aus und nahm seinen Platz ein. Weitere Kripobeamte der Soko trudelten ein. Im Rücken vernahm die Kommissarin halblaut geführten Gespräche, die sich um die Folgen des Hagelsturms drehten, um durchlöcherte Rollläden, abgeblätterten Putz, verwüstete Gärten, zersplitterte Scheiben, beschädigte Fahrzeuge.

»Bei meinem Nachbarn, die haben so ein großes Oberlicht«, hörte sie Özi sagen. »Das Haus ist noch kein halbes Jahr alt. Das Oberlicht ist runtergekommen und Hagel und Regen, alles auf Möbel und Bücherregale. Er hat mich gestern Nacht noch angerufen. Ob ich heute Zeit hätte. Zum Helfen …«

»Und im Metzinger Hallenbad hat's die Lichtkuppeln runtergeholt«, berichtete ein anderer Kollege. »Alle vierundzwanzig.«

»Das war ja vorauszusehen mit dem Hagel«, sagte Helga.

»Ja?«, grinste Özi.

»Der Saturn.«

»Was ist mit dem?«

»Der Saturn hat einen schlechten Ruf. Früher galt er sogar als Übeltäter unter den Planeten«, erwiderte Helga. »In der Welt passiert nichts ohne Grund. Aber so auf die Schnelle kann ich das jetzt auch nicht erklären …«

»Ich will ja nicht an deine Glaubenssätze rühren«, meinte Francesca zu ihrer Kollegin. »Aber mit astrologischen Deutungen lassen sich weder Naturkatastrophen noch Morde vorhersagen!«

Helga begann zu kichern.

Typische Übersprungshandlung, dachte Francesca. Wortlos wandte sie sich von ihr ab und ließ ihren Blick über die Runde gleiten. So wie es aussah, waren sie vollzählig. Herbert Maischle betrat mit strammen Schritten den Raum und gab ihr zu verstehen, dass er die heutige Sitzung selbst leiten werde. Ohne sich ihre Verwunderung anmerken zu lassen, setzte sich Francesca neben ihren Chef.

»Ich erwarte heute ein klares Ergebnis, das wir der Presse mitteilen können«, sprach der Abteilungsleiter in das Gemurmel hinein, das sofort verstummte. »Fassen Sie zusammen, Frau Molinari?«, forderte er die Kommissarin auf.

Die Kommissarin räusperte sich und Helga schob ihr eine dünne Mappe rüber, die Francesca aufschlug und überflog.

»Der Autopsiebericht bestätigt die Diagnose des Rechtsmediziners am Tatort. Der Tod des Opfers trat durch Erwürgen ein. Keine weiteren Auffälligkeiten, nichts, das für unsere Ermittlungen wichtig wäre ...«

Sie klappte die Mappe zu.

»Vorweg ist zu sagen, dass wir über zwei Phantombilder des dringend Tatverdächtigen verfügen«, fuhr sie fort. »Eines, das nach der Erinnerung der Inhaberin eines Heilbronner Perückenstudios angefertigt wurde, in dem der Tatverdächtige die für die Tat verwendete Perücke erworben hat, und ein zweites, das auf der Erinnerung unseres Hauptzeugen Jörg Buck beruht, der sich über zwölf Stunden in der Gewalt des Gesuchten befand. Kollege Schmid hat sich für die Veröffentlichung des auf den Aussagen von Buck basierenden Phantombilds entschieden. Das ist aussagefähiger. An die Presse ging es einmal mit und einmal ohne Perücke.«

Die Kommissarin warf Stefan Schmid einen anerkennenden Blick zu.

»Nun zunächst zu unserem Fahndungsaufruf«, fuhr sie fort. »Vielleicht noch ein bisschen früh für Ergebnisse. Aber gibt es schon eine Reaktion?«

»Eine Zeugin aus dem Outlet, die wir schon befragt hatten, hat angerufen«, meldete sich ein Mitarbeiter. »Heute morgen so um halb sieben. Der Kollege vom Nachtdienst hat es mir weitergegeben ...«

»Und?«

»Na ja ... Sie glaubt das Gesicht erkannt zu haben. Von der auffälligen Frau, die zur Tatzeit dort in mehreren Geschäften herumgestiefelt ist ...«

»Glaubt?«

»Das ist es eben, wie so oft. Ganz sicher ist sie sich nicht.«

»Wenn ich durch den Supermarkt laufe, starre ich auch nicht in jedes Gesicht«, platzte die Praktikantin dazwischen.

Francesca ignorierte den Einwurf.

»Weiter?«

»Dann kam noch ein Anruf aus Reutlingen. Kurz danach. Ich habe ihn entgegengenommen. Eine Studentin, die als Aushilfe vor drei Wochen in der Reutlinger Markthalle gekellnert hat, glaubt sich an einen gut gekleideten Herrn zu erinnern, den sie bedient hat. In der Live-Nacht.«

»Das ist doch schon mal was«, kommentierte Francesca.

»Aber auch sie war sich nicht ganz sicher wegen der Haare...«

»Und dann war noch was«, schob er nach. »Ein bisschen merkwürdig...«

Alle sahen den Kollegen plötzlich erwartungsvoll an.

»Eine männliche Stimme am Apparat. Nicht mehr ganz jung schätzungsweise. Erkundigte sich nach dem Namen der leitenden Ermittlerin...«

Francesca runzelte die Stirn. Der Kollege sah jetzt zu der Kommissarin.

»Und wollte direkt mit dir verbunden werden. Da wart ihr aber noch unterwegs. Bevor ich ihn nach seinem Namen fragen konnte, hat er aufgelegt.«

»Tja, vielleicht meldet er sich ja noch mal«, antwortete sie. »Solche Leute gibt's.«

»Die wollen nicht mit dem Schmiedle reden, sondern gleich mit dem Schmied«, bemerkte Özi schmunzelnd, warf aber dem Kriminaltechniker sogleich einen Blick zu und hob entschuldigend die Hand. »War jetzt nicht auf dich bezogen, Stefan.«

Der Kriminaltechniker gab ein Brummen von sich, ohne die Miene zu verziehen.

»Macht nichts, du bist sowieso an der Reihe, Stefan«, grinste Francesca.

Stefan Schmid räusperte sich.

»Zur Spurenlage im Haus der Malerin Christa Neumann in Hundersingen«, startete er seinen Bericht. »Die Auskünfte des Zeugen Jörg Buck haben uns die Einordnung verschiedener Details erleichtert. Buck ist sechsundzwanzig, wohnt in Reutlingen und studiert Medienwissenschaften in Tübingen. Er war an den Ereignissen in Hundersingen beteiligt. Der Gesuchte hatte ihn über Nacht in Geiselhaft genommen. Der Zeuge hat eingeräumt, den Mann im Wintergarten des Hauses mit einem Teppichmesser niedergestochen zu haben und dann geflohen zu sein. Vom Dorf aus hat er uns dann gerufen ...«

»Und ihr habt ihn auf freien Fuß gesetzt?«, empörte sich Maischle.

»Er ist unser wichtigster Zeuge«, entgegnete Francesca, ihrem Vorgesetzten zugewandt. »Ohne ihn wären wir noch keinen Schritt weiter. Außerdem konnten wir seine Aussage ja noch gar nicht überprüfen ...«

»Den Wintergarten samt dem Teppichmesser, das er angeblich benutzt haben will, hat's nämlich weggeschwemmt«, erklärte Özi. »Die Leiche inbegriffen.«

»Aber ihr habt doch gar keinen Zusammenhang zwischen den Ereignissen in Hundersingen und dem Outlet-Mord«, wandte Maischle ein.

»Moment, Moment!« Stefan Schmid hob die Hände. »Erstens wollte der Unbekannte von dem Zeugen Dokumente erpressen, von denen er annahm, das Mordopfer habe sie im Haus deponiert. Zweitens, und das ist fast noch wichtiger, sind die Faserspuren des Mantels, den der Unbekannte im Flur abgelegt hatte, identisch mit den Faserspuren, die wir beim Einbruch in das Haus der Eltern von Kyra Song in Kohlberg sichergestellt haben!«

Maischle nickte und forderte den Kriminaltechniker mit einer Handbewegung auf, fortzufahren.

»Die Kennzeichen der Wagen, die in der Nähe des Hauses parkten – alles Reutlinger Nummernschilder – haben wir überprüft. Keine Verdachtsmomente. Fußspuren außerhalb des Hauses kann man aufgrund der Wetterlage vergessen. Wir haben die Sohlen des Zeugen mit anderen Fußspuren im Haus verglichen, die von dem Gesuchten stammen könnten. Vor allem aber gibt es jede Menge Fingerabdrücke, insbesondere sehr schöne von einem Glas und einer Flasche Sprudel im Wohnzimmer. Dann einen Haufen Kippen. Der Zeuge ist Nichtraucher. Aber der Aschenbecher war randvoll. Lucky Strike. Rot, ohne Zusatzstoffe. Alles ist noch gestern Nacht zum Kriminaltechnischen Institut beim Landeskriminalamt in Stuttgart gewandert. Bis wir die DNA haben, dauert es aber noch.«

»Was wir uns nach wie vor nicht erklären können«, schloss Francesca an, »warum erst der Mord und dann die Jagd nach den Dateien?« Nachdenklich sah sie in die Runde. »Andererseits, und dies haben wir ebenfalls der aktiven Mitarbeit von Buck zu verdanken, sind wir durch dieses Vorgehen vor den Tätern an die Unterlagen gekommen!«

Alle sahen jetzt die Kommissarin neugierig an. In Kurzfassung lieferte sie einen Bericht über die Ereignisse vom Morgen.

»Kinderarbeit«, stellte die Polizeipraktikantin schließlich fest. »Aber nicht bei dem Zulieferer von Hugo Boss?«

»Vermutlich ein Chemiebetrieb in der Nähe. Verbindungen zu Hugo Boss lassen sich keine erkennen. Aber wir haben auch noch nicht alles Material auswerten können.«

»Wenigstens wissen wir jetzt, warum diese Dokumente für den oder die Täter so brisant sind«, sagte Özi.

Alle nickten zustimmend, nur Maischle schüttelte verständnislos den Kopf, was Francesca nicht entging.

»Übrigens ...« Francesca erhob sich und begab sich zur Pinnwand. »Kann sich einer von euch an dieses Mädchen erinnern?« Sie zeigte mit dem Finger auf das entsprechende Foto und sah die Teilnehmer der Soko abwartend an. Aber niemand reagierte.

»Schade«, sagte sie und knüpfte an ihre Ausführungen an. »Unklar ist allerdings, in welchem Zusammenhang die Dokumente, die das Mordopfer aus China herausgeschmuggelt hat, für den oder die Täter hier in Deutschland so wichtig sind. Wer macht hier mit wem Geschäfte? Immerhin belegen die Fotos von Kyra Song, dass die chemischen Substanzen, um die es sich offenbar handelt, nach Rotterdam verschifft werden.«

»Ja, das ist mager«, ließ sich Maischle vernehmen. »Vielleicht wollte das Mordopfer auch nur auf Missstände aufmerksam machen.«

Francesca bat Özi mit einem auffordernden Blick, das Wort zu übernehmen.

»Ein Zusammenhang macht sich allerdings fest an der Person eines unbekannten asiatisch aussehenden Mannes, der unter einem Vorwand über einen Mitbewohner von Buck dessen Aufenthaltsort in Hundersingen erfragte. Allerdings ist der dann nicht selbst im Lautertal aufgekreuzt. Sondern der, nach dem wir fahnden ...«, sagte Özi.

»Wir suchen ab jetzt also auch nach einem asiatisch aussehenden Mann«, ergänzte die Kommissarin.

Maischle kniff die Augen zusammen. »Chinesen in der S-Bahn, Chinesen im IC, Chinesen in Metzingen und jetzt auch noch der große unbekannte Chinese in Reutlingen. Überall wimmelt es von Chinesen. Ich will aber Fakten und keine Hysterie!«

Francesca lächelte ihren Vorgesetzten ironisch an.

»Dazu käme aber noch die unbekannte Chinesin«, sagte Özi und sah zu seinem Vorgesetzten. »Tut mir leid, Herr Maischle«, grinste er, »die Chinesin, die dem Täter im Outlet den präparierten Kleiderbügel gereicht hat. Und außerdem wurde ja schon in China ...«

»Nun lassen sie mal die Kirche im Dorf!« Maischle warf ihm und Francesca einen strafenden Blick zu und wischte mit der Hand über den Tisch, als wollte er die dort gestapelten Gedanken wegräumen. »Nach China reicht unser Arm sowieso nicht ...«

»Aber vielleicht reicht der Arm der Chinesen bis nach Metzingen!«, entgegnete die Kommissarin nicht ohne einen herausfordernden Ton in der Stimme.

In diesem Moment klopfte es und eine Kollegin steckte den Kopf durch den Spalt.

»Entschuldigung, ich will nicht stören, aber für Sie ist etwas abgegeben worden, Frau Molinari, an der Pforte unten. Persönlich ...«

Francesca erhob sich und schob ihren Stuhl nach hinten.

»Also von meiner Seite aus gibt es im Moment sowieso nichts Weiteres.«

»Einen Augenblick noch«, sagte Özi. »Sollen wir von dem Chinesen, der in Bucks WG aufgetaucht ist, jetzt auch ein Phantombild machen oder nicht?«

Francesca öffnete den Mund, aber Maischle kam ihr zuvor.

»Wegen mir«, erwiderte er. »Aber bringen wird das nichts. Die sehen doch sowieso alle gleich aus …«

Ist das *so* abgegeben worden?«, fragte Francesca und sah auf den ausgerissenen, grauen Zeitungsausschnitt mit den beiden Varianten des Phantombilds. Nass klebte er an der Innenseite einer Plastikhülle.

Der Diensthabende an der Pforte nickte.

»Klemmte hinter dem Scheibenwischer Ihres Wagens.«

»Unseres Dienstwagens?«

»Ihres Volvos.«

Francesca sah ihn verblüfft an.

»Ihr Mann hat den Zettel in die Plastikfolie gelegt«, fügte er hinzu mit einem Unterton, als habe er etwas falsch gemacht.

»Mein Mann, er war da?«, hakte Francesca nach.

»Andreas Molinari. Er hat sogar seinen Ausweis vorgelegt. Von sich aus.«

Verwundert blickte sich die Kommissarin nach einem der Deckenstrahler im Wartebereich um, trat unter das Licht und sah sich den Papierfetzen genauer an. Jetzt erkannte sie eine krakelige Bleistiftschrift.

Mache Aussage. 11 Uhr. Upflamör. Wasserturm. Nur Sie! Allein!

Francescas Gedanken überschlugen sich. Konnte es wirklich so sein, wonach es aussah? Durch den Drehteller am Empfang schob sie dem Kollegen den Plastikumschlag wieder zurück.

»Wie heißt der Ort? Können Sie das entziffern?«

Der Polizeibeamte nahm seine Brille ab und hielt sich den Zeitungsabschnitt dicht vor die Augen.

»Upflamör.«

Francesca sah ihn neugierig an.

»Upflamör, was soll das sein?«

»Das ist ein Kaff auf der Schwäbischen Alb«, wurde ihr erklärt. »Irgendwo vor Zwiefalten.«

»Aha …«

»Soll ich's Ihnen zeigen?«

»Danke, mein Navi wird das schon finden«, antwortete sie und bat ihn, ihr den Plastikumschlag wieder herauszureichen. Sie bedankte sich und rannte die Treppen hoch.

Oben wäre sie an der Ecke des Flurs fast mit ihrem Vorgesetzten aneinandergestoßen.

»Hoppala!«, rief Maischle aus, schnappte ihr den Zeitungsausschnitt weg und besah sich die Krakelschrift.

Francesca fühlte sich überrumpelt und hätte ihm die Unterlage am liebsten wieder aus der Hand gerissen.

»Ah, der Verschwundene? Ich dachte, seine Leiche schwimmt in der Lauter?«

»Dachte ich auch …«

»Dann müsste er sich ja schwerverletzt aus dem Haus in Hundersingen gerettet haben, bevor der Wintergarten weggerissen wurde.«

»Könnte sein …«

»Dachte. Könnte.« Maischle sah Francesca über seinen Brillenrand hinweg an. »Und da wollen Sie natürlich jetzt die Offerte annehmen, um das zu überprüfen.«

»Falls er überhaupt der Gesuchte ist.«

»Eben. Vielleicht handelt es sich ja auch um einen Zeugen, der ihn kennt …«, wandte Maischle ein.

»Habe ich auch schon gedacht …«

»Jemand aus dem Dunstkreis des Täters, der sich nicht traut, mit uns offiziell Kontakt aufzunehmen, weil er selber Dreck am Stecken hat«, mutmaßte Maischle.

»Oder Angst hat …«

»Oder Angst. Jedenfalls lassen Sie das Gebiet großräumig abriegeln. Wo ist das eigentlich, Upflamör?«

»Der wird sich absichern wollen«, entgegnete sie. »Und wenn er nur ein einziges Bullenfahrzeug aus der Ferne sieht …«

»Bullen …?«, unterbrach Maischle.

»Einsatzwagen«, verbesserte sie sich. »Vielleicht will er sich ja auch stellen …«

Maischle erhob seinen Zeigefinger.

»Jedenfalls gehen Sie mir da nicht alleine hin!«

Maischle gab ihr die Plastikfolie zurück.

Die Kommissarin wollte noch etwas entgegnen, doch Maischle machte kehrt und verschwand in seinem Büro.

Francesca atmete tief durch. Natürlich wäre es riskant, auf die Bedingungen des Unbekannten einzugehen. Falls es sich tatsächlich um die Person handelte, die Jörg Buck so schlimm zugesetzt hatte, so war sein Versuch, an Kyra Songs Dokumente heranzukommen, kläglich gescheitert. Schon mit dem Einbruch in Kohlberg war er ein erhebliches Risiko eingegangen. Und in Hundersingen war er gerade noch einmal mit dem Leben davon gekommen … Aber was wollte er jetzt?

»Da steckst du ja!«

Özis Stimme riss sie aus ihren Gedanken.

»Was ist denn los?«, fragte er besorgt.

Ohne zu antworten, drückte sie ihrem Kollegen den Zeitungsausschnitt in die Hand, fasste ihn am Arm und schob ihn in Richtung ihres Zimmers.

»Kleine Dienstbesprechung«, rief sie um die Ecke, als sie mit Özi den Raum betrat. »Helga, kannst du kurz Stefan dazu rufen? Und unsere Praktikantin, wenn sie will!«

Sie ließ sich auf ihren Schreibtischstuhl fallen. Auch Özi begab sich an seinen Platz und studierte aufmerksam die Krakelschrift.

»Du machst das aber nicht, oder?«, fragte er und hob den Kopf.

Francesca blieb ihm die Antwort schuldig.

Als Helga, Stefan und die Praktikantin endlich zu ihnen stießen, reichte Özi den Zeitungsausschnitt an die Praktikantin weiter. Stefan und die Praktikantin steckten nah ihre Köpfe zusammen und flüsterten.

Oha, bahnt sich da etwas an, ging es Francesca fragend kurz durch den Kopf.

Als hätte der Kriminaltechniker ihren Gedanken erraten, blickte er plötzlich zu Francesca auf und grinste sie an.

»Is was?«, fragte die Praktikantin verwundert.

Obwohl ihr nicht danach zumute war, grinste Francesca zurück.

»Unsere Kollegin freut sich halt immer, wenn sie mich sieht«, sagte Stefan trocken. »Weil ich der Einzige im Team bin mit fränkischem Migrationshintergrund«, erklärte er und betonte sein rollendes »R«.

Die Praktikantin schenkte ihm einen vielsagenden Blick.

Als auch Helga den Zeitungsausschnitt in die Hand bekam, begann die Kommissarin, den Kollegen ihre Gedanken darzulegen.

»Natürlich ist Maischle dagegen«, schloss sie.

Nach einer Pause, in der alle mit ihren eigenen Überlegungen beschäftigt waren, ergriff Stefan das Wort.

»Maischle kannst du vergessen«, erklärte er. »Aber in diesem Fall hat er recht. Es ist zu riskant. Wenn du allein bist, dann ist nämlich schnell Ende Gelände!«

Francesca stand auf. Unruhig ging sie hin und her. Natürlich hatten sie recht. Alle. Vielleicht sollte sie wirklich die Finger davon lassen.

»Und du?«, fragte sie Özi, der bisher nur vor sich hingestarrt hatte und dessen Miene keine Meinung erkennen ließ.

»Was sagen denn deine Sterne?« Schelmisch sah er zu Helga.

»Es ist immer leicht, sich über andere lustig zu machen!«, protestierte die Kollegin.

Francesca warf sich auf ihren Schreibtischstuhl.

»Aber wenn wir hochgehen und ihn festnehmen …«, gab sie zu bedenken. »Das, was der Mann mir freiwillig sagen will, mit dem wird er unter Zwang nicht mehr herausrücken …«

Die Kollegen ließen ihren Satz nachdenklich auf sich wirken. Nach einer Pause sagte Stefan leise spöttisch:

»Du hast keine Chance, aber nutze sie …!«

Auf Francesca wirkte der Satz wie ein Kommando. Sie sprang auf.

»Ihr übernehmt das mit Frau Hombach? Sie kommt ja um elf?«, fragte sie mit Blick auf Helga und Özi. Und zu Helga: »Du hast sie doch erreicht?«

Helga nickte.

Entschlossen zerteilte Francesca die Luft mit der Hand.

»Dann ruf ich mir jetzt ein Taxi!«

Auf der Fahrt nach Upflamör gab sich die Kommissarin wortkarg. Elena hatte schnell begriffen, dass Francesca keine Erklärungen abgeben wollte.

Noch beim Überqueren der Kaiserstraße hatte sie den kontrollierenden Blick ihres Vorgesetzten im Rücken gespürt. Um ihm zu entgehen, war sie an der Leonhardskirche vorbei die Burgstraße Richtung Albtorplatz gegangen. Erst kurz davor hatte sie sich in Elenas Taxi gesetzt.

Der Himmel zeigte sich bedeckt, aber die wie in einer Ebene gleichförmig in hellem Grau erstarrten Wolken schienen den Regen heute zurückzuhalten. Auf der Hochfläche der Alb erinnerte jeder Ort an den gestrigen Hagelsturm. Großflächig waren zahlreiche Dächer behelfsmäßig mit Planen abgedeckt. Auch an den Anblick zerbeulter Karosserien begann man sich zu gewöhnen.

Elena glaubte, ihren schmallippigen Fahrgast unterhalten zu müssen, und gab eine Anekdote nach der anderen aus ihrem erfahrungsreichen Taxifahrerinnenleben zum Besten. Die Highlights. Wie sie einmal – sie erwähnte die Namen nicht – eine Politikerin der Grünen zum Ausgangspunkt einer Donau-Motorrad-Rallye gefahren habe, einen katholischen Kirchenrechtler aus Oberschwaben, Ex-CDU-Staatssekretär, zu einem Stuttgarter Bordell – mit Quittung, aber ohne Ortsangabe – und einen für Mindestlohn kämpfenden SPD-Mann zu einer vom Bundesverband der Deutschen Industrie organisierten Weinverkostung ins Remstal, der ihr beim Aussteigen fünfzig Cent Trinkgeld in die Hand drückte.

Francesca bemühte sich zu lächeln, doch ihre Finger nestelten an ihrem Holster. Unentschlossen dachte sie, ich bin mir nicht sicher, ob ich die Waffe im Auto lassen soll oder nicht?

Elena verstummte irgendwann, als keine weitere Reaktion von Francesca kam, und widmete sich der Straße und ihren eigenen Gedanken.

Immer wieder strichen Francescas Fingerkuppen um das Leder ihres Gürtels, als würden sie den metallischen Lauf der Pistole suchen. Dann holte sie eine längst vergessen geglaubte Erinnerung ein.

Sie saß auf dem Schoß ihrer Mutter. Ich muss dir was sagen, hörte sie ihre Stimme. Deine Nonna ist tot. Sie wusste noch, dass sie die Worte verstanden hatte und doch nicht verstand. Hörte, ihre Nonna sei vor dem Bäckerladen in Pizzo gefunden worden, niedergestreckt durch drei Kugeln. Heute weiß ich, dass meine Nonna von der 'Ndrangheta erschossen wurde, dachte sie. Aber warum? Später, als sie älter geworden war, hatte sie nachgefragt. Aber bis heute behauptete ihre Mutter, auch nicht mehr darüber zu wissen. Nur eines hatte Maria wiederholt. Immer wieder. Dass es *drei* Kugeln waren. Als ob die Anzahl der Geschosse eine Rolle spielte …

Elena musste nach einer Kuppe wegen einer unvermittelt auftauchenden Autoschlange vor einer Baustellenampel abrupt abbremsen und Francesca wurde aus ihren Gedanken gerüttelt. Sie sah auf die Uhr.

»Um elf. Schaffen wir das?«

Elena drehte ihre rechte Hand in der Luft.

»So um den Dreh rum schon …«

Ein Baustellenfahrzeug querte die Fahrbahn, dann war der Weg wieder frei. Bis zum Horizont erstreckte sich jetzt das Band der Straße. Endlose Felder mit Gerste und Raps, Frucht und Blüte aber zusammengeschossen vom Unwetter, dann Wiesen, Wiesen, immer wieder Wiesen. Schwarze, merkwürdige Silhouetten von Rindern entpuppten sich aus der Nähe als stattliche Exemplare von Albbüffeln, die wiederkäuend hinter ihren Zäunen standen und stumpfsinnig vor sich hinglotzten.

»Schon mal probiert?«, wagte Elena zu fragen. »Zwiebelrostbraten vom Albbüffel?«

Wortlos sah Francesca vor sich hin.

»Metzgerei in der Markthalle!«, rief die Taxifahrerin aus und warf eine Kusshand in die Luft. »Wenn du willst, gebe ich dir das Rezept!«

Außerstande zu antworten, biss Francesca die Zähne zusammen. Vielleicht sollte sie umkehren. Ihr Mund war trocken. Sie sah das Bild mit der Ermordeten in der Umkleidekabine vor sich. Ihre Fingerknöchel pochten gegen die Innenverkleidung der Beifahrertür. Was, wenn die Leute, die für Kyra Songs Tod verantwortlich waren, sie in eine Falle locken, an ihr ein Exempel statuieren wollten?

»Fünf vor elf«, hörte sie Elena sagen. »Upflamör. Und wie weiter?«

Wenn ich in vierzig Minuten nicht zurück bin«, sagte Francesca zu Elena mit belegter Stimme, »rufst du die Polizei!«

Die Taxifahrerin grinste ungläubig.

»Klingt vielleicht komisch aus meinem Mund, aber ich kann's dir jetzt auch nicht erklären.«

Elena starrte auf die Visitenkarte, die die Kommissarin ihr gereicht hatte, und deutete ein Kopfnicken an.

»Da hinten, der Wasserturm… Kannst du irgendwie in die Richtung fahren? Aber beim letzten Haus lässt du mich aussteigen…«

Elena bewegte den Wagen in eine Nebenstraße, die an ihrem Ende in einen Feldweg überging. Als die letzten Häuser an ihnen vorbeigezogen waren, nahm Francesca ihr Waffenhalfter ab und ließ es auf den Beifahrersitz gleiten.

Besorgt, aber stumm verfolgte Elena jede ihrer Bewegungen.

Draußen nahm Francesca ihr Handy aus der Hosentasche. Ein kurzer Blick genügte, um sich zu vergewissern, dass es eingeschaltet war. Dann schob sie es zurück, warf die Wagentür zu und ging, sich umschauend, auf den Wasserturm zu.

Ein kreisrunder, zeltartiger Dachaufsatz bildete die Krönung des Turms auf freiem Feld, der auf einem schlanken weißen Fuß stand. Aber Francescas Blick gehörte der weiten Albhochfläche, den in der Ferne von kleinen Waldstücken umsäumten Feldern und Wiesen. Nirgendwo in dieser stillen Landschaft war eine Bewegung auszumachen. Kein Traktor, kein Mähdrescher, kein Auto, kein Wanderer zeigte sich in der Szenerie, deren Konturen in der schwülen Mittagsluft flirrten.

Nein, dachte Francesca und wandte ihren Blick zurück zu dem Turm, hier würde er sich nicht zeigen. Nicht hier, auf der Ebene. Er würde nicht plötzlich hinter dem Fuß des Turms hervortreten, dem sie sich nun näherte. Der Treffpunkt war aus seiner Sicht perfekt gewählt, er würde ihre Bewegungen beobachten können. Aber er würde seine Sicherheit im Rücken brauchen. Und das konnte nur der Wald sein.

Ohne einen Blick zu der Ortschaft zurückzuwerfen – Elenas Taxi befand sich außer Sichtweite – ging sie, sich immer wieder umschauend, mit langsamen Schritten auf den Turm zu. Und wie erahnt, erwies sich der Wasserturm nicht als das eigentliche Ziel.

Auf der von hellem, spitzen Albkies gestalteten Anlage, die den Fuß des Turms umrundete, lag ein zusammengeknülltes Blatt Papier, so luftig, dass es nicht wie zufällig weggeworfen aussah. Francesca bückte sich und entfaltete es. Mit derselben Krakelschrift wie auf dem Zeitungsausschnitt stand in Großbuchstaben der Hinweis, sie solle sich Richtung Waldrand begeben.

Francesca knüllte das Papier zusammen, stopfte es in ihre Hosentasche und ging auf den Wald zu. Es dauerte zwanzig Minuten, bis sie endlich den einsamen Feldweg zurückgelegt hatte, der auf den dunklen Kranz der Bäume stieß, die das weite Feld abschlossen. Schließlich blieb sie stehen und reckte ihre Arme in die Luft.

»Ich bin unbewaffnet!«, rief sie.

Aus der Dunkelheit des dem Waldsaum vorgelagerten Gebüschs löste sich eine stämmige Gestalt. Ein nicht mehr ganz junger Mann mit leichtem Bart. Das blaue Sakko, von dem Jörg gesprochen hatte, war geöffnet, die Seiten flatterten leise im Wind.

Langsam ließ sie ihre Arme sinken.

Etwas schief näherte er sich ihr, fixierte sie, sah sich dabei aber immer wieder sichernd nach hinten um.

Plötzlich peitschte ein Schuss.

Intuitiv wollte sie nach ihrer Waffe greifen, doch sie griff ins Leere. Für den Bruchteil einer Sekunde ließ sie das trockene Geräusch an ihr regelmäßiges Schießtraining denken. Doch es klang anders. Es wurde von den Baumstämmen des Waldes zurückgeworfen. Ein dünner Nachhall fegte über die Hochebene.

Die Gestalt auf dem Weg vor ihr kippte nach vorne und schlug auf dem Weg auf.

Sie rannte auf den Mann zu.

Weitere Schüsse hallten durch den Wald.

Francesca warf sich auf den Boden. Sie zitterte.

Irritiert sah sie auf das undurchdringliche Gebüsch, das wenige Meter vor ihr lag. Jetzt war nichts mehr zu hören. Mit dem Blick zum Wald stemmte sie mit den Unterarmen ihren Oberkörper hoch und robbte auf den Mann zu. Wieder lauschte sie in die Richtung des Waldes. Als es still blieb, begab sie sich auf die Knie. Sie starrte auf die röchelnde Gestalt, die jetzt dalag, mit dem Gesicht nach unten. Ein Geschoss hatte unterhalb der rechten Schulter eingeschlagen, das bereits zerrissene, von getrocknetem Blut verschmutzte Rückenteil des Sakkos zerfetzt, das sich nun um die Schusswunde herum mit Blut vollsaugte. Der Körper zuckte. Sie sprach den Mann an. Als keine Reaktion kam, ertastete sie seine Halsschlagader.

Plötzlich peitschten wieder Schüsse im Wald.

Francesca legte sich flach auf den Boden. Mit zitternden Fingern holte sie ihr Handy hervor und wählte den Notruf. Nichts geschah. Sie warf einen Blick in den hellgrauen Himmel. Aber der Himmel gab keine Antwort.

Tut mir leid, Frau Hombach, aber ich kann wirklich nichts dafür.«

Jessica Hombach stand im Wartebereich und nahm die Entschuldigung der Kommissarin Helga Müllerschön mit geschäftsmäßiger Freundlichkeit zur Kenntnis.

»Bitte kommen Sie mit mir«, forderte Helga die Besucherin auf. »Frau Molinari ist was dazwischen gekommen. Aber wenn Sie mit mir Vorlieb nehmen möchten …?«

Mit einer einladenden Handbewegung bot sie ihr ihren Stuhl vor ihrem Computer an.

»Ein Karamellbonbon?«

Mit spitzen Fingern griff Jessica Hombach zu, entfernte die Umhüllung, legte das Bonbon auf ihre Zungenspitze und zog es ein. Wie ein Chamäleon.

»Darf ich Sie mal was fragen?«, fragte Helga. »Sie sind doch vom Fach…«

Hombach schlug die Beine übereinander.

Ohne die Antwort abzuwarten, stand Helga auf und stellte sich vor Frau Hombach in Pose.

Jessica Hombach taxierte die schwergewichtige Kripobeamtin, die sie erwartungsvoll ansah und jetzt auf Hüfthöhe an ihrem kleingepunkteten Kleid zupfte.

»Ich hab gedacht, das überspielt ein bisschen den Hüftspeck, oder?«

Jessica Hombach nickte bemüht. Die Frau würde doch nicht ernsthaft eine Stilberatung von ihr erwarten?

»Männer lieben zwar unsere erotischen Ablagepolster! Aber man muss ja nicht gleich alles zeigen!«, schlug Helga einen vertraulichen Ton an.

Hombach starrte entnervt auf den verdunkelten Monitor, bemühte sich um ein knappes Lächeln und fragte:

»Was wollen Sie mir denn noch zeigen?«

Helga verstand.

»Eigentlich geht es ja nur darum, dass Sie sich die Fotosession des Mordopfers einmal ansehen«, erinnerte sie sich an Francescas Auftrag.

»Sie haben Kyras Laptop gefunden?«, erwiderte Jessica Hombach erstaunt.

Helga nickte, setzte sich auf einen Stuhl und startete die Präsentation. Der Bildschirm erhellte sich.

»Ich soll Ihnen erst mal die Fotos von der Chemiefabrik zeigen ...«

»Chemiefabrik?«

»Das ist bisher nur eine Vermutung. Aber sehen Sie mal ... Die Kinder arbeiten mit irgendwelchen flüssigen Substanzen. Das Mordopfer wollte mit Ihnen darüber reden ... Es geht um Kinderarbeit.«

»Kinderarbeit?« Frau Hombach rieb sich hektisch den Nasenrücken, als hätte der Begriff unmittelbaren Juckreiz hervorgerufen. Sie beugte sich vor und sah sich die Aufnahmen genauer an.

»Die sind von Kyra? Wirklich?«

»Ja, und offenbar ist sie ein ganzes Stück herumgekommen in Chengdu ...«

Hombach starrte auf die Bilder.

»Aber die Aufnahmen stammen nicht aus dem Betrieb unseres Zulieferers? Oder wollen Sie darauf hinaus?«

»Nein, nein ... Ich habe ja die andere Fotodatei, also den Ordner, den Kyra als Bestandteil ihrer Berichterstattung an Sie persönlich gerichtet hat, den habe ich gesichtet. Sie erhalten die für Hugo Boss bestimmte CD, sobald die Ermittlungen abgeschlossen sind. Um Ihren Lieferanten in Chengdu geht es gar nicht, so wie es aussieht.«

Erleichtert atmete Hombach durch.

»Aber Kinderarbeit«, sagte sie schließlich, »das ist noch immer ein Riesenproblem in China. Deshalb führen wir unsere Audits ja durch ...«

»Audits?«

»Unsere Kontrollen«, erklärte Frau Hombach. »So leistet Hugo Boss seinen Beitrag zur Durchsetzung menschenwürdiger Lebens- und Arbeitsbedingungen in unseren Produktionsländern ...«

Helga warf ihr einen zweifelnden Blick zu, der Hombach nicht entging.

»Und was wollen Sie jetzt von mir?«

»Ja, ob Sie irgendeine Ahnung haben, wo Kyra Song die Aufnahmen gemacht haben könnte, für welche Firma die Kinder dort schuften!«

Jessica Hombach sah nachdenklich auf das Bild mit den drei Mädchen. Helgas Schenkel wackelten vor Ungeduld.

»Ich weiß nicht, aber Sie kennen sich doch aus in Chengdu?«

»Wissen Sie, auf wie viel Zulieferbetriebe ich ein Auge habe? Über dreißig Prozent unserer Produkte beziehen wir aus Asien!«

»Das heißt, Sie wissen da jetzt auch nichts?«

»Wenn Sie schon vermuten, dass die Aufnahmen aus einer Produktionsstätte der chemischen Industrie stammen, dann wenden Sie sich doch mal an den VCI«, schlug Hombach vor.

»VCI?«

»Der Verband der Chemischen Industrie. Vielleicht haben die ja Informationen über schwarze Schafe unter ihren chinesischen Handelspartnern ...«

»Danke. Ich geb's weiter.«

»Tut mir leid«, erwiderte Jessica Hombach und öffnete ihre Handtasche.

»Echt Leder?«, fragte Helga und sah neugierig auf das sandfarbene Teil.

Jessica Hombach holte einen weißen Umschlag hervor.

»Nur der Vollständigkeit halber«, sagte sie. »Wenn ich schon sonst nichts für Sie tun kann. Kyras CV. Und ihr Letter of Motivation ...«

Helga nahm den Umschlag entgegen.

»Frau Songs Lebenslauf«, schob Hombach nach und stand auf. »Und Sie denken bitte an die CD?«

Noch immer krallten sich ihre Fingerspitzen in den Boden. Die Schüsse waren verhallt und neben ihr lag der sterbende Mann. Dann hörte sie die sich schnell nähernden Schritte auf dem Kies. Würde ihr jetzt jemand den finalen Genickschuss geben? Sie riss ihren Körper herum.

»Tommy!«, rief sie entgeistert.

»Ich kann dich doch nicht alleinlassen!«, rief ihr Kollege zurück. Als er heran war, streckte er die Hand nach ihr aus.

Francesca zögerte.

»Alles vorbei«, erklärte er.

Sie ergriff seine Hand und ließ sich auf die Beine ziehen.

»Sonst bist du okay?«, fragte er.

Benommen klopfte Francesca Staub von ihren Klamotten und wies auf den Mann.

»Wir müssen seine Blutung stillen!«, rief Özi.

Er schleuderte seine Lederjacke von sich, fuhr mit den Fingern zwischen die Knöpfe seines Hemdes und ließ es aufplatzen. Francesca ergriff einen der Ärmel, während Özi den unteren Saum des Rückenteils ergriff und mit einem kräftigen Ruck von unten her den Stoff aufriss.

Sie knieten sich nieder. Gemeinsam lösten sie die linke Schulter des Mannes aus dem Sakko und streiften sein Hemd hoch. Darunter wurde ein blutiger Verband sichtbar, der um Bauch und Rücken gewickelt war.

Sie sahen sich an.

»Die Wunde?«, fragte Özi. »Vom Wintergarten?«

»Der Schnitt mit dem Teppichmesser, sieht so aus …«

Mit dem bandartigen Stoff von Özis Hemd legten sie einen provisorischen Verband an, der sich schnell dunkelrot färbte.

Ein weiteres Mal testete Francesca die Halsschlagader.

»Schwach …«, sagte sie besorgt.

Als der Verband notdürftig saß, fingerte sie die Brieftasche des Verletzten aus der Innentasche des Sakkos und sah nach seinem Ausweis. Ein elfenbeinfarbener Zahnstocher fiel heraus. Mit den Fingerspitzen nahm Özi ihn vom Boden auf und tütete ihn ein.

»Ein Dieter Sadlo«, las Francesca. »Dieter Heinrich.«

»Merkwürdiger Name«, meinte Özi.

»Neunundzwanzigster achter einundsechzig … Geboren in Langenfeld, wohnhaft Reutlingen, Fizionstraße achtzehn.«

»Das liegt bei dem Bestattungsinstitut …«

Francesca zerrte eine weitere kleine Asservaten-Tüte aus ihrer Hosentasche und sicherte den Geldbeutel.

»Wir hocken hier in einem absoluten Funkloch!«, sagte Özi.

»Das hab ich auch schon gemerkt.«

»Aber das ist nicht das einzige Problem.«

Francesca sah ihren Kollegen fragend an, holte Sadlos Wagenschlüssel und sein Handy aus dem Sakko hervor und tütete sie ebenfalls ein. Aus der anderen Tasche zog sie eine Packung Zigaretten.

»Lucky Strike. Rot. Ohne Zusätze«, stellte sie fest, zeigte das Päckchen ihrem Kollegen und ließ es wieder in der Tasche des Sakkos verschwinden. Nachdem sie auch die Hosentaschen überprüft hatte, denen sie einen kleinen Schlüsselbund entnahm, kam sie aus der Hocke hoch und warf einen knappen Blick auf das Display des Smartphones. Ausgeschaltet.

Özi sah hinüber zum Saum des Waldes.

»Ich … ich habe jemanden angeschossen …«

Francesca fuhr herum.

»Angeschossen?«

»Als der erste Schuss fiel, habe ich versucht, den Schützen zu lokalisieren, und habe mich durch das Gestrüpp gearbeitet.«

Francesca schnappte sich Özis Jacke vom Boden und legte sie fürsorglich über seine muskulösen Schultern.

»Du hättest selber dabei draufgehen können …«

Mit einer entschiedenen Handbewegung wischte er Francescas Besorgnis beiseite.

»Das musst gerade *du* sagen«, erklärte er empört. Noch immer befand er sich in der Hocke und starrte auf die Stofffetzen, die von seinem Hemd übrig waren und sich jetzt an Sadlos Rücken weiter mit Blut vollsogen.

»Es war eine Frau …«

»Eine Frau?«

»Klein, zierlich …«

»Aber sag jetzt bitte nicht: eine Chinesin!«

»Weiß nicht, aber sie ist weggehüpft wie ein Reh …«

»Eine Frau …«, wiederholte die Kommissarin kopfschüttelnd. »Wer setzt denn eine Frau ein für ein Mordkommando?«

Özi stand auf. Vergeblich versuchte er, mit der Zentrale Kontakt aufzunehmen.

»Scheiß Funkloch!«, fluchte er.

»Wo steht dein Auto?«, erkundigte sich Francesca. »Vielleicht ist das ja näher als mein Taxi!«

»Das steht einen guten Kilometer im Wald.«

»Oh je, und jetzt?«, rief Francesca. »Bis wir den Rettungshubschrauber alarmieren können, ist der Mann tot!«

Aus der Ferne war das sich nähernde Geräusch eines Diesels zu hören. Die beiden wandten ihre Köpfe.

»Elena«, rief Francesca erleichtert aus. »Sie muss irgendetwas mitgekriegt haben!«

Francesca begann zu winken. Özi nahm seine Jacke ab und wirbelte sie durch die Luft.

»Ob sie wenigstens ihre Zentrale erreichen kann?«, fragte Francesca.

»Vom Dorf aus auf jeden Fall …«

Der Daimler gab ein Zeichen mit der Lichthupe und kam auf sie zu.

»Gott sei Dank!«, stieß Francesca aus.

»Allah ist groß!«, seufzte Özi augenzwinkernd.

Darf ich mal bei Ihnen ins Internet?«, fragte die Polizeipraktikantin.

Helga nickte und dachte, ohne Facebook kommen die jungen Leute heute nicht mehr aus. Ihre Tochter starrte schon beim Frühstück in ihr Gerät.

»Es gibt nämlich 'ne spezielle Website über Kinderarbeit …«

Helga verdrehte die Augen. Als wäre sie selbst nicht schon lange darauf gekommen.

»Also auf der Seite mit den gelben, roten, grünen Punkten, da war ich selbst schon … Da wird jeder Konzern darauf getestet, ob es schon mal Vorwürfe gab in punkto Kinderarbeit und wie die Firmen dann damit umgegangen sind«, erklärte sie. Pädagogisch aber wäre es jedoch wahrscheinlich angebracht, die Schülerin in ihrem Ehrgeiz zu unterstützen, kam es ihr in den Kopf. Wortlos stellte Helga ihr ihren Arbeitsplatz zur Verfügung und machte sich auf, ins Büro von Francesca und Özi auszuweichen.

Erstaunt sah die Praktikantin ihr nach.

»Danke … Kann ich also … Ich hoffe, ich habe Sie jetzt nicht überfallen …?«

Helga wandte sich zu ihr um.

»Aber wenn Sie schon dabei sind«, ergänzte Helga und kam noch mal an ihren Schreibtisch zurück. Sie legte der Praktikantin den weißen Umschlag auf die Tastatur, den ihr Jessica Hombach hinterlassen hatte. »Vielleicht können Sie die Infos hier auch mal durchchecken. So nebenbei.«

Du blutest ja«, sagte Francesca, ergriff besorgt Özis Hand und betrachtete seine Fingerspitzen.

Elena hatte über den Taxifunk den Rettungshubschrauber anfordern können und war noch geblieben, bis der Schwerverletzte endlich geborgen war und sich die Sanitäter in Richtung Reutlingen davon gemacht hatten. Auch wenn das Kreiskrankenhaus Riedlingen näher gewesen wäre. Aber Sadlo brauchte nicht nur eine Rund-um-die-Uhr-Bewachung, er war auch eine heiße Fährte in Persona.

Hoffentlich kommt er durch, dachte Francesca.

Als die Rotoren endlich hinter dem Baumkranz verschwanden und das donnernde Geräusch verebbte, konnten Francesca und Özi endlich zu dem kleinen Wanderparkplatz aufbrechen, wo er seinen Wagen abgestellt hatte.

»Ist nicht mein Blut«, antwortete Özi. »Und wir lassen das auch schön dran. Damit haben wir nämlich schon mal die DNA der Täterin …«

»Du hast mit ihr gekämpft?«

»Ein Baum«, erklärte er. »Ein Baum hat was abgekriegt, als ich auf sie geschossen habe … Ich bin ihr dann nachgerannt. Und als ich die Stelle erreichte, an der sie gestanden hatte, habe ich die aufgeschürfte Rinde abgetastet. Und da waren Blutspritzer …«

»Ich glaube, ich muss mal kurz verschnaufen«, sagte Francesca und setzte sich auf einen der am Waldrand abgelegten Buchenholzstämme. Sie pustete über ihren Handrücken, auf dem sich ein Löwenzahnsamen niedergelassen hatte.

»Francesca?«

Die Kommissarin sah erschöpft vor sich hin.

»Was ist mit dir, ey?«

»Jedenfalls wissen wir jetzt, dass der Mord an Kyra Song nicht die Tat eines Einzeltäters war«, stellte sie fest. Ihre Stimme krächzte. Sie hustete kurz. »Da geht's schon um Größeres.«

»Jemand wollte seine Aussage verhindern!«, meinte Özi.

Francesca nickte.

»Sadlo muss unter Beobachtung gestanden haben. Aber wir wissen noch nicht sicher, ob er Kyras Mörder ist.«

»Von der Statur her könnte er es sein …«, meinte Özi.

»Aber die Personenbeschreibungen, die wir bisher erhalten haben, sind zu vage. Offenbar hat keiner der Leute im Outlet ihm richtig ins Gesicht geguckt …«

»Na, mit Perücke!«, warf Özi ein. »Fällt selbst mir schwer, mir das vorzustellen …«

»Die kann er auch für den Mörder besorgt haben. Und er

war hinter Kyras Fotos her. Das bedeutet, wenn er so heiß auf ihre Dokumente war, dann wäre er ja schön blöd gewesen, sie vorher umzubringen ...«

Özi sah nachdenklich in die weite Landschaft.

»Du hast das bereits erwähnt, zweimal sogar ...«, grinste er. »Aber das würde ja gegen ihn sprechen.«

Francesca nahm einen Halm auf und zeichnete vor ihren Fußspitzen kleine Striche in die lockere Erde.

»Und dann war da ja noch der Chinese, der sich nach Jörgs Aufenthalt erkundigte, bevor Sadlo in Hundersingen auftauchte«, sagte Özi.

»Vielleicht wollte er ihm Kyras Dokumente abjagen. Jedenfalls agieren irgendwelche Leute im Hintergrund, die verhindern wollten, dass Kyras Dokumente in Deutschland publik werden«, überlegte die Kommissarin. »Das vermuten wir ja eigentlich schon länger. Aber was uns fehlt, ist das Bindeglied ...«

»Eine Spur von Chengdu nach Deutschland ...«

Die Kommissarin nickte.

»Aber eine Frau«, sagte Francesca. »Ich komme nicht darüber hinweg. Wenn man auf so eine Distanz so exakt trifft, das bringt nur jemand mit einer gezielten Schießausbildung fertig ...«

»Auf die Ferne hat es wie ein normales Sturmgewehr ausgesehen«, schätzte Özi. »Aber frag mich was Leichteres. Es ging alles so schnell!«

»Und deshalb riecht das alles für mich langsam nach Syndikat. Eine Organisation im Hintergrund. Aber an die kommen wir nur über Sadlo ran ...«

»Vielleicht ist er ganz einfach ein Auftragskiller«, überlegte Özi.

Langsam erhob sich sie sich wieder. Sie schwankte leicht.

»Mein Kreislauf«, seufzte sie.

Vorsichtig legte Özi seinen Arm um ihre Schulter.

»Ich bin vom Wald her gekommen. Von dort aus hast du den Überblick über die gesamte Ebene… Und dann habe ich es plötzlich knacken gehört. Dann fiel der Schuss und dann sah ich sie und sie sah mich«, erklärte er. »Ich hab auf sie geschossen. Und sie schoss zurück. Ich hab sie ja noch verfolgt. Aber im nächsten Moment. Da habe ich an dich gedacht… Ich konnte dich zwischen den Zweigen nicht sehen in diesem Augenblick und ich dachte, du könntest ja auch den Schuss abbekommen haben…«

Francesca lehnte ihren Kopf an seine Schulter.

»Und du bist mir einfach gefolgt. Von Reutlingen?«

Özi kraulte seinen Dreitagebart.

»War doch richtig so, oder?«, grinste er und riskierte einen Blick auf eines der Grübchen neben ihrem Mund.

»Ich wäre ja völlig allein gewesen!« Francesca lächelte. Dann holte sie Sadlos Schlüssel hervor. »Er fährt irgendeinen Mitsubishi«, erklärte sie und ließ ihren Kollegen den Schlüsselanhänger sehen. »Weit kann sein Wagen ja nicht sein.«

Als sie endlich Özis Kastenwagen erreicht hatten, startete er seinen Navi und forderte den aktuellen Standpunkt an.

Erschöpft ließ sich Francesca auf den Beifahrersitz fallen.

»Also hier«, erklärte Özi und zeigte auf das Display. »Beide sind vermutlich durch den kleinen Wald hier gekommen… Wir stehen da… Sie müssen also beide hier hinter diesem Baumstreifen geparkt haben… So weit ist das nicht…«

Er startete den Motor, wendete und ließ den Wagen umsichtig zurück auf den Feldweg gleiten, der sich den Waldsaum entlangzog.

»Wir müssen erst mal in Richtung Wasserturm, grob gesagt«, sagte er mehr zu sich selbst und beschleunigte. Dann kurbelte er das Fenster herunter. Ein warmer Luftzug drang in den Wagen.

»Kaum zu glauben, dass hier vor Kurzem noch ein Sturm gewütet hat«, meinte Francesca und ließ ihre Augen über die Weite gleiten. Kurz darauf nahm sie die Spitze des Baumkranzes in den Blick. »Ich würde mich rechts halten«, schlug sie vor.

Sie passierten die Wiese, auf der der Rettungshubschrauber gelandet war, und Özi setzte den Blinker. Blinken auf einem Feldweg, dachte Francesca und grinste, sagte aber nichts. Wenig später schob sich der Wagen auf das spitzzulaufende Ende des Waldes heran und der hinter dem Wald verlaufende Fahrweg kam in Sicht. Kurz darauf befanden sie sich auf der Rückseite des Waldsaums und fuhren den Waldrand langsam in entgegengesetzter Richtung ab. Plötzlich bremste Özi abrupt.

»War was?«, fragte Francesca und drehte sich um.

Özi nickte und setzte den Wagen einige Meter zurück. Jetzt öffnete sich an der Beifahrerseite ein schmaler, grasbewachsener Wirtschaftsweg.

Özi hielt den Wagen an.

»Da!«, rief Francesca und zeigte in den Wald. »Da hinten!«

Özi fuhr in den Wirtschaftsweg ein. Jetzt war ein brauner Kleinwagen zu erkennen. Sie ließen Özis Auto stehen und gingen zu Fuß die letzten Meter auf den Wagen zu.

»Moment mal!«, sagte Özi und zupfte Francesca am Ärmel. »Der Mitsubishi! Ich glaube, der ist mir schon mal über den Weg gefahren.«

Francesca blieb stehen und sah ihn fragend an.

»Gestern Nacht. Oder war es vorgestern? Ich weiß schon gar nicht mehr… Jedenfalls, als ich zu meinem Wagen ging, vor dem Parkplatz des Finanzamts. Da fuhr so ein brauner Mitsubishi raus. Merkwürdiger Fahrstil, hatte ich noch gedacht. Vielleicht Alkohol? Ich war schon nahe dran, die Kollegen auf den Wagen anzusetzen, aber ich hab das Kennzeichen im Regen gar nicht mehr entziffern können…«

»Das wär natürlich ein Knüller gewesen«, erwiderte Francesca. »Wenn wir per Zufall an Sadlo rangekommen wären.«

Als sie heran waren, warfen sie einen Blick durch die Scheiben. Auf dem Beifahrersitz lag eine zerfledderte Sonntagszeitung. Der Rücksitz war leer. Sie zogen sich ihre Schutzhandschuhe über. Francesca zog Sadlos Wagenschlüssel aus der Plastiktüte und öffnete das Fahrzeug. Özi klappte den Kofferraumdeckel hoch und ließ die Abdeckung einrollen.

Francesca beugte sich neben ihren Kollegen. Beide inspizierten das Innere des Kofferraums: Einige leere Sprudelflaschen aus Plastik lagen herum, ein Wagenheber, ein Verbandkasten und eine Einkaufstasche, ebenfalls aus Plastik.

Özi holte die Plastiktasche vom hinteren Ende des Kofferraums zu sich heran, hob sie auf und zog ein in Zeitungspapier eingeschlagenes Bündel heraus. Die Kommissarin nahm das Päckchen an sich, drehte es in den Händen und entfernte Blatt für Blatt.

»Banknoten!«, entfuhr es Özi.

»Da, zähl mal!«

Özi nahm das Bündel mit den Geldscheinen an sich, während Francesca das Zeitungspapier zurück in den Kofferraum warf.

Özi ließ, so schnell es mit Schutzhandschuhen möglich war, einen Schein nach dem anderen durch seine Finger gleiten. Francesca zählte mit.

»Zehntausend!«, stellten beide gleichzeitig fest.

»Moment!«, sagte Özi, drückte das Geld in Francescas Hände und steckte seine Hand noch einmal zurück in die Tasche. »Da gibt's noch mehr!«

Ein metallisches Rasseln vermischte sich mit dem Rascheln der Tüte, dann lagen verschiedene Schlüssel auf Özis Handteller.

»Wahrscheinlich aus dem Haus in Hundersingen«, vermutete Francesca. Gezielt griff sie sich einen kleinen Schlüssel an einem Ring heraus und wendete den runden Schlüsselanhänger: ein kleines Foto von Kyra Song.

»Der Autoschlüssel von Jörg Buck«, stellte Özi fest.

Francesca nickte traurig und ließ den Schlüssel in ihrer Hosentasche verschwinden. Die restlichen Schlüssel sicherte Özi routinemäßig in einer Asservatenhülle. Dann tauchte seine Hand ein letztes Mal in die Tüte ab.

»Zwei Handys?! Lass mal sehen!«

Özi reichte Francesca das eine, während er das andere behielt und anschaltete. Das Display zeigte ein nüchternes größeres Gebäude aus den siebziger Jahren, in dem rechter Hand offenbar eine Cafeteria untergebracht war.

»Moment, das kenne ich irgendwoher!«, sagte Francesca und überlegte kurz. »Das muss der Brechtbau in Tübingen sein...«

»Studiert da nicht unser Zeuge Buck?«, fiel Özi ein.

»Genau! Dann muss das sein Handy sein... Und das andere?«

Francesca schaltete das Gerät an. Halb verblüfft, halb mit Entsetzen blickten sie auf das Foto des Displays, über das sich die Aufforderung *Entsperren!* schob. Kyra und Jörg, Wange an Wange, blickten sie fröhlich an.

Schmatzend öffnete sich die automatische Tür zur Eingangshalle des Klinikums am Steinenberg Reutlingen. Francesca und Özi strebten der Infothek zu. Vor einer von warmem gelben Licht illuminierten Säule mit der Aufschrift *Herzlich willkommen!* saß eine blonde Rezeptionistin und empfing sie mit freundlichem Lächeln.

Bei ihrem Eintreten hatte sich ein junger Mann in olivgrünem Parka von seinem Stehtischchen gegenüber der Cafeteria gelöst und war sofort auf die beiden Kripobeamten zugeschossen.

»Frau Molinari! Herr Öz…!«, rief er.

Francesca und Özi wandten sich um.

»Herr Buck!«, freute sich Francesca. »Sie haben schon auf uns gewartet!?«

»Ja, Ihre Kollegin…« Jörg schien zu überlegen.

»Müllerschön?«, half Özi aus.

»Ja genau. Also Frau Müllerschön sagte mir, es wäre schön, ich könnte mich schon mal bereithalten. Ein Herr Sadlo sei eingeliefert worden und ich müsste mir den anschauen.«

»Richtig!«, bestätigte Francesca.

Özi schob bereits seinen Polizeiausweis über die Theke.

»Unsere Kollegen«, fragte Francesca die Rezeptionistin, »die sind doch schon da!?«

»Welche Kollegen?«

Özi tippte mit dem Finger auf seinen Ausweis.

»Die Polizei!«

»Sie sollten auf der Intensivstation sein. Sadlo, Dieter?«, hakte Francesca nach.

»Anästhesiologische Intensivstation«, verbesserte die Rezeptionistin, blickte auf ihren Bildschirm und klickte mit ihrer Maus.

»Ja, ein Herr Sadlo ist eingeliefert worden … Und Sie möchten zu ihm?«

»Ja, gleich, jetzt Augenblick mal …«, erwiderte Francesca. Sie winkte ab, zückte ihr Handy und wählte die Nummer von Helga Müllerschön.

»Gut, dass du dich endlich mal meldest«, hörte sie sofort die Stimme ihrer Kollegin. »Ich wusste ja nicht … Ich wollte dich auch nicht stören, geht's dir gut? Dein Mann hat schon ein paar Mal angerufen.«

»Mein Mann?«

»Ich glaube, der macht sich irgendwie Sorgen!«

Verwundert ließ Francesca ihren Blick über den Boden wandern.

»Hat Frau Chatzi …« Noch immer fiel es Francesca schwer, Elenas Nachnamen auszusprechen. »Hat sie nicht Bescheid gesagt?«

»Ich soll dir von Maischle ausrichten, er will sich nicht von einer Taxifahrerin ausrichten lassen, was er zu entscheiden habe«, erklärte Helgas Telefonstimme aufgeregt. »Er will erst deinen persönlichen Bericht!«

Ärgerlich trat Francesca ein paar Schritte zur Seite.

»Das heißt, ihr habt niemanden von der Schutzpolizei ins Krankenhaus beordert?«

»Maischle tobt!«, entgegnete Helga.

»Scheißbürokrat!«, stieß Francesca aus.

Die Nebenstehenden starrten die Kommissarin mit wachsender Neugier an.

»Dafür kann ich dir Freddys Phantombild aufs Handy schicken!«, wechselte Helga das Thema.

»Welcher Freddy?«

»Na der von Bucks WG, der den Chinesen gesehen hat!«

»Danke, aber das hätte jetzt auch Zeit gehabt! Dann stell mich doch endlich zu Maischle durch!«

»Der ist nicht an seinem Platz!«

»Ja, dann such ihn!«

»Der ist nicht mehr im Haus!«

»Was heißt: nicht mehr im Haus?«

»Keine Ahnung, ich hab's vorhin schon mal versucht!«

Francescas Gesicht hellte sich auf.

»Auch recht, dann habe ich ja jetzt sowieso die Entscheidungsbefugnis«, stellte sie fest. »Wir brauchen hier zwei Mann auf der Intensivstation, Zimmer Dieter Sadlo …« Sie blickte sich fragend zur Rezeptionistin um. »Zimmernummer?«

»Wer ist denn im Krankenhaus, du oder ich?«, tönte es aus dem Lautsprecher des Mobiltelefons.

Die Rezeptionistin hatte Francescas Frage aufgeschnappt.

»C 013«, erklärte sie.

»'tschuldigung«, sagte Francesca zu Helga. »C 013. Wir brauchen eine Bewachung rund um die Uhr!«

»Reicht da nicht auch *ein* Beamter?«, wandte Helga ein. »Die werden schön maulen, wenn ich zwei Leute anfordere, bei der dünnen Personaldecke!«

»Du führst dich auf wie Maischles Vorzimmerdame!«, entglitt es Francesca. »War nicht so gemeint, aber du weißt doch auch, wie das läuft. Der Mörder braucht nur abzuwarten, bis der Polizist auf Toilette muss. Dann spielt er Krankenschwester und stellt das Beatmungsgerät ab. Und hinterher hat's keiner gemerkt! Aber jetzt mach mal hinne!«

Sie beendete das Gespräch, stützte sich an der Theke ab und atmete tief durch.

Die Blonde hatte Francescas Gespräch – trotz der Menschenschlange, die sich zu bilden begann – aufmerksam verfolgt und war immer nachdenklicher geworden. Nun fragte sie:

»Der Patient… Sadlo… Trachtet ihm jemand nach dem Leben?«

Francesca sah die Rezeptionistin interessiert an.

»Da hat sich nämlich vorhin jemand nach ihm erkundigt…«

Als hätte sie eine Wespe gestochen, zuckte Francesca zusammen.

»Ja, und?«, fragte sie ungeduldig.

»Also ein Angehöriger kann's nicht gewesen sein. Wir dürfen ja nur Angehörigen Auskünfte geben.«

»Das heißt, Sie haben ihm nicht die Zimmernummer gegeben?«

Die Blonde verneinte.

»Er hat behauptet, er sei ein Freund. Ein Japaner oder ein Chinese, aber relativ groß…«

Francesca und Özi blickten sich an. Özi ließ die Luft zwischen den Zähnen entweichen und Francesca lud das Phantombild des Chinesen, das ihr Helga gerade geschickt hatte, auf das Display ihres iPhones und hielt es der Blonden vor die Augen.

Die Rezeptionistin nickte.

»Sicher?«, hakte Özi nach.

»Sehr sicher«, antwortete die Blonde. »Also nicht *ziemlich sicher*, so wie es sich jetzt beim NSU-Prozess herausgestellt hat…«

Özi sah die Frau fragend an. Doch da sprang Francesca ein.

»Einer Zeugin wurden vor einigen Jahren schon Aufnahmen einer Überwachungskamera von der Polizei vorgespielt«, erklärte sie, »die Böhnhardt und Mundlos kurz vor ihrem Bombenanschlag in der Kölner Keupstraße zeigten. Vor Gericht sagte die Frau jetzt aus, sie habe den Beamten gesagt, sie sei *sehr sicher* gewesen, dass sie die Männer wiedererkannt habe. Die Beamten hätten im Protokoll dann aber *ziemlich sicher* draus gemacht …«

»Mein Groschen ist gefallen«, grinste Özi.

Nochmals wandte Francesca sich an die Blonde.

»Haben Sie auch beobachtet, wohin der Mann gegangen ist, nachdem Sie ihn abgewimmelt haben?«

»Aufs Klo, glaub ich«, gab die Rezeptionistin zur Antwort und deutete auf das WC gegenüber.

Francesca gab Özi mit einer Kopfbewegung ein Zeichen. Sie rannten hinüber zu den Toiletten, wo Özi seine Waffe zückte. Doch Francescas rechte Hand griff ins Leere. Mein Halfter, fiel ihr ein. Das liegt ja noch bei Elena im Taxi. Özi vorweg gingen sie hinein.

Fasziniert sah Jörg den beiden nach.

»Ist ja wie im Tatort!«, bemerkte die Blonde und wandte sich der Warteschlange zu.

Jörg holte sich seinen Plastikbecher mit Kaffee von der Cafeteria, den er dort stehen gelassen hatte, und wartete. Wenig später erschienen die beiden Kripobeamten wieder aus der Toilette. Francesca sah Jörg an und schüttelte den Kopf.

»Auf C013«, erklärte Francesca nun. »Wir nehmen die Treppe!«

»Soll ich …?«, fragte Jörg unsicher.

»Klar, Sie kommen mit!«

Atemlos keuchten sie das Stockwerk hoch. Özi, noch immer mit der Waffe in der Hand vorweg, packte die Klinke der Treppenhaustür und schob sie mit der Schulter auf, um Francesca und Jörg durchzulassen.

In der Mitte des breiten, quadratisch angelegten Flurs befanden sich die Aufzüge.

Francesca orientierte sich kurz, dann deutete sie linker Hand auf eine Glastür mit einem milchigen Sichtschutz in der unteren Hälfte und der Aufschrift in roten Buchstaben *C – Anästhesiologische Intensivstation*.

Özi klingelte.

Auf dem Flur hinter der Tür schritt ihnen eine hübsche junge Frau im wehenden, weißen Mantel entgegen. Sie öffnete, starrte sie an und machte einen jähen Ausfallschritt zur Seite, als sie Özis Waffe erblickte.

»Kripo Reutlingen!«, rief Francesca.

Özi zeigte ihr seinen Ausweis.

Dr. Irena Novak las Francesca auf dem Namensschild.

»Entschuldigung«, kam es der Ärztin mechanisch über die Lippen.

»Tut mir leid«, sagte die Kommissarin und bemühte sich um ein Lächeln. »Ein asiatisch aussehender Mann …« Sie zeigte ihr das Bild auf dem Display ihres Handys. »Ist er hier aufgetaucht?«

Die Ärztin verneinte und schob sich eine helle, blonde Haarsträhne aus der Stirn.

Özi steckte seine Pistole ins Halfter zurück.

»Ihr Patient, Dieter Sadlo«, begann Francesca zu erklären, »jemand will ihn umbringen …«

Die Ärztin klappte den Mund auf und sah Francesca an.

»Wie ist sein Zustand?«

»Darf ich Ihnen überhaupt Auskunft geben?«, erkundigte sich Novak.

»Sie dürfen!«

Novak schluckte und bat sie herein. Weich fiel die Tür ins Schloss.

»Wir haben ihn ... sediert«, erklärte die Ärztin im Gehen. »Ihn in einen künstlichen Tiefschlaf versetzt, heißt es im allgemeinen Sprachgebrauch ...«

Francesca sah sie Ärztin ernst von der Seite an.

»Wird er durchkommen?«

»Morgen kann ich Ihnen mehr sagen ...«

»Tut mir leid, dass wir Sie so erschreckt haben ...«, sagte Francesca.

»Schon gut ...«

Novak atmete tief ein und stieß die Luft wieder aus. Schließlich blieb sie stehen und warf einen taxierenden Blick auf Özi und Jörg.

»Können wir ihn sehen? Herrn Sadlo? Kurz?«, fragte Francesca.

»Von außen eben«, antwortete die Ärztin, ging einige Schritte weiter und winkte sie heran.

Francesca, Özi und Jörg traten an die Scheibe.

Sadlo lag mit geschlossenen Augen da, mit einem Schlauch im Hals. Die zischende Beatmungsmaschine links neben seinem Bett presste Sauerstoff in seinen Brustkorb, der sich merklich hob und senkte. Ein Gestrüpp von Schläuchen führte zu einer Batterie von Infusionsflaschen. Sechs Monitore, die seine Vitalfunktionen überwachten, türmten sich in einem Gestell.

Francescas wandte sich ab. Ein armseliges Bündel Mensch war von dem stämmigen, kräftigen Mann übrig geblieben, dessen Leben nur noch von der regelmäßigen Arbeit einer Maschine aufrechterhalten wurde ... Sie drehte sich zu der Ärztin um.

»Wo sind seine Kleider? Die sollte ich mitnehmen ...«

»Im Wandschrank«, gab Novak zur Antwort. »Ich lasse sie holen ... Aber wir müssen sowieso noch einige Dinge besprechen ...«

Francesca hob die Hand.

»Einen Moment noch!«. Sie wandte sich an Jörg. »Jetzt sind Sie dran! Sie müssen ihn identifizieren ...«

Jörg hatte Sadlos Gesicht die ganze Zeit über angestarrt, ohne eine Regung zu zeigen. Die Bilder aus dem Haus seiner Tante waren wieder in ihm aufgestiegen, das kalte Metall des Teppichmessers, er spürte es wieder in seiner Hand. Das ratschende Geräusch, als die Klinge Sakko und T-Shirt durchschnitt, der Widerstand der Knochen – und dann im Wintergarten: Sadlos lebloser Körper in seinem Blut ...

Endlich nickte er langsam.

»Sie sind sicher?«, fragte Özi.

»Sehr sicher«, erwiderte Jörg mit finsterer Miene und wandte sich ab.

Francesca legte ihm kurz die Hand auf die Schulter.

»Kommen Sie«, forderte Novak sie nun auf und ging voraus. Sie führte ihre unerwarteten Besucher zu einer Stuhlreihe am Ende des Gangs, zog die Stühle zu einer Gruppe auseinander und bat, Platz zu nehmen.

»Zuerst einmal eines«, ergriff die Kommissarin als Erste das Wort und sah die Ärztin an. »Wir haben Grund zu der Annahme, dass jemand Ihrem Patienten nach dem Leben trachtet. Es handelt sich um dieselben Leute, die den Schuss auf ihn abgegeben haben. Deshalb werden gleich zwei Kollegen hier erscheinen. Er wird rund um die Uhr bewacht werden. Ohne Rücksprache mit mir persönlich darf niemand zu ihm gelassen werden. Es darf nur das Personal eingeweiht werden, dass unmittelbar mit seiner medizinischen

Betreuung zu tun hat. Ich bitte Sie, niemanden außerhalb der Station in diesen Vorgang einzuweihen, auch nicht privat. Das dient auch Ihrem persönlichen Schutz.«

Die Ärztin gab zu verstehen, dass sie begriffen hatte. Ihr linkes Augenlid begann zu zucken.

»Außerdem achten Sie bitte darauf, dass niemand Unbekanntes versucht, sich Ihr Vertrauen zu erschleichen ...«

Novak sah fragend auf.

»Der Täter oder auch die Täterin könnte sich tarnen. Zum Beispiel als Fachkraft ausgeben. Arzt, Krankenschwester, Putzfrau. Meine Kollegen sind befugt, jeden, der das Zimmer von Herrn Sadlo betritt, zu überprüfen. Notfalls körperlich zu untersuchen.«

»Wegen Waffen?«

»Ja, oder wegen einer Spritze oder was weiß ich ... Und bitte stellen Sie sicher, dass meine Informationen auch bei Schichtwechsel an das betroffene Personal weitergegeben werden.«

Die Ärztin bejahte. Francesca bedankte sich und reichte ihr ihre Karte.

»Für den Fall, dass Herr Sadlo aufwacht und ansprechbar ist ... Er ist unser wichtigster Zeuge. Rufen Sie mich bitte an. Auch mitten in der Nacht!«

Frau Dr. Novak nahm Francescas Karte entgegen, erklärte aber:

»Der Patient wacht nicht auf. Nicht von selbst. Wir lassen ihn aufwachen, indem wir die Medikamentendosis reduzieren ...«

»Ach so ...« Francesca stutzte.

»Man schleicht die Barbiturate langsam aus. Wenn wir den Eindruck haben, sein Zustand hat sich so weit stabilisiert ... Und dann muss man erst einmal sehen, ob der Patient wieder spontan atmet...« Die Ärztin warf einen knappen Blick auf die Karte der Kommissarin und steckte sie in die Tasche ihres weißen Mantels. Dann erhob sie sich.

»Ich habe auch noch was für Sie...«

Für eine halbe Minute verschwand sie in einem der Räume und ließ die anderen schweigend zurück. Als sie zurückkam, hielt sie eine kleine Plastiktüte zwischen Daumen und Zeigefinger und ließ sie auf Francescas Handteller fallen.

»Das Geschoss. Es steckte in der Lunge...«

Francesca wiegte die Patrone nachdenklich in der Hand, dann reichte sie die kleine Tüte an Özi weiter.

»Und was ich auch noch ansprechen muss«, fuhr die Ärztin fort, »Sadlo hat eine Vorverletzung. Eine Wunde am Rücken. Zwanzig Zentimeter lang. Und schlecht versorgt.«

Die Kommissarin blickte zu Jörg, der vor sich hin starrte.

»Steht sie in einem ursächlichen Zusammenhang mit seinem jetzigen Zustand?«, wollte sie wissen.

Die Ärztin wiegte den Kopf.

»So direkt kann man das nicht sagen. Aber man wundert sich schon, wie ein Mann mit einer solchen Wunde sich noch aufrecht hält... Allein der Blutverlust... Wissen Sie, ob er sich irgendwo behandeln ließ?«

Francesca verneinte und warf Jörg einen tröstenden Blick zu.

»Wären wir dann so weit?«, fragte Novak und klopfte sich auf die Schenkel.

»Ich hab noch ein kleines Problem«, meldete sich Özi und hielt der Ärztin den Finger hin.

»Das Blut. Glauben Sie, Sie könnten das sicherstellen? Wir brauchen die DNA davon.«

»Lassen Sie mal sehen!«

Die Ärztin nahm sein Handgelenk und warf einen Blick auf seine Fingerkuppe.

»Ist ja kaum der Rede wert. Wieso wollen Sie Ihre DNA?«

Francesca lächelte.

»Es ist nicht sein Blut…«

Novak sah Francesca erstaunt an.

»Na, dann kommen Sie mal mit! Tut nicht weh«, sagte sie schmunzelnd und ging voraus.

Özi folgte. Als die beiden in einem der Behandlungszimmer verschwunden waren, wandte sich Francesca Jörg zu.

»Ihre Tante. Weiß sie eigentlich schon Bescheid?«

»Ich will ihr das nicht am Telefon… Ich werde sie sowieso vom Flughafen abholen. Sie kommt ja erst am Samstag wieder…«

»Gut«, lächelte Francesca. »Die Schlüssel werden Sie dann brauchen. Wir haben die ganzen Schlüssel aus dem Haus Ihrer Tante sichergestellt. Und Ihr Smartphone können Sie dann auch wiederhaben«, erklärte sie. »Sie können alles morgen bei Frau Müllerschön abholen. Und damit ich es nicht vergesse…«

Sie schob die Hand in die Hosentasche und zog Jörgs Autoschlüssel hervor, wobei ihr fast ihr iPhone mit herausgerutscht wäre.

»Den hab ich dabei…«

Jörg bedankte sich. Unwillkürlich fiel sein Blick auf seinen Schlüsselanhänger mit Kyras Foto.

»Ist es eigentlich raus jetzt, dass er es war?«, fragte er.

Francesca berührte seinen Arm.

»Sieht so aus«, antwortete sie.

Jörg hob den Blick.

»Sie haben Beweise?«

Die Kommissarin bejahte.

»Und warum… Warum wollte ihn dann jemand töten? Oder verdächtigen Sie etwa mich jetzt?«

Francesca lachte auf.

»Glauben Sie, dann säßen wir hier und würden miteinander plaudern?«

Nun konnte sich auch Jörg ein Lächeln nicht verkneifen.

»Okay, aber irgendwer will ihn ja umbringen…«

»Ich hoffe, dass er uns das noch sagen wird…«, antwortete sie.

Erleichtert wechselte Jörg das Thema:

»Warum benützen Sie eigentlich kein Polizeifunkgerät?«

»Sie werden es nicht glauben, aber das iPhone ist sicherer. Dachten wir wenigstens bisher…«

»Was abhören angeht?«

»Genau. Gerade bei besonders sensiblen Einsätzen sind wir bisher davon ausgegangen, aber inzwischen ist das auch schon wieder Schnee von gestern. Eigentlich gibt es keinen wirklichen Schutz. Man kann auch die Frequenz wechseln. Auch möglich. Jedenfalls ist das iPhone leichter…«

Da kam Özi mit der Ärztin zurück. Unter die linke Achsel hatte er einen blauen 70-Liter-Sack mit Sadlos Kleidern geklemmt, mit der rechten Hand schwenkte er ein Reagenzglas.

»D-N-Aha…!«, winkte er.

»Ich habe seinen Finger mit Kochsalzlösung abgespült«, erklärte Dr. Novak, »und den Tupfer mit ins Glas gegeben.«

Francesca bedankte sich bei der Ärztin, die ihr die Hand hinstreckte. Doch Francesca schüttelte den Kopf.

»Wir gehen erst, wenn die Kollegen da sind«, bestimmte sie.

»Da vorne…« Özi zeigte mit dem Daumen zur Eingangstür der Station, hinter der sich die Silhouetten zweier Polizisten abzeichneten. »Da vorne warten schon zwei Gestalten. Begeistert sehen die sicher nicht aus …«

Die Klingel ertönte.

Francesca und Jörg erhoben sich. Die Ärztin ging ihnen voraus, öffnete die Tür und forderte die beiden Polizisten auf, sich Stühle zu nehmen, um vor dem Eingang Position zu beziehen. Francesca begrüßte die Kollegen vom Wachdienst.

»Falls ihr was Verdächtiges bemerkt: Meldet Euch bei mir! Lieber einmal zu viel als zu wenig. Bei den Tätern, die ihn bedrohen, handelt es sich aller Wahrscheinlichkeit nach um Chinesen«, instruierte sie die Beamten in Uniform. »Und passt auch auf euch selbst auf. Die sind brandgefährlich …«

Sie holte ihr Handy hervor und zeigte ihnen das Phantombild des Chinesen, das Helga ihr geschickt hatte.

»Am besten, Ihr ladet Euch das Bild auf Eure eigenen Handys«, fiel ihr ein und überreichte ihr Gerät einem der Kollegen, der das Phantombild über Bluetooth auf sein Handy lud.

»Fix!«, staunte Francesca und nahm ihr iPhone wieder in Empfang. Sie sah sich nach Özi und Jörg um. »Also dann, wir können aufbrechen!«

Alle drei verabschiedeten sich von der Ärztin. Als sie auf den Aufzug warteten, tippte Özi Jörg an den Arm.

»Übrigens«, sagte er, »was Ihre Notwehraktion in Hundersingen angeht, da machen Sie sich mal keine Gedanken. Quod non in actis, non in mundo …«, grinste er.

»Mein Kollege«, versuchte Francesca zu erklären, »Volkshochschule …«

»Falsch!«, feixte Özi. »Polizeischule. Rechtskunde. Hast du wohl gerade gefehlt!«

»Was nicht in den Akten steht, existiert nicht«, konterte Francesca.

»Wo kein Richter, keine Strafe?«, fragte Jörg. »Vermute ich jetzt mal als Laie.«

Jetzt bringst du mich bitte erst mal nach Hause«, sagte Francesca zu Özi und gähnte, als sie das Klinikum verlassen hatten und in ihren Dienstwagen stiegen. »Ich muss mich mal für 'ne Stunde aufs Ohr hauen!«

»O gib vom weichen Pfühle, träumend, ein halb Gehör! Bei meinem Saitenspiele ... Schlafe! was willst du mehr?«, reimte Özi.

»VHS wieder?«, fragte Francesca amüsiert, »oder bist du jetzt unter die Dichter gegangen?«

»Goethe. Nachtgesang«, erklärte Jörg, der mit eingestiegen war.

An der Ecke Alb-/Seestraße entließen sie ihren Zeugen.

»Das heißt, du kommst heute noch mal?«, fragte Özi, als sie weiterfuhren.

»Muss ich ja wohl«, erwiderte Francesca. »Das nächste ist jetzt, dass das Phantombild des Chinesen an die Presse geht, falls das Helga nicht schon erledigt hat. Und Stefan muss Sadlos Handy knacken. Vielleicht führt uns das ja weiter ...«

»Und das Smartphone von Kyra Song. Und die Patrone und meine DNA zum Kriminaltechnischen Institut nach Stuttgart ...«

»Ach ja, und Sadlos Sakko natürlich ... Die Einschussstelle ...«

»Das Sakko, richtig …«, sagte Özi und bog in die Gartenstraße ein.

»Und wer weiß, was Frau Hombach noch alles zu den Fotos eingefallen ist …«, fiel Francesca noch ein.

Gähnend hielt sich nun auch Özi den Handrücken vor den Mund.

»Es gibt viel zu tun, heften wir's ab!«, fasste er zusammen.

Francesca lachte.

»Manchmal hätte ich auch gerne so lockere Sprüche drauf wie du!«

»Echt? Hab ich von meinem Vater«, erklärte Özi. »Aber der nimmt nichts richtig ernst. Das ist die andere Seite. Meine Mutter bringt das zum Rasen!«

»Kann ich mir vorstellen …«

»Du kannst mich da vorne rauslassen«, schlug Francesca vor.

Özi ignorierte ihren Wunsch und fuhr Richtung Planie weiter.

»Wenn schon, denn schon«, erklärte er.

»Übrigens, warum hast du denn Maischle nicht gleich von Elenas Taxi aus informiert, dass du Personenschutz für Sadlo brauchst?«

Francesca wartete einen Moment mit der Antwort ab, dann erwiderte sie:

»Der wird sich ja sowieso freuen über meinen Alleingang«, meinte sie ironisch. »Und dieses Theater wollte ich mir vorhin auf der Alb nicht auch noch antun, nach allem, was passiert war. Ich hab gedacht, das reicht auch noch heute Abend. Aber im Grunde genommen hast du natürlich recht. Jetzt habe ich auch noch das mit dem Personenschutz allein entschieden und kann mir nachher gleich zwei Vorwürfe gefallen lassen …«

»Er wird dir wieder vorwerfen, dass du ein schlechter Teamplayer bist. Dabei ist er der größte Einzelgänger von uns allen«, meinte Özi und hielt den Wagen an.

Francesca bedankte sich fürs Heimbringen.

»Was ich noch sagen wollte«, sagte sie beim Aussteigen. »Vielleicht kannst du solange mal Sadlos Wohnung in Augenschein nehmen?«

»Danke, da wär ich jetzt nicht draufgekommen«, grinste Özi.

Francesca holte eine der Asservatentüten mit dem kleinen Schlüsselbund, den sie bei Sadlo gefunden hatte, vom Rücksitz.

»Versuchs mal damit. Kannst ja unsere Praktikantin mitnehmen. Hat die eigentlich auch einen Namen?«

»Keine Ahnung«, antwortete Özi.

Francesca schlug die Wagentür zu und Özi brauste davon.

Wenig später flog ihr im Flur ihrer Wohnung Salvatore um den Hals und küsste sie stürmisch.

»Mama, schau mal!«, rief er aus.

Sie setzte ihn ab, er streckte ihr ein nicht näher identifizierbares Flugmodell aus Pappe entgegen.

»Soll ein Polizeihubschrauber sein!«, ließ sich jetzt auch Silvio mit gelangweiltem Ton vernehmen. Der Elfjährige war im Türrahmen zum Wohnzimmer stehen geblieben und schien abzuwarten.

Salvatore nickte mehrmals.

»Haben wir gemacht. Im Kindergarten!«

Nun kam auch Bewegung in den Älteren. Er rannte auf seine Mutter zu, aber als Francesca sich zu ihm hinabbeugte, drehte er seine Wange weg, begann zu hüpfen und rief:

»Wir haben ’nen neuen Türkenwitz! Zwei Türken im Knast. Fragt der eine …«

»Stopp!«, ging Francesca dazwischen und warf ihm einen scharfen Blick zu. »In diesem Haus gibt es keine Witze über Türken. Überhaupt keine über ausländische Mitbürger!«

»Aber Türken sind doch überhaupt keine Ausländer!«, maulte Silvio.

Nun erschien auch Andreas aus dem Wohnzimmer.

»Keine Witze über Ausländer, auch keine über Behinderte oder Schwule!«, sagte Francesca.

»Mama, was ist Schwule?«, fragte Salvatore.

»Lass dir's von deinem Papa erklären!«, erwiderte sie genervt.

Andreas ging auf sie zu und umarmte sie knapp. Dann sagte er zu Silvio:

»Ich hab's dir auch schon erklärt: Ich will das nicht hören!«

»Wo hast du die überhaupt her, deine dummen Sprüche?«, fragte Francesca.

Silvio zog einen Flunsch und drehte sich abrupt von seinen Eltern ab.

»Von diesem Kevin«, erklärte Andreas. »Unsere neuen Mitbürger aus Laibzisch …« Abfällig ahmte er den sächsischen Dialekt nach.

»Siehst du, jetzt machst du Dasselbe!«, warf Francesca ihm vor. »Am Besten, ich geh gleich wieder …«

Sie zog den Mantel aus und stapfte ins Wohnzimmer. Andreas trabte hinterher.

»Ist doch schön, dass du mal früher kommst!«, sagte er und wollte ihre Hand nehmen.

Francesca zog ihre Hand weg, plumpste auf den nächsten Sessel, streckte die Beine von sich und ließ die Arme seitlich baumeln.

Salvatore mimte ein Motorengeräusch und ließ seinen Polizeihubschrauber auf ihren Knien landen.

Knapp wuschelte Francesca ihm durch sein seidiges Haar.

»Immer der!«, bellte Silvio.

»Ihr beide verschwindet jetzt im Kinderzimmer!«, sagte Francesca in einem Ton, der keinen Widerspruch duldete. »Mama und Papa haben was zu besprechen!«

»Was denn?« Salvatore hielt den Kopf schief und sah sie mit einem unschuldigen Lächeln an.

Mit einer unmissverständlichen Handbewegung gab sie Silvio ein Zeichen. Widerwillig nahm er den widerstrebenden Jüngeren an der Hand und verschwand Richtung Kinderzimmer. Ein Knall der Tür schloss die Szene ab.

Francesca stand auf und lächelte ihren Mann an.

Andreas sah sie fragend an.

»Du willst schon wieder los?«

Statt zu antworten, klopfte sie mit der flachen Hand auf das Polster. Andreas verstand und ließ sich auf dem Sessel nieder. Francesca setzte sich auf seinen Schoß und begann, ihn unwillkürlich und stürmisch zu küssen.

Andreas wehrte sie spielerisch ab und flüsterte:

»Maria! Deine Mutter!« Er deutete zum Flur.

»Na und?«, fragte Francesca schnippisch.

»Sie ist in der Waschküche!«

»Und Lisa?«

»Die übernachtet heute bei einer Freundin.«

»Na also …«

Andreas küsste sie zurück, immer die Tür im Auge.

»Du riechst gut«, flüsterte er ihr ins Ohr. »Und dieses Dschungelmuster …«

Langsam ließ er seine Hand über ihre Oberschenkel gleiten.

Neckisch schob Francesca seine Hand beiseite.

»Danke noch für heute Morgen. Dass du diesen Zettel gleich vorbeigebracht hast ...«, sagte sie.

»Ich dachte, es wäre sicher wichtig. Ich hab mir nur Sorgen gemacht, dass er an unserem Wagen klebte.«

»Ich mir auch«, sagte Francesca.

»Du?«, rief Andreas aus. »Du machst dir doch nie Sorgen!«

»Diesmal schon. Und ich hab 'nen furchtbaren Tag hinter mir!«

Eigentlich wollte sie ihm nicht erzählen, was sie erlebt hatte, die ganzen grausamen Sachen wiederkäuen ...

»Und, hast du dich mit dem Typ getroffen? In Upflamör? Oder hat sich herausgestellt, dass er doch 'ne Frau war?«

»Schon ein Mann«, erklärte Francesca. Um dem Gespräch eine andere Wendung zu geben, fügte sie hinzu: »Aber Upflamör. Komischer Name, nicht? Klingt irgendwie schwedisch.«

»Ein Neunzig-Seelen-Dorf bei Zwiefalten. Fast tausend Jahre alt.«

Jetzt kommt der Geschichtslehrer wieder zum Vorschein, lächelte sie innerlich.

»Danach hat es auch ausgesehen ... Obwohl: Eigentlich ein ganz beschauliches Dörfchen mit 'nem himbeerfarbenen Rathaus und 'ner schönen Aussicht ... «

»Das Dorf hieß bei den Römern vermutlich Uplumare, also up gleich oberhalb. Oberhalb von Pflummern. Und der Ortsname Pflummern kommt von Pflaume ...«

Neckisch griff Francesca Andreas ins volle Haar.

»Du bist doch ein besonders Gescheiter!«

Andreas lachte verschmitzt.

»In diesem Fall hab ich's aus dem Internet«, gab er zu. »Hat mich einfach interessiert.«

»Und Tigerfeld? Auch so ein lustiger Name. Da sind

wir durchgekommen, bevor es in Huldstetten Richtung Upflamör abgeht.«

»Tigerfeld? Also mit der großen Raubkatze hat es nichts zu tun. Ich weiß nur, dass es vor tausend Jahren mal Tygirinvelt hieß. Mehr auch nicht …«

»Ach schade«, erwiderte sie. »Dann reicht's leider doch nicht zum Nobelpreis!«

»Nett von dir«, brummte er. »Aber zum Lyrikpreis von Pflummern! ›Frühling lässt sein blaues Band / wieder flattern durch die Lüfte …‹«

»Ach, du dichtest jetzt auch? Wie Özi!«

Andreas lachte. Dann sah er sie mit einem oberlehrerhaften Blick an.

»Der Dichter Eduard Mörike war in Pflummern als Pfarrer tätig. Das Gedicht dürfte ihm dort zwischen den Pflaumenbäumen eingefallen sein …«

»Entzückend!«, rief Francesca und sprang von seinen Knien.

»Kojak?«, fragte Andreas. »›Entzückend!‹ Das hat doch Telly Savalas immer gesagt. Der Ermittler mit der Glatze in ›Einsatz in Manhattan‹!«

»Ich bin völlig überdreht. Eigentlich wollte ich mich für 'ne Stunde hinlegen«, sagte sie.

»Aber ich hab noch 'n Gedicht: ›Dich will ich loben, Häßliches, Du hast so was Verläßliches‹ …«

»Und was soll das jetzt?«

»Weil du doch gerade in Metzingen zu tun hast. Robert Gernhardt, der leider viel zu früh verstorbene Poet, hat mal ein Gedicht über Metzingen verfasst: ›Nachdem er durch Metzingen gegangen war‹ …«

»Das musst du mir später mal vorlesen. Aber ich muss heute Abend noch mal arbeiten.«

Andreas nickte verständnisvoll.

»Dann ab ins Bett. Ich halt dir die Gören vom Leib. Am besten, wir verziehen uns auf den Spielplatz, solange es nicht wieder regnet.«

Francesca verzog sich ins Schlafzimmer, kleidete sich aus bis auf die Unterwäsche und schlüpfte unter die Decke. Als endlich Ruhe eingekehrt war in der Wohnung, versuchte sie mit einer Bauchatmung-Methode aus Zeiten ihrer Schwangerschaften zu Entspannung zu kommen. Doch sobald sie die Augen schloss, drängte sich wieder das Bild des neunjährigen Mädchens aus der Fabrik in Chengdu vor ihr inneres Auge. Schon nach zehn Minuten stand sie wieder auf, duschte, zog sich wieder an und schminkte sich. Wenige Minuten später verließ sie die Wohnung.

Sie hielt bereits die Klinke der Haustür in der Hand, als sie sich entschloss, noch einmal umzukehren, um Maria kurz Guten Tag zu sagen, und stieg die Kellertreppen zur Waschküche hinab.

Maria war am Wäschesortieren. Drei verschiedene Wäscheberge lagen zu ihren Füßen. Kopfschüttelnd hielt sie ein T-Shirt in der Hand und studierte das Pflegeetikett.

»Lass dich nicht stören!«, sagte Francesca laut, um das Geräusch der Waschmaschine zu übertönen, die sich gerade im Schleudergang befand.

»Hast du mich erschreckt!«, rief Maria und hielt sich das Kleidungsstück vor die Brust.

Francesca drückte ihrer Mutter einen flüchtigen Kuss auf die Wange.

»Schön, dass man dich auch mal wieder zu Gesicht bekommt. Bist du schon weiter mit deinem Mordfall?«

»Wie man's nimmt!«, erklärte Francesca. »Danke, dass du extra kommst, auch noch am Sonntag. Andreas scheint mir nämlich manchmal etwas überfordert zu sein als Hausmann …«

»Kommt mir auch so vor«, erwiderte Maria mit leichtem Ärger in der Stimme.

»Wieso dir?«

»Gestern hat er Lisas T-Shirt im Kochwaschgang gewaschen. Nigelnagelneu. Da!«

Maria drückte Francesca das T-Shirt in die Hand.

»Ihr seid ja am Freitag nicht mehr zum Einkaufen gekommen im Outlet. Da hab ich Lisa fünfzehn Euro in die Hand gedrückt, damit ist sie dann am Samstagvormittag zu H&M. Und Andreas hatte nichts Besseres zu tun, als es am Abend in die Waschmaschine zu stopfen …«

Francesca sah auf das zu einem unförmigen Hemdchen zusammengeschnurrte Kleidungsstück.

»Dabei braucht man ja nur auf das Pflegeetikett zu schauen. Dreißig Grad. Handwäsche! Lisa hat natürlich geheult.«

Stirnrunzelnd überflog Francesca die Reihe der Symbole der Waschanleitung.

»Deine Nonna hat früher immer noch kleine Schildchen mit unseren Namen in neue Wäschestücke eingenäht. Die waren auf so kleine weiße Bänder gestickt. Blau für die Jungs, rot für die Mädchen …«, erklärte Maria versonnen.

Francesca hob den Blick.

»Damit man sie zuordnen kann?«

»Ja, damit man sie nicht durcheinanderbringt …«

Maria warf ihrer Tochter einen warmen Blick zu.

»Soll heute wieder in Mode kommen …«, ergänzte Francescas Mutter.

»Warum das denn?«

»Ja, manche Leute, die was auf ihr wertvolles Kleidungsstück geben, lassen ihren Namen einnähen. Damit sie es identifizieren können. Wenn sie es mal irgendwo hängen lassen oder falls es in der Reinigung mal zu einer Verwechslung kommt…«

Francesca reichte ihrer Mutter das eingegangene Kleidungsstück zurück.

»Aber damit willst du jetzt nicht auch noch anfangen, oder?«

Zurück in der Polizeidirektion kam Francesca auf dem Flur Stefan Schmid entgegen. Mit düsterer Miene, wie sie fand.

»Ist dir ’ne Laus über die Leber gelaufen?«, fragte sie neckisch.

Der Kriminaltechniker ignorierte ihre Frage. Stattdessen steckte er ihr wortlos die kleine Plastiktüte mit der Patrone zu, die man Sadlo entfernt hatte.

»Kaliber siebenkommasechszwei mal einundfünfzig Millimeter NATO«, erklärte er.

Francesca bedankte sich und bat ihn, mitzukommen. Dann erkundigte sie sich nach ihrem Vorgesetzten.

»Keine Ahnung«, war die ganze Antwort.

Als sie zusammen Francescas Büro betraten, warf sie einen Blick hinüber zu Helga und fragte:

»Özi noch nicht zurück?«

Ohne den Kopf vom Monitor abzuwenden, rief Helga:

»Der nimmt noch Sadlos Wohnung auseinander. Mit Kathrin.«

»Kathrin?«

»Unsere Praktikantin. Aber ich hab dann was für dich!«

»Danke«, erwiderte Francesca. »Nachher ...«

Stefan Schmid nahm an Özis Schreibtisch Platz. Francesca setzte sich auf ihren Stuhl und blickte sich suchend um.

»Wo sind meine Karamellbonbons?«, rief sie.

Helga watschelte aus dem Nebenzimmer und ließ eine geöffnete Tüte auf Francescas Mousepad plumpsen.

»Sind zwar nicht selbst gemacht. Aber nachdem ich dir alle weggegessen habe ...«

»Das wäre jetzt aber nicht nötig gewesen«, höhnte Stefan.

Helga schnappte sich die Tüte wieder und reichte sie dem Kriminaltechniker über den Schreibtisch. Als Schmid grinsend den Kopf schüttelte, nahm sie sich selbst eine Handvoll, ließ den Rest auf Francescas Mousepad liegen und zog sich zurück.

»Das ist heute eines der Standardkaliber in der Nato«, knüpfte der Kriminaltechniker an sein Analyseergebnis an.

Francesca hob den Zeigefinger.

»Moment, bevor du mir das weiter erklärst ... Ist eigentlich Sadlos Sakko noch da?«

Stefan verneinte.

»Alles schon auf dem Weg nach Stuttgart. Zusammen mit den Blutspuren. Und die DNA-Analyse der Kippen, die wir in Hundersingen gefunden haben, hat sich ja jetzt erübrigt. Lucky Strike waren ja in Sadlos Tasche.«

»Okay ...«

»Aber was ist mit dem Sakko?«, wollte er wissen.

»Erklär ich dir später«, antwortete Francesca. »Jetzt mach mal weiter mit der Patrone! ›Nato‹ waren wir stehen geblieben.«

»Nato bedeutet, dass dieses Kaliber in den meisten Nato-Mitgliedsstaaten verwendet wird. Ich tippe auf ein Präzisionsschützengewehr von Heckler und Koch. Vermutlich PSG1. Und bevor du mich fragst, wie das organisierte Verbrechen da dran kommt: Deutschland ist ja bekanntlich Weltranglistendritter im Export von Waffen. Und wir liefern überall hin …«

»Das heißt, auch in Länder außerhalb der Nato?«, fragte Francesca, eher rhetorisch.

»Von ›A‹ wie Ägypten bis ›S‹ wie Saudi-Arabien. Die Liste umfasst achtzehn Staaten. Offiziell. Was schwarz noch alles läuft, kannst du dir ja denken.«

»Schön für unsere Arbeitsplätze«, erwiderte Francesca sarkastisch. »Aber bevor ich anfange zu politisieren. Wie schwer ist denn so ein Gewehr?«

»Du willst wissen, ob auch Frauen damit umgehen können? Du meinst, eine kleine, zierliche Frau, wie unser Kollege sie beschrieben hat. Vom Gewicht her …?«

»Du hast es erfasst!«

»Stell dir acht Päckchen Zucker vor.«

»Geht es auch noch etwas genauer?«

Schmid grinste.

»Acht Komma eins Kilo.«

»Na ja, geht ja …«

»Außerdem gibt es das PSG1 mit Reflexvisier. Das ist das mit diesen roten Leuchtpunkten.«

»Stell dir vor, ich hatte im Nebenfach Waffenkunde«, frotzelte sie. »Aber im Ernst: Die Frau muss doch eine geschulte Schützin sein?«

»Sehe ich auch so.«

»Dann kommen wir jetzt noch mal auf das Sakko zurück …«

»Ich habe die Stuttgarter darum gebeten, das Kleidungsstück nicht nur auf das Eigenblut des Verletzten hin zu untersuchen, sondern auch auf mögliche weitere Blutspuren ...«, erklärte Schmid.

»Das ist okay, ich hab da aber noch eine andere Idee. Etwas abwegig, zugegeben ...«, sagte Francesca und warf einen Blick zum Fenster.

Schmid, dem der Anflug von Verlegenheit nicht entgangen war, schlug drei Finger auf die Brust und erhob sie zur Schwurhand.

»Ich sag's auch nicht weiter!«, grinste er.

»Also meine Mutter meint, bei bestimmten Leuten sei es Mode, sich den Namen in die Pflegeanleitung einnähen zu lassen, falls das teure Stück mal wegkommt. Und Sadlos Sakko war ja schon was Hochwertiges, vermute ich ...«

Schmid ließ ein großes Fragezeichen auf seiner Stirn erscheinen.

»Ist mir jetzt neu ... Aber wenn deine Mutter das meint ...« Er sah Francesca mit gespieltem Ernst an, »dann werde ich die Stuttgarter dementsprechend instruieren!«

»Muss nicht gleich sein«, sagte Francesca, die schon halb bereute, ihr Gedankenspiel ausgesprochen zu haben. »Ist auch völlig nebensächlich ...« Dann fragte sie, ob er weitere Informationen für sie habe.

»Mit den Smartphone-Checks, das dauert noch. Aber das Phantombild mit dem Chinesen ist raus«, antwortete er.

»Mit dem asiatisch aussehenden Mann«, verbesserte Francesca.

»Steht natürlich auch so im Pressetext. Wär's das?«

Francesca nickte.

Schmid klopfte sich mit beiden Händen auf die Schenkel und verabschiedete sich, nicht ohne im Vorbeigehen noch ein Karamellbonbon zu stibitzen.

Francesca atmete durch und ging zu Helga hinüber.

»Gut, seid Ihr fertig?«, fragte die Kollegin und überreichte ihr eine Mappe.

»Das Mädchen«, erklärte sie. »Die Neunjährige ...«

Francesca sah sie gespannt an.

»Also, als du das gesagt hattest, hat das mir auch keine Ruhe mehr gelassen ...«

»Und?«

»Ja, schau doch erst mal rein!«

Als Francesca die Mappe öffnete, fiel ihr Blick als erstes auf das Foto eines kleinen Mädchens, das dem auf Kyras Aufnahme sehr ähnlich sah.

»Der Entführungsfall, jetzt weiß ich es wieder!«, stieß Francesca aus. »Natürlich, vor zwei Jahren. Da hatte ich gerade hier angefangen und den Fall nur am Rande mitbekommen ...«

»Ich hätte es eigentlich besser wissen müssen«, sagte Helga zerknirscht.

Francesca winkte ab und überflog den Presseartikel.

»›Siebenjährige verschwindet im Outlet‹«, murmelte Francesca. »›Es geschah am hellichten Tag. Sina X. (7, Name von der Red. geändert), begleitete ihre aus China stammenden Eltern zum Shopping. An einem kleinen Spielplatz waren beide Eltern für einen Augenblick abgelenkt‹ ...«

»Bis heute ist sie nicht mehr aufgetaucht!«, erklärte Helga. »Irgendwo steht auch noch, dass die Eltern selbst Zeugen waren, wie das Kind in ein Auto gezerrt wurde ...«

Francesca runzelte die Stirn.

»Ja, und ...?«

»Trotz sofort eingeleiteter Ringfahndung sind die Täter mit dem Kind unerkannt entkommen. Den Wagen fand man drei Stunden später auf einem Parkplatz bei Walddorfhäslach.

»Und, wer war damals der leitende Ermittler?«

»Unser lieber Vorgesetzter ...«

»Maischle ...«

»Die Ermittlungen führten ins Unterweltmilieu nach Stuttgart«, fuhr Helga fort. »China-Mafia. Das wurde aber nie öffentlich gemacht. Die Spuren sind im Sand verlaufen. Nach ein paar Monaten wurden die Ermittlungen eingestellt ...«

Pfeifend entließ Francesca Luft zwischen den Zähnen. Sie ging hinter Helgas Stuhl auf und ab und überlegte.

»Ich brauch die Akten!«, sagte sie schließlich entschieden.

»Was hat denn das mit unserem Fall zu tun?«, fragte Helga. Dennoch setzte sie sich sofort mit der Registratur in Verbindung und machte es dringend.

»Ist das denn nicht ein merkwürdiger Zufall, dass es sich offenbar um dasselbe Mädchen handelt?«

»So genau wie du könnte ich das nicht behaupten«, meinte Helga. »Die Ähnlichkeit sehe ich auch, aber ...«

»Jetzt hau bloß nicht in dieselbe Kerbe wie Maischle«, unterbrach Francesca sie, »und sag: ›Asiaten sehen alle gleich aus!‹«

»So war's auch wieder nicht gemeint!«

Im nächsten Moment klingelte ihr Telefon wieder. Die Registratur.

Aufmerksam sah Francesca zu Helga hinüber, die mit einer langsamen Bewegung auflegte.

»Was is' los?«

Helga sah Francesca verstört an.

»Keine Akte da. Vielleicht haben sie die irgendwie verlegt ...«

»Wieso?«, hakte Francesca nach. »Ist das hier schon mal vorgekommen?«

Statt ihre Frage zu beantworten, sagte Helga:

»Vielleicht steht sie ja immer noch bei Maischle … Aber dann müssen wir eben warten …«, meinte sie.

»Also so viel Zeit habe ich nicht!«, sagte Francesca entschieden und marschierte auf die Tür zu.

Helga stemmte sich halb von ihrem Stuhl hoch und wollte einen Einwand loswerden, aber da schloss sich die Tür schon hinter Francesca und Helga ließ sich wieder auf ihren Sitz zurückfallen.

Entschlossen klopfte Francesca an Maischles Zimmertür, ging, als sich nichts rührte, hinein und schaltete das Licht an. Nach kurzem Überlegen ließ sie die Tür angelehnt.

Als befände sie sich an einem Tatort, blieb sie zunächst stehen und ließ ihren Blick konzentriert durch den Raum schweifen. Sie hörte das Gebläse von Maischles Computer. Die Rollladenschränke waren geöffnet. Die Jalousien am Fenster waren noch nicht heruntergelassen worden, obwohl es draußen bereits dunkel war. Auf dem Fenstersims stand eine blaue Schale mit kleinen Zimmerkakteen. Alles war akkurat geordnet, auch auf dem Schreibtisch. Keine Heftklammer, kein Bonbonpapier. Nicht einmal eine Sprudelflasche. Sie ging auf die Aktenordner hinter dem Schreibtisch zu. Alle waren mit mehrstelligen Ziffern bezeichnet, deren System sich ihr nicht erschloss. Wahllos griff sie einen der Ordner heraus und schlug ihn auf.

Ein Geräusch in ihrem Rücken ließ sie aufschrecken.

»Ihr Holster«, hörte sie Maischles Stimme. »Lassen Sie das immer im Taxi liegen?«

Francesca fuhr herum.

Maischle warf ihr das Waffenhalfter zu.

»Entschuldigen Sie bitte, dass ich hier so einfach … Aber ich brauche eine Information. Dringend. Und Sie waren nicht da …«, sagte Francesca und spürte das Klopfen im Hals.

Maischle blieb reglos im Türrahmen stehen.

»Bitte, lassen Sie sich nicht stören!«, erwiderte er.

War das ernst gemeint oder zynisch? Freundlich oder unecht? Oder war seine Freundlichkeit immer gespielt?

»In der Registratur. Sie haben die Akte nicht gefunden …« Francesca bemühte sich zu lächeln. »Gut, dass Sie jetzt da sind …«

»Schlamperei. Worum geht es denn?«

Francesca räusperte sich. Dann sprach sie ihn auf seine Ermittlungen im Fall Sina X. an.

»Diese Sache damals …«, antwortete er gelassen, »sie hat uns alle sehr mitgenommen. Und es wäre in der Tat nichts Ungewöhnliches, wenn die Kleine nach China verschleppt worden wäre … Aber ausgerechnet nach Chengdu?«

»Ein merkwürdiger Zufall, nicht?«, entgegnete sie.

»Aber was hat das mit Ihrem Auftrag zu tun?«

Francesca schluckte.

Maischle zog seinen Mantel aus und warf ihn über den Besucherstuhl vor seinem Schreibtisch.

»Ich höre!?«

»Der Mord an Kyra Song ist aufgeklärt«, antwortete Francesca mit fester Stimme. »Wir haben Beweise.«

Maischle sah sie erstaunt an.

»Schön, dass ich das auch mal erfahre …« Sein Gesicht zeigte noch immer keine Regung.

»Dann nehme ich an, Sie haben Beweise gefunden bei

ihrem ungenehmigten Ausflug nach Upflamör? Für ein Geständnis hätte er Sie ja sicher nicht auf die Alb locken müssen ...«

»Das sehe ich auch so ...« Sie musste versuchen, eine sachliche Gesprächsebene zu finden. Aber wie denn, dachte sie zugleich. Der lauert ja nur darauf, mir einen Fehler nachzuweisen ... »Ich glaube, er wollte seinen Kopf aus der Schlinge ziehen, indem er uns einen heißen Tipp gibt ... Ich glaube, er wollte verhandeln ...«

»Glaube, glaube ...«

Maischle setzte sich an seinen Schreibtisch. Mit einer Handbewegung forderte er Francesca auf, Platz zu nehmen.

»Danke, ich stehe lieber!«

»Was hat er denn gesagt, Ihr Täter?«

»Es kam zu keiner Aussage. Eine Scharfschützin hat das zu verhindern gewusst. Mit einem PSG1 vermutlich.«

Verblüfft sah Maischle zu ihr auf.

»Und Sie haben die Dame natürlich festgenommen? Bestimmt eine Chinesin!«

Dieser Zynismus in seiner Stimme.

»Nein, aber wir haben ein Phantombild ...« Francesca ließ den Satz in der Luft hängen und blickte ihren Vorgesetzten an.

Zum ersten Mal schien Maischles Gesicht eine Regung zu zeigen.

»Nicht von der Attentäterin, sondern von dem Mann, der sich im Krankenhaus nach Sadlo erkundigt hatte ...«

Maischle grinste.

»Ich würde mich auch nach einem Freund erkundigen, der in der Klinik liegt ...«

Entschlossen ging Francesca um den Schreibtisch herum und beugte sich zu Maischles Tastatur.

»Darf ich mal eben?«

Mit einer jovialen Geste rückte Maischle etwas zur Seite. Ein Hauch eines scharfen Rasierwassers erreichte Francescas Nase.

Mit ein paar Befehlen und Mausklicks brachte sie das Phantombild des Chinesen auf den Monitor.

»Es handelt sich um denselben Mann, der sich auch in Bucks WG nach Jörg erkundigt hatte!«, erklärte Francesca.

Maischle stieß sich vom Schreibtisch ab und stand auf.

»Ich glaube, Sie verrennen sich da in was…«, sagte er. »Zwanghaft wollen Sie einen Zusammenhang konstruieren zwischen irgendwelchen Asiaten, die Ihnen zufällig am Rand Ihrer Ermittlungen über den Weg laufen und einem ungelösten alten Fall, der ins Milieu der Stuttgarter China-Mafia führte…«

Francesca wollte etwas erwidern, aber Maischle schnitt ihr mit einer unwirschen Handbewegung das Wort ab und begann, sich dozierend im Raum zu bewegen.

»Aber erstens: In einem Kuhdorf wie Metzingen gibt es keine Mafia. Ist doch immer noch ein… ein Winzerdorf, nicht? Wenn man sich die Outlet-City mal wegdenkt… Und zweitens: Wir ermitteln in alle Richtungen. Auch im Fall Sadlo. Auf diesen Grundsatz sollten Sie sich zurückbesinnen!«

Maischle blieb stehen und blickte Francesca scharf an.

»Haben wir uns verstanden?«

Was sollte sie dazu sagen? Das Schlimmste, das geschehen könnte: Er würde sie von dem Fall abziehen. Aber dazu hatte er noch keine Handhabe. Sie würde den Konflikt entschärfen müssen.

»Der Personenschutz für Sadlo. Ich hätte Sie persönlich kontaktieren müssen…«

»Vergessen Sie's!«, erwiderte Maischle und blieb stehen. »Aber Ihr eigenmächtiges Handeln in Upflamör... Sie haben den Zeugen Sadlo damit grobfahrlässig in unnötige Gefahr gebracht!«

Francesca starrte ihn an.

»Und das«, setzte er nach, »das wird noch ein Nachspiel für Sie haben!«

Mit unterdrückter Wut im Bauch machte sich Francesca wieder auf in ihr Büro und schnallte sich ihr Holster um. Was glaubte dieser alte Pinsel eigentlich? Warum ging er nicht locker mit ihren Gedankenspielen um, wie das zu jedem stinknormalen Brainstorming gehörte, sondern unterstellte ihr, sich an der China-Mafia festzubeißen? Wurde Zeit, dass er sich pensionieren ließ! Oder war er einfach nur gekränkt, weil sie ihn übergangen hatte?

Als sie den Raum betrat, sah sie Özi, Stefan und die Praktikantin schon versammelt auf sie warten. Die Praktikantin hatte es sich auf ihrem Stuhl bequem gemacht. Jetzt stand sie auf und setzte sich neben den Kriminaltechniker.

»Was Neues aus der Klinik?«, rief sie zu Helga ins Nebenzimmer. Ohne die Finger von ihrer Tastatur zu nehmen, schüttelte die Kollegin den Kopf.

Francesca bat sie, ihre Arbeit zu unterbrechen und an der Teamsitzung teilzunehmen. Als sie sich setzte, warf Stefan ihr ein Päckchen mit weißem Pulver zu.

»Das beste Persil, das es je gab!« Ein zynisches Grinsen spielte um seinen Mund. »Hat unser türkischer Migrant hier mitgebracht...«

Francesca rieb das Pulver zwischen Daumen und Zeigefinger.

»Zweihundert Gramm«, konkretisierte die Praktikantin.

Özi sah die Praktikantin an.

»Was haben wir vorhin gesagt, Kathrin? Schmarzwartmärt?«

Alle lachten kurz.

»Schwarzmarktwert«, korrigierte sich Özi.

»So circa sechstausend …«, antwortete die Praktikantin.

»Also offenbar ernährt sich Sadlo vom Dealen, wenn er nicht gerade einen Mordauftrag hat«, konstatierte Özi und warf Francesca noch ein weiteres Päckchen zu, das wesentlich schwerer war.

»'ne James Bond-Knarre«, erläuterte der Kriminaltechniker flapsig. »Eine Walther PPK S. Ziemlich altes Ding …«

Francesca wog die Pistole in den Händen.

»Da werden die sich vom K 4 ja freuen«, sagte Francesca.

»K 4?«, fragte Kathrin.

»Kriminalinspektion Schwere Rauschgiftkriminalität«, erklärte Stefan.

Francesca erhob sich und sah nachdenklich in die Dunkelheit hinaus.

»Dann können wir also auch nicht ausschließen, dass die Leute, die Sadlo töten wollen, aus dem Drogenmilieu kommen«, stellte Francesca fest.

Alle sahen nachdenklich vor sich hin. Francesca wandte sich um.

»Das heißt, einige von der Soko müssen Sadlos Wohnung beschatten. Rund um die Uhr. Schließlich wollen wir ja nach allen Seiten hin offenbleiben, nicht wahr, Kollegen?«, sagte sie mit ironischem Ton.

Ihre Kollegen sahen sich verwundert an.

»Kannst du das organisieren, Helga?«

»Aber dann ab sofort, oder?«, fragte Helga nach.

Francesca nickte.

»Also dann, meine Damen und Herren«, lächelte sie. »Es ist spät ...«

Alle erhoben sich jetzt.

Özi klopfte Stefan auf die Schulter.

»Wird schon wieder ...«

Unwirsch zog der Kriminaltechniker seine Schulter weg.

Francesca sah den beiden Männern stirnrunzelnd nach und Kathrin schnappte ihren Blick auf.

»Stefan, also Herr Schmid hat gestern Abend verloren«, flüsterte sie, obwohl beide schon auf dem Flur waren.

»Wie?«

»Na ja, Dortmund. Sein BVB ... Gegen die Bayern.«

»Ach so!«, lachte Francesca »Dann weiß ich ja jetzt, warum der vorhin so ein finsteres Gesicht machte ...«

»Aber noch was anderes«, sagte die Praktikantin, »wenn es nicht schon zu spät ist ...«

Francescas Hand war schon am Lichtschalter. Sie hielt inne und forderte sie mit einem Blick zum Reden auf.

»Frau Müllerschön hat mich beauftragt, mir mal die Unterlagen anzusehen, die Frau Hombach nachgereicht hat ...«

»Ach, du meine Güte, Frau Hombach!«, stieß Francesca aus. »An die hab ich jetzt gar nicht mehr gedacht ...«

»Kam ja wohl auch nichts Weltbewegendes dabei heraus, als sie da war. Aber sie hatte Kyra Songs Lebenslauf dabei. Er liegt auf Ihrem Schreibtisch. Ich hab den mal gecheckt. Und dabei ist mir aufgefallen, dass sie mal ein Vorpraktikum gemacht hat bei der Firma Salzer-Chemie in Metzingen. Bevor sie sich dann endgültig für die Textilbranche entschied.«

Francesca musterte Kathrin mit wachsender Neugier.

»Ja, und?«

»Und in Ihrem Protokoll zur Befragung der Zeugin Hanna Rümmelin taucht doch der Name Felix Herrle auf…«

»Frau Rümmelins Lover oder Ex-Lover oder so…«

»Genau. Und weil Sie doch chemischen Verbindungen auf der Spur sind… Herrle ist der geschäftsführende Gesellschafter!«

Francesca sah Kathrin nachdenklich an.

»Da werde ich morgen früh noch mal darauf zurückkommen«, antwortete sie, lobte Kathrin für ihre Eigeninitiative und verließ ihr Büro.

Die Lichter waren gelöscht, Kathrin war gegangen und auch aus Maischles Büro drang kein Licht mehr. Francesca war auf dem Flur noch einmal umgekehrt, um zur Toilette zu gehen.

Gut, dachte sie, Kyra Song hat also den Betrieb dieses Herrle einmal von innen gesehen. Warum hatte Hanna Rümmelin, Kyras beste Freundin, sie nicht darauf aufmerksam gemacht, dass Herrle und Kyra sich kannten? Auch wenn offen war, wie nah diese Beziehung war. Dennoch erschien ihr Kathrins Hinweis wie der Zipfel eines neuen Beziehungsstrangs…

Dann werde ich dem Chemiewerk morgen mal einen kleinen Besuch abstatten und dem Chef ein bisschen auf den Zahn fühlen, dachte sie und verließ die Toilette. Als sie an ihrem Büro vorbeikam, hörte sie einen Summton. Sie öffnete die Tür und schaltete das Licht an. Das Faxgerät piepste und stieß den Rest der Botschaft aus.

Kriminaltechnisches Institut Baden-Württemberg – Landeskriminalamt entzifferte sie mit einem Blick den auf dem Kopf liegenden Absender. So spät noch, wunderte sie sich und nahm das Blatt heraus. Betreffzeile: Sadlo, Dieter, geb. 29.08.1961 – Sakko. Es folgte ein einleitender Satz, den sie überflog. Darunter war in Vergrößerung eine Waschanleitung zu sehen und zwischen den verschiedenen Pflege-Symbolen war eine Stelle mit dickem Filzschreiber hervorgehoben.

»Was ’n das?«, fragte sie sich laut.

Unter einer Ziffer – 49 –, in einem waschtrommelartigen Kreis krümmte sich die Gestalt eines … Ja, was war es? Ein Wurm? Nein, das war kein Wurm und das Tier krümmte sich auch nicht. Es schlängelte sich. Ein sich schlängelnder Hals, ausfransend in dornenartige Gebilde, der in einen schlangenförmigen, flachen Kopf überging mit zwei wehenden Haarsträhnen und einem knopfartigen Auge vor dem langgestreckten Maul. Ein Drache? Ein chinesischer Drache?

Jetzt erst las sie den Eingangssatz genauer: *Ein Symbol, das in einer Pflegeanleitung eigentlich nichts zu suchen hat: das Symbol der Triaden.*

»Mit freundlichen Grüßen – Mayer KTU«, las sie flüsternd.

Sie faltete das Fax zusammen, ließ es in ihrer Handtasche verschwinden und verließ den Raum.

Zu Hause war alles still. Nur das Flurlicht brannte noch. Erst jetzt warf sie einen Blick auf ihre Armbanduhr. 23 Uhr 45. Sie sehnte sich nach ihrem Bett und fühlte sich zugleich überdreht, als hätte sie ein Aufputschmittel eingeworfen. Im Mantel blieb sie im Flur stehen, blieb einfach stehen und ihr abwesender Blick folgte dem Muster des Parketts.

Der chinesische Drache als Symbol der Triaden, wie die China-Mafia genannt wurde – dieses Symbol war ihr bekannt. Aber was hatte es in Sadlos Sakko zu suchen? Nicht alle chinesischen Verbrechersyndikate basierten heute noch auf dem klassischen, familienorientierten Hierarchiesystem, nicht jede Triade führte mehr die traditionellen Aufnahmerituale durch. Aber dass sie einen Außenstehenden, einen Deutschen rekrutierten? Das wäre völlig neu. Ebenso neu wäre allerdings auch, wenn diese traditionellen Männergesellschaften auch Frauen in ihre Reihen aufnehmen würden. Darüber hatte sie noch nie etwas gehört oder gelesen. Vermutlich war sie auch nicht mehr auf dem neuesten Stand. Aber was war mit der Scharfschützin?

Sie hängte ihren Mantel an den wackligen Garderobehaken, stellte die Schuhe leise ab und schlich auf Zehenspitzen ins Schlafzimmer, wo Andreas schnarchte. Manchmal beneidete sie ihn. Er konnte noch so viel Stress haben – aber sobald er sich irgendwo hinlegte, konnte er einfach wegdösen. Auf ihrem kleinen Biedermeier-Sekretär tastete sie nach ihrem Notebook.

Im Wohnzimmer drückte sie mit dem Fuß auf den Lichtschalter der Stehlampe, faltete eine Wolldecke auseinander und machte es sich mit ihrem kleinen weißen Laptop auf dem Bauch auf dem Sofa bequem.

Anders als das in Sadlos Sakko eingenähte Drachen-Symbol, das offenbar Weisheit und Kraft verkörpern sollte, war ihr das Zeichen der Triaden auch als Dreieck bekannt, deren Seiten für Himmel, Erde und Menschheit standen. Aber wofür stand die Zahl 49?

Sie gähnte, lange und zitternd, und begab sich im Internet auf die Suche nach Informationen über die China-Mafia.

Die Triaden seien einst Geheimbünde gewesen, las sie in einem Artikel der Zeitschrift *Die Kriminalpolizei*, und gründeten sich ursprünglich als Widerstandsgruppen gegen die chinesischen Dynastien, die China vom frühen 17. Jahrhundert bis 1912 beherrschten. Vielleicht waren das aber auch – ähnlich wie bei westlichen Mafiagruppierungen – frei erfundene Legenden. Die Triaden beherrschten den Opiumhandel und richteten 1927 unter den Kommunisten in Shanghai ein Massaker an. Im Vietnamkrieg verkauften sie Heroin an US-Soldaten, Macao und Hongkong wurden ihr wichtigstes Standbein. Und, und, und …

Kaum ein kriminelles Tätigkeitsfeld, auf dem die weltweit operierende China-Mafia nicht tätig war. Menschen-, vor allem Frauen- und Kinderhandel, Schutzgelderpressung, Prostitution, Kredithaigeschäfte, Produktpiraterie, Waffenhandel und Handel mit menschlichen Organen, Geldwäsche und Unterwanderung von öffentlichen Institutionen, von Medien- und Wirtschaftsunternehmen, Einfluss auf die Filmindustrie, Immobilienspekulation, Auftragsmorde. Und natürlich Drogenhandel …

Das alles war für Francesca nicht neu, auch nicht, dass die Mitglieder der Triaden einen Schwur auf den Tod leisten mussten, der Verschwiegenheit und Zusammenhalt innerhalb der Gruppe garantieren sollte, und dass Geheimnisverrat mit Folter und Tod bestraft wurde. Neu waren für sie dagegen einige Informationen über das interne Kommunikationssystem. So konnte es vorkommen, dass Triadenmitglieder, die es in leitende Firmenpositionen geschafft hatten, gegenseitig gar nichts voneinander wussten. Diejenigen, die sich kannten, verfügten jedoch als Erkennungszeichen über einen geheimen Finger-Code, mit dem sie sich auch in Anwesenheit anderer untereinander verständigen konnten. Und zur eigenen Sicherheit redeten sie sich untereinander nur mit Nummern an …

Francesca setzte sich aufrecht und schob sich ein Kissen

in den Rücken. Die Anfangszahl sei immer eine vier, hieß es in dem Artikel, die den alten chinesischen Glauben repräsentiere, dass das frühere China von vier Seen umgeben war. Je höher die Nummer, desto höher die Stellung in der Rangordnung. Und die Ziffern nach der vier bezeichneten die Arbeitsbereiche. So erhielt das Oberhaupt einer Triade, der *Drachenkopf*, die Nummer 489, in der Bedeutung eines *Bergmeisters*, sein Stellvertreter die Nummer 438 und der Geschäftsführer der Gesellschaft, der *Choi Hai*, die Nummer 432. Aber der wirklich starke Arm einer örtlichen Kampfeinheit besaß die Nummer 426, der *Rote Pfahl*. Er war es, der auch das örtliche China-Restaurant, das die Triaden zwecks Tarnung und Geldwäsche unterhielten, als offizieller Pächter oder Inhaber leitete und nach außen als dessen Repräsentant fungierte. Als Aufnahmeritual, aber auch im Falle des Untertauchens und dem Wechsel von einer örtlichen Einheit in eine andere wurde Hühnerblut getrunken, um die Treueschwüre zu bekräftigen.

»Mama?«

Francesca schreckte auf und blinzelte gegen das Licht. Der Laptop war ihr vom Schoß gerutscht, ihre Nase quetschte sich ins Polster.

»Mama?!« Lisa hockte vor ihr und strich ihr eine Haarsträhne aus dem Gesicht. »Gehst du gar nicht mehr ins Bett?«

Francesca rappelte sich auf.

»Wie spät ist es denn?«, brummte sie verschlafen.

»Halb drei …«

Kurz nach sieben Uhr kehrte Francesca wieder in die Polizeidirektion zurück. Schon auf der Treppe hallte ihr ein eigenartiger Singsang entgegen. Im Flur wurden die unverständlichen, hohen Töne aus einer offenbar männlichen Kehle immer lauter. Stirnrunzelnd ging sie dem Gesang nach und lokalisierte ihn schließlich in der Männertoilette. Im selben Moment brach er ab.

Özi erschien aus der Toilette und sah sie überrascht an.

»Alles klar, Chef?«, fragte er gutgelaunt.

»Sag mal«, fragte Francesca. »Ahmst du jetzt schon den Ruf des Mudschaheddin nach?«

Özi starrte sie entsetzt an.

»Mudschaheddin? Lass das bloß niemand hören. Das sind doch die mit den Sprengsätzen um den Bauch!«, erklärte er. »Du meinst wohl Muezzin!«

»Ich werde ja auch mal was verwechseln dürfen«, meinte Francesca.

»Solange du nicht den Muezzin verhaftest, weil du ihn für einen Mudschaheddin hältst, soll es mir egal sein ...«

Francesca lachte.

»Aber sag mal ehrlich, das war doch so ein Gebetsruf, was du da grade veranstaltet hast?«

»Das Lied ist von Café Aman Istanbul. Eine bekannte türkische Gruppe ...«, erklärte er.

Francesca tätschelte seinen Unterarm.

»Oh, ich wollte dich nicht beleidigen. Wahrscheinlich sollte ich es mir mal im Original anhören ...«

»Ja, ich kann dir die CD mal mitbringen, wenn du willst. Aus meinem Hals klingt es natürlich etwas ... etwas verzerrt ...!«

Sie lachten und ließen sich an ihren Schreibtischen nieder. Francesca griff in ihre Handtasche und reichte ihrem Kollegen das schon reichlich zerknitterte Fax des Kriminaltechnischen Instituts.

Özi strich das Papier auf seinem Schreibtisch glatt.

»Hab die halbe Nacht recherchiert wegen dem Zeichen da. Ich hab dir 'ne kurze Zusammenfassung gemailt« erklärte sie.

»Ich kenn das Triaden-Zeichen. Ich hab mich schon mal näher mit der China-Mafia beschäftigt.«

Francesca hob die Augenbrauen.

»Verstehe bloß nicht«, fuhr Özi fort, »warum Sadlo das Sakko eines Triaden-Mitglieds trägt. Denn selber Mitglied ist er nicht. Die lassen da keine anderen Nationalitäten rein, soviel bekannt ist.«

»Gut. Aber um von sich abzulenken, kommt es schon mal vor, dass die Triaden einen Auftrag an einen Kriminellen außerhalb ihres Clubs vergeben. Und ich schätze, Sadlo hat den Mord an Kyra Song im Auftrag ausgeführt und die Hintermänner sind in demselben Milieu zu suchen, mit dem es schon Maischle damals zu tun hatte... Allerdings glaube ich nicht, dass wir diesmal dafür extra nach Stuttgart fahren müssen...«

Özi sah nachdenklich vor sich hin.

»Was ist eigentlich mit den Akten zu dem Fall mit der Neunjährigen?«, fragte er.

»Verschwunden. Auf seltsame Weise...«

»Geschreddert, wie im NSU-Fall?«

»Keine Ahnung. Maischle hält sich bedeckt. Aber wir werden es uns nicht nehmen lassen, die China-Restaurants der Umgebung mal unter die Lupe zu nehmen... Gibt's denn in Metzingen überhaupt eines?«

Özi nickte.

»Irgendwo in der Stuttgarter Straße. Ich weiß nur nicht, wie's heißt...«

Mit ein paar Mausklicks hatte er den Namen.

»Bambus Garden.«

»Das ist interessant«, sagte Stefan Schmid, der plötzlich im Türrahmen aufgetaucht war. »Guten Morgen erst mal!« Er schob Kathrin vor, die Francesca und Özi ebenfalls gut aufgeräumt begrüßte und es sich sogleich auf einem der Stühle in der Besprechungsecke bequem machte, als wäre sie hier zu Hause.

Der Kriminaltechniker setzte sich neben die Praktikantin, zog einen Zettel aus der Tasche und erklärte:

»Also die Sache mit Sadlos Smartphone. Der letzte Anruf, den er erhielt, kam am Freitag um 18 Uhr 26 und dauerte eine gute Stunde. Aber er kam von einer Prepaidkarte und lässt sich nicht mehr zurückverfolgen. Aber was wirklich ungewöhnlich ist: Der Typ hat überhaupt keine Kontakte …«

»Das heißt nur, dass er als Dealer sehr vorsichtig war und für die Pflege seiner Beziehungen nicht in erster Linie das Telefon nutzte«, erklärte Francesca.

»Sehe ich auch so«, sagte Schmid. »Witziger Weise hat er eine einzige Nummer aber dann doch gespeichert. Nur: Unter der Nummer gibt's niemanden. Bis Kathrin auf die Idee kam, es mal von hinten zu versuchen …«

Jeder wandte schmunzelnd seinen Blick ab, ein merkwürdiges Knistern lag in der Luft. Francesca beobachtete aus den Augenwinkeln, dass die Praktikantin zur Seite sah. Doch Stefan ließ sich nichts anmerken.

»Wenn man also 07123 83921 wählt statt 12938«, fügte er voller Eifer hinzu, »wer meldet sich dann?«

Wie ein Handy hielt er die ausgestreckten Finger ans Ohr und mimte eine hohe Stimme, wobei er sein rollendes »R« endgültig liquidiert zu haben schien:

»Bambus Gaaden, was kann isch für Sie tun?«

Alle lachten.

Helga kam herein, ließ sich vom Gelächter anstecken, obwohl sie gar nicht wusste, worum es ging, und legte die örtlichen Zeitungen auf Francescas Schreibtisch.

»Alle bringen das Phantombild von dem Asiaten, auch die Frühnachrichten haben es schon gebracht«, sagte sie.

Francesca nahm eine der Zeitungen, blätterte und begutachtete schließlich das Phantombild. Dann stand sie auf.

»Kathrin und ich fühlen jetzt erst mal diesem Herrle auf den Zahn. Wir haben nämlich gestern erst erfahren, dass er das Mordopfer kennt«, sagte sie.

»Herrle?«, fragte Stefan.

»Geschäftsführer der Salzer-Chemie in Metzingen und Ex-Freund von Hanna Rümmelin,« erklärte Kathrin.

»Und du, Tommy?« Francesca sah zu Özi.

»Ich schau mir mal den Bambus Garden an!«

»Aber nur von außen. Zunächst machen wir nur Fotos von allen, die raus- und reingehen. Und dann klären wir das weitere Vorgehen ab.«

»Aber willst du nicht noch mal die Soko zusammenrufen?«, fragte Stefan. »Immerhin haben wir doch inzwischen eine ganze Latte an neuen Ermittlungsergebnissen ...«

»Die Kommunikation klappt doch dank dir und Helga ganz hervorragend«, erwiderte Francesca. »Und ich hab ehrlich gesagt keine Lust, wieder Maischles Spott über mich ergehen zu lassen!«

»Ach, die Kripo!«

Freundlich und mit einem kräftigen Handschlag begrüßte Herrle Francesca und Kathrin und bat ihnen in der Besucherecke Platz an.

Die Kommissarin ließ ihren Blick durch das großzügige Vestibül schweifen. Neben der Tür hing, auf weißes Leinen gestickt, eingerahmt der Spruch: *Sparen und Schaffen in jedem Stand bringet Wohlfahrt ins deutsche Land.*

»Irgendwie dachte ich mir, dass Sie mich noch besuchen würden«, sagte Herrle ungefragt, wartete, bis alle ihre Plätze eingenommen hatten, und setzte sich dann selbst.

Francesca stellte Kathrin als ihre Kollegin vor und musterte den Mann. Groß, braungebrannt und vor allem: jung. Typ Unternehmersohn aus alteingesessenem schwäbischem Geldadel. Selbst noch nichts Bedeutendes geleistet, aber den Stolz des Erben vor sich hertragend, sich jovial gebend und mit dem unerschütterlichen Glauben an die eigene Allmacht ausgestattet... Vorsicht, rief sich Francesca zur Ordnung, ich darf mir hier kein Vorurteil aufbauen...

»Wie kommen Sie darauf?«, fragte Kathrin den Unternehmer erstaunt. »Dass wir Ihnen einen Besuch abstatten würden?«

»Schließlich gehöre ich ja zu dem Personenkreis, der Kyra kannte. Es geht doch um Kyra Song, oder?«

Kathrin nickte.

Er übernimmt auch gleich die Initiative, das spricht für sein Kontrollbedürfnis, dachte Francesca und fragte:

»Wie nahe standen Sie ihr, Herr Herrle?«

»Darf ich Ihnen etwas zum Trinken kommen lassen?«, antwortete er.

»Danke, später vielleicht«, erwiderte Francesca und fixierte seine gepflegten Hände.

»Kyra war eine unserer Praktikantinnen, bevor sie sich für das Textilstudium in Reutlingen entschied«, erklärte er. »Meine Steuerberaterin und sie haben sich bei mir kennengelernt. Seitdem sind sie – waren sie – befreundet.«

»Ihre Steuerberaterin?«, hakte Francesca nach.

»Hanna Rümmelin«, antwortete er. »Aber Sie werden sie vermutlich auch schon befragt haben …«

Er denkt voraus, überlegte Francesca, er versetzt sich in unsere Lage. Entweder ist er ein besonders empathischer Typ oder ein gut geschulter Gesprächsstratege. Oder beides. Aber warum hatte Hanna Rümmelin ihr nicht gesagt, dass Herrle nicht nur ihr Liebhaber, sondern sie auch zuständig für die Steuerangelegenheiten seiner Firma war?

»Das Praktikum ist ja schon eine ganze Weile her«, fuhr sie fort. »Mich interessiert viel mehr, welcher Art Ihr Kontakt mit Frau Song in letzter Zeit war?«

Herrle lehnte sich entspannt zurück.

»Oberflächlich. Ich habe sie ja praktisch nur getroffen, wenn ich bei Frau Rümmelin war. Ein näherer persönlicher Kontakt ist da nicht zustande gekommen …«

»Oberflächlicher jedenfalls als Ihre Beziehung zu Ihrer Steuerberaterin«, platzte nun Kathrin hervor, die die Glätte des Mannes zunehmend reizte.

Herrle war aber auch mit diesem Vorstoß nicht aus der Ruhe zu bringen.

»Ich kann mir denken, dass Frau Rümmelin Ihnen von unserer Beziehung erzählt hat«, erwiderte er. »Hoffentlich hat Sie nicht vergessen, dabei zu erwähnen, dass ich die Beziehung zu ihr beendet habe.«

»Hat sie«, sagte Francesca.

»Ich werde demnächst heiraten!«

»Entzückend!« erwiderte die Kommissarin. »Gratuliere.

Allerdings frage ich mich, warum Frau Rümmelin uns die berufliche Seite Ihrer Beziehung verschwiegen hat. Oder haben Sie die auch aufgekündigt?«

Zum ersten Mal während ihres Gesprächs nahm Francesca eine Veränderung in der maskenhaften Freundlichkeit ihres Gegenübers wahr. Fast unmerklich kniff Herrle die Augen zusammen, doch im nächsten Moment strahlte er wieder und lachte auf.

»Gott bewahre! Aber das müssen Sie sie schon selber fragen! Ist sie denn … Hat denn Frau Rümmelin irgendeinen Anlass eines Verdachts gegeben?«

»Sie meinen, ob wir Frau Rümmelin verdächtigen?«, fragte Kathrin.

Ehe Herrle reagieren konnte, warf Francesca Kathrin einen bestimmenden Blick zu und sagte:

»Wir ermitteln nach allen Richtungen …«

Durch die weitgestreckte Glaswand sah man über das Industriegebiet hinweg bis zum Steilabfall der Schwäbischen Alb, der graublau im Dunst des Morgens lag. In der Nacht hatte es wieder geregnet, aber nun zeigte die Wolkendecke bereits wieder erste Aufhellungen.

»Wie sieht denn die Produktpalette Ihrer Firma aus?«, fragte Francesca unvermittelt.

»Falls Sie Parallelen suchen zu Kyra Songs Tätigkeit bei Boss«, erwiderte Herrle, »wir beziehen die Grundsubstanzen für unsere Produkte nicht aus Billiglohnländern in Asien, sondern aus dem EU-Mitgliedsstaat Polen …«

Wollte ich doch gar nicht wissen, wunderte sich Francesca.

Herrle erhob sich.

»Ich zeige den Damen gerne unsere kleine Produktausstellung … Wenn Sie mir folgen wollen?«

Herrle ging voraus und führte Francesca und Kathrin in

einen um die Ecke gelegenen repräsentativen Ausstellungsraum mit Vitrinen und Regalen, in denen diverse Packungen standen, Dosen und Tuben.

Herrle breitete die Arme aus und drehte sich im Kreis.

»Hauptsächlich Produkte zur Weiterverarbeitung in anderen Betrieben«, erklärte er. »Binde- und Verdickungsmittel, Flammschutzmittel, Entschäumer, Schmieröle und Klebstoffe, aber auch ...«

Er griff sich eines der Päckchen und hielt es Francesca demonstrativ vor die Nase.

»... Badesalz!«

Kathrins Mund öffnete sich zu einem großen Staunen.

»Badesalz?«, fragte sie zurück. Sie spie das Wort aus, als hätte sie in einen faulenden Apfel gebissen.

Francesca sah sie irritiert an.

Herrle war die Reaktion der Frauen nicht entgangen. Er stellte das Päckchen wieder an seinen Platz zurück und sagte:

»Wenn Sie möchten? Unsere Empfangsdame hält gerne für Sie ein Päckchen bereit. Für Ihren persönlichen Gebrauch. Nach einem harten Ermittlungstag möchte man doch auch einmal entspannen können abends ... Wenn Sie das annehmen dürfen?«

»Gerne«, sagte Francesca und bedankte sich. »Jetzt fehlt uns eigentlich nur noch eines ...«

»Bitte?«, fragte Herrle.

»Die Adresse Ihres Zulieferers! In Polen!«

Für den Bruchteil einer Sekunde schien dem Mann der Atem zu stocken, dann aber sagte er scheinbar gelassen: »Das wird nicht nötig sein. Die Firma in Polen gehört ja zu hundert Prozent zur Salzer-Chemie. Also, es gibt da keine anderen Eigentümer. Wir haben die Firma ja aufgekauft.«

»Aber sie wird doch einen Namen haben?«, fragte Kathrin.

»Gut, wenn Ihnen das was nützt«, sagte Herrle. »Pol-Unichem. Sosnowiec.«

Mit einem großen Wiegemesser, das sie mit beiden Händen hielt, zerhackte die Köchin den Hühnerkopf. Das Blut floss in die Vertiefung des Bretts. Schließlich hielt die zierliche Frau erschöpft inne, legte das Messer beiseite und fasste sich an den Verband ihres schmerzenden Handgelenks.

»Es reicht«, sagte 426 zu Li. »Hol das Weinglas!« Er strich die Zeitung mit dem Phantombild auf dem Küchentisch glatt.

Mit unbewegter Miene fixierte 49, der jeden Handgriff der Köchin mit stoischer Ruhe verfolgt hatte, sein Porträt.

»Es schmerzt mich, meinen besten Mann zu verlieren!«, sagte 426 zu ihm.

Li stellte das Weinglas mit dem Fuß auf das Phantombild und setzte ein Kaffeesieb auf dem Rand auf. Dann nahm sie das Schneidebrett und ließ das Hühnerblut in das Weinglas laufen.

426 ergriff das Glas an seinem Stiel und reichte es 49.

»Trink!«, befahl er.

49 gehorchte und trank das Glas in einem Zug leer.

»Ich danke dem Meister!«, sagte er und reichte 426 das Glas zurück.

»Du wirst für ein paar Jahre aus Euroland verschwinden müssen!«, erklärte 426, stellte das Glas ab und tippte auf das Phantombild. »Bevor sie *dich* verschwinden lassen. Molinari ist gefährlich. Und Maischle ist alt.«

49 öffnete den Mund zu einer Frage, aber 426 stoppte ihn mit einer Handbewegung.

»Wo du in Zukunft eingesetzt wirst, wird noch geklärt. Aber erst mal musst du verschwinden.«

426 warf 49 eine Plastiktüte zu.

»Du nimmst meinen Wagen. Der war kaum im Einsatz. Setz die Perücke auf und lass dich nicht blitzen!«

49 nickte stumm.

»In Stuttgart fragst du nach 432.«

Ohne ein weiteres Wort machte 49 auf dem Absatz kehrt und verschwand Richtung Hinterausgang. Li begann, die Utensilien ihres Rituals wegzuräumen und zu säubern.

Mit langsamen Schritten ging 426 hoch in sein Büro.

Dieser Sadlo, dieser Idiot, dachte er, hatte alles vermasselt. Seinetwegen würde er in Zukunft auf seinen besten Mann verzichten müssen. Wenn alles nicht noch schlimmer kam … Wie war diese Kommissarin überhaupt auf 49 gekommen?

Er ließ sich auf seinen Schreibtischstuhl fallen.

Und jetzt lag Sadlo gut bewacht in seinem Krankenzimmer. Er würde abwarten müssen. Aber sobald er wieder gehfähig wäre, würde er liquidiert werden können. Bevor sich die Kommissarin noch näher an sie heranarbeitete …

Plötzlich hörte er ein Poltern auf der Treppe. 426 sprang auf und griff instinktiv in die Innentasche seines Jacketts. Seine Hand erfasste den kühlen Lauf einer Beretta.

Die Tür sprang auf und Herrle stand keuchend vor ihm.

»Du Dilettant!«, stieß Herrle hervor.

426 ließ die Beretta zurückgleiten und schloss die Tür.

»Setz dich doch erst mal!«, sagte er, ging zu seinem Schreibtisch und bot seinem Besucher seinen besten Whisky an. »Highland Park. Vierzig Jahre«, erklärte er und ließ die waldhoniggoldene Flüssigkeit in das Glas laufen.

Herrle nippte und fuhr sich mit der Zungenspitze über die Lippen.

»Die Kripo«, erklärte er, noch immer aufgekratzt, »die Kripo steht bei mir auf der Matte. Sie haben schon ihre Finger nach Polen ausgestreckt.«

»Jetzt mal langsam!«, sagte 426.

»Nichts mehr mit eurer verdammten asiatischen Bedächtigkeit! Dazu ist es zu spät! Ich will, dass Hanna endlich verschwindet, bevor sie noch mehr ausplappert!«

»Wir haben andere Sorgen«, erwiderte 426 und schob ihm die Zeitungsseite mit dem Phantombild von 49 hin.

Herrle würdigte das Bild keines Blicks.

»Außerdem will ich mein Geld zurück!«

»Dein Geld?«

»Meine Zehntausend. Schließlich ist es eure Schuld, dass ihr einen Dilettanten beauftragt habt, der dann nichts anderes zu tun hat, als die Falsche aus dem Weg zu räumen ...«

»Genau das ist auch unser Problem«, erwiderte 426 ruhig. »Und das hat Vorrang. Aber in deiner Sache, wir werden unser Möglichstes tun ...«

Herrle sprang auf.

»Meine Sache, meine Sache?«, rief er. »Das ist schon lange nicht mehr bloß meine Sache!«

»Und wie lange kennen wir uns nun schon?«, fragte 426. »Beruhige dich! Die ganzen Jahre über hat uns niemand gestört. Und so soll es auch bleiben!«

»Aber wenn sie rausfinden, dass es meine Firma in Polen gar nicht gibt«, rief Herrle aus. »Das nächste Mal werden sie mich nämlich fragen, wer meine Lieferanten sind!«

426 sah auf das Zittern des Whiskys in Herrles Hand.

»Und was wirst du ihnen sagen?«, fragte er ungerührt.

Herrle versuchte einen provozierenden Blick.

»Irgendwo aus China, oder? Ich weiß es ja selbst nicht mal…«

»Ist doch gut so…«

Herrle packte das Whiskyglas und setzte es wieder so hart auf den Schreibtisch zurück, dass die wertvolle Flüssigkeit über den Rand schwappte.

»Du hängst inzwischen genauso mit drin, verstehst du? «

Stirnrunzelnd betrachtete 426 den dunklen Fleck, der sich rasch auf der Holzoberfläche ausbreitete.

»Dann lass uns das Problem in Ruhe angehen«, schlug er vor. »Ich hab schon was im Kopf… Wie kann ich dich erreichen?«

Herrle starrte auf seine Fingernägel.

»Heißt das«, fragte er zweifelnd, »dir ist klar: Wenn ich auffliege, fliegt ihr mit auf?«

426 lächelte hintergründig.

»Die Polizei hat keine Handhabe. Aber man weiß ja wirklich nicht, was im Kopf deines Schätzchens vor sich geht…«

Herrle atmete durch, nahm sich ungefragt einen Zettel vom Schreibtisch und kritzelte ein paar Zahlen darauf.

»Meine Handynummer. Aber nur für den Notfall, damit das klar ist!«

426 ließ den Zettel in der Seitentasche seiner Jacke verschwinden, erhob sich und öffnete die Tür.

»Wir melden uns!«, sagte er abschließend.

Grußlos verließ Herrle den Raum, polterte die Treppe herunter und verließ das Haus durch den Hinterausgang.

Kopfschüttelnd schloss 426 die Tür hinter ihm.

Was, wenn der Unternehmer jetzt den Kopf verlor? Er würde, neben Sadlo, zu einem weiteren unkontrollierbaren Faktor…

Bedächtig öffnete er die Schrankwand, hinter der sich sein Laptop befand, fuhr den Rechner hoch und gab in die Suchmaske die Handynummer ein. Mit wenigen Mausklicks hatte er Herrles Smartphone geortet ... GPS war eine segensreiche Einrichtung, dachte er. Vor ein paar Jahren noch hätte er einen seiner Leute auf Herrle ansetzen müssen. Von nun an würde er nicht nur jede seiner Bewegungen nachvollziehen, er würde auch Herrles Gespräche aufzeichnen können. Sollten sich die Dinge zuspitzen und Herrle auf dumme Gedanken kommen, könnte man jederzeit reagieren ...

Die Sprechanlage auf seinem Schreibtisch gab ein akustisches Signal von sich.

»Unten im Restaurant steht eine Frau mit zwei anderen Leuten. Sie zählt die Fische im Aquarium!«, hörte er Lis Botschaft.

Seine Mundwinkel zuckten. Die Fische im Aquarium zählen ... Das bedeutete nichts Gutes.

»Sag ihnen, ich komme!«, meldete er zurück.

Francesca stand mit Özi und Kathrin im Eingangsbereich des Restaurants. Neun Neonsalmer hatte sie in dem großen Aquarium gezählt, sechs Black Mollys und zwei kleine Kois. Als sie Kind war, hatte ihr Vater ihr einmal ein Aquarium geschenkt; sie wunderte sich, dass sie die Namen noch parat hatte.

Aufmerksam hatte sie die kleine Köchin taxiert, die ihnen öffnete, und als sie, ohne sich auszuweisen, den Chef verlangte, war die zierliche Frau sofort in der Küche verschwunden.

Helga hatte inzwischen durchgegeben, dass der Name des Inhabers des Bambus Gardens auf einen Chinesen mit dem Vornamen Meng und dem Nachnamen Xu lautete. Zwei Stunden lang hatte Özi den zur Straßenseite hin gelegenen Eingang des Chinarestaurants observiert, aber außer einem Wagen mit tschechischem Kennzeichen, der den Hinterhof mit einer blonden Frau am Steuer verlassen hatte, hatten sich keine Personen in das Haus hineinbegeben oder hatten es verlassen.

Endlich erschien ein hochgewachsener Mann in einem schmalen, anthrazitfarbenen Business-Anzug im Zugang zur Küche und kam mit einem freundlichen Lächeln auf die Kripobeamten zu. Die kleine Frau war im Türrahmen stehen geblieben.

Francesca zückte ihren Dienstausweis.

»Herr Xu?«, fragte sie.

Lächelnd deutete der Mann eine Verbeugung an. Mit einer großzügigen Geste wies er auf einen der Tische.

»Sie wollen mich sprechen? Bitte!«

»Danke, wir stehen lieber!«, erwiderte Francesca.

»Wie Sie wünschen«, antwortete Xu mit einer einladenden Handbewegung. »Was kann ich für Sie tun?«

Francesca griff in die Innentasche ihrer Steppjacke, holte den »Metzinger General-Anzeiger« hervor und wollte dem Inhaber das Phantombild reichen, doch 426 hob abwehrend die Hand.

»Ich habe die Zeitung schon gelesen«, gab er zu verstehen. »Meine erste Beschäftigung zu Tagesbeginn. Wenn ich den Mann kennen würde, hätte ich mich sicher schon gemeldet.«

»Und Ihre Köchin?« Francesca wandte den Kopf zu der Frau mit der weißen Mütze, die noch immer unbeweglich im Küchenzugang stand.

»Wir haben uns bereits darüber unterhalten«, entgegnete Meng Xu in liebenswürdigem Tonfall.

»Und den hier?« Francesca reichte ihm ein vergrößertes Passbild von Dieter Sadlo.

Mit unbewegter Miene nahm der Mann den Kontaktabzug entgegen und warf einen langen Blick auf das Bild. Schließlich gab er das Foto zurück.

»Hat das alles mit dem Mordfall zu tun?«, fragte er. »Mit der jungen Frau im Outlet? Soviel ich gelesen habe, war sie Koreanerin …«

Ohne auf die Frage einzugehen, winkte Francesca Özi heran.

»Aber dazu können Sie uns bestimmt etwas sagen!«

Özi stellte sich neben den Mann und zeigte ihm auf dem Display seiner Kamera die Fotos, die er vor gut einer halben Stunde vor dem Restaurant geschossen hatte.

»Ein schwarzer Mercedes mit tschechischem Kennzeichen?«, fragte Özi. »Er kam aus dem Hinterhof …«

»Das ist mein Wagen«, gab Meng Xu unumwunden zu.

»Und das Kennzeichen?«, hakte Francesca nach.

»Zunächst einmal diese Blonde am Steuer!«, erklärte Meng Xu. »Eine Angestellte. Sie erledigt unseren morgendlichen Einkauf …«

Francesca und Özi sahen sich zweifelnd an.

»Sie beschäftigen auch Mitarbeiter anderer Nationen?«, hakte Özi nach.

»Normalerweise arbeitet sie in einer meiner Filialen in Tschechien«, gab 426 zu verstehen. »Sie müssen wissen, ich bin Inhaber einer Kette. Wir haben Niederlassungen nicht nur in ganz Deutschland. Wir expandieren. In den osteuropäischen Ländern. Aber da stehen wir noch ganz am Anfang. Deshalb ist mein Wagen auch in Prag zugelassen …«

Francesca war, während sie Meng Xus Stimme folgte, auf das Fingerspiel seiner rechten Hand aufmerksam geworden. Der Fingercode, schoss es ihr durch den Kopf. Sie wandte den Blick. Die Kleine an der Küchentür war plötzlich verschwunden.

Blitzschnell rannte sie auf die Küche zu. Bestürzt drückte Özi der Praktikantin seine Kamera in die Hand und folgte ihr.

Im Laufen holte Francesca ihre P2000 aus dem Holster. Die Küche war leer. Sie stieß die Tür zum Treppenhaus auf und stürmte durch den Hintereingang hinaus auf den Hof. Doch die Köchin war wie vom Erdboden verschluckt.

Sie kehrte um und schob ihre Waffe zurück.

Am Hintereingang stand Özi. Er bückte sich und hob etwas Weißes auf.

Als Francesca sich ihm näherte, streckte er ihr einen in sich verschlungenen Verband hin. Für einen Moment starrte sie auf das Blut, das sich im Gewebe abzeichnete.

Sie gingen zurück in den Gastraum.

»Sie können uns nichts vormachen!«, schleuderte Francesca Meng Xu ins Gesicht.

Meng Xu warf einen Blick auf den Verband, den ihm die Kommissarin vor die Augen hielt.

»Meine Köchin hat sich geschnitten«, antwortete er gelassen. »Und Sie sollten Schluss machen mit Ihrem Vorurteil. Nicht alle Chinarestaurants befinden sich in Händen der gelben Mafia …«

Sie hatten Meng Xu stehen lassen und waren gemeinsam nach draußen in den Dienstwagen gestiegen.

»Der Mann ist eiskalt!«, sagte Kathrin. Sie hatte den Rücksitz eingenommen, die Kamera neben sich abgelegt und beugte sich nun zu Francesca und Özi vor. »Aber wir haben nichts gegen ihn in der Hand, oder?«

Özi reichte ihr den Asservatenbeutel mit dem blutigen Verband nach hinten.

»Der muss nachher gleich nach Stuttgart«, sagte er. »Vergleichsanalyse. Schätze mal, es ist dasselbe Blut wie das an meinem Finger, das ich aus dem Wald bei Upflamör mitgebracht habe …«

»Dass die Köchin identisch ist mit der Scharfschützin?«, fragte Kathrin.

Francesca nickte zustimmend.

»Aber wir haben wirklich nichts in der Hand«, erklärte sie. »Noch nicht. Helga muss eine Fahndung nach der Fahrerin rausgeben! Das Kennzeichen des Mercedes … Es ist doch erkennbar auf deinen Fotos?«

»Klar«, sagte Özi und Kathrin reichte die Kamera nach vorne.

Francesca holte ihr Handy hervor, wählte Helga an und gab die Daten durch. Als sie endlich wieder aufgelegt hatte, stellte Kathrin eine weitere Frage an die Kommissarin:

»Wie haben Sie denn das plötzlich gemerkt vorhin? Dass die Köchin verschwunden ist? Sie hatten ihr doch den Rücken zugedreht …?«

»Die Triaden sind Meister im Versteckspiel«, antwortete Francesca. »Ich weiß, dass sie sich über eine interne Zeichensprache verständigen. Und plötzlich sah ich, dass sich die Finger des Inhabers merkwürdig bewegten …«

Verblüfft öffnete Kathrin den Mund.

»Und jetzt?«, murmelte sie kaum hörbar.

»Ja«, schaltete sich Özi ein und sah seine Kollegin fragend an. »Ich will hier nicht festfrieren am Straßenrand. Aber was nun?«

Francesca sah dem unablässigen Verkehrsstrom nach, der sich an ihnen vorbei Richtung Stuttgart wälzte, und dachte nach. Schließlich sagte sie:

»Eines haben wir hier in Metzingen noch zu erledigen …«

Özi sah sie erstaunt an.

»Als Kathrin und ich bei diesem Herrle waren … Da ist mir etwas merkwürdig vorgekommen …«

Sie wandte den Kopf zurück zu Kathrin.

»Ihnen auch?«

Die Praktikantin überlegte einen Moment.

»Der Zusammenhang mit der Steuer … der Steuerberatung?«, fragte sie zögernd.

»Genau!«, bestätigte Francesca und sah zu Özi. »Ich frage mich nämlich, warum … Also Hanna Rümmelin macht die Steuerangelegenheiten für die Salzer-Chemie …«

»Und?«, fragte Özi.

»Erinnerst du dich noch, als wir sie einvernommen haben?«

Özi nickte.

»Sie war doch mit Herrle zusammen irgendwie. Also liiert …«

»Stimmt. Aber warum hat sie uns verschwiegen, dass sie seit Jahren die Steuer für die Firma macht?«

»Zu diesem Zeitpunkt …« Özi suchte nach einer Erklärung. »Sie hatte doch soeben erst vom Tod ihrer Freundin erfahren, sie war ja noch ganz aufgewühlt …«

»Dann hätte sie sich ja später noch mal melden können«, hielt Francesca dagegen.

»Also wenn du mich fragst«, erklärte Özi, »ich finde das jetzt nicht so wichtig …«

»Weil Sie noch nicht wissen«, ließ sich Kathrin vernehmen, »dass Herrle mit Badesalz handelt.«

»Badesalz?«

Auch Francesca runzelte die Stirn und drehte sich zu der Praktikantin um.

»Haben Sie das nicht gelesen?«, fragte Kathrin erstaunt. »Die Mitteilung vom Bundeskriminalamt?«

Francesca und Özi sahen sich fragend an.

»Ich hab's auch nur überflogen, kurz bevor wir los sind!«, fuhr Kathrin fort. »Die Pressemitteilung. Vom BKA. Über synthetische Drogen und Grundstoffüberwachung. Viele zur Herstellung von Designerdrogen geeignete Grundstoffe stammen aus China. In Europa werden diese Substanzen weiterverarbeitet und in entsprechenden Vertriebsverpackungen als Kräutermischungen oder Badesalze auf den Markt gebracht …«

»Moment, Moment!«, unterbrach Francesca. »Sie konstruieren da gerade einen direkten Zusammenhang zwischen Herrle und den Chinesen?«

Kathrin kam in Fahrt.

»Also ich würde den Laden hochnehmen und das Badesalz beschlagnahmen!«, ereiferte sie sich.

Francesca lachte.

»Also erstens gibt es ja bisher nicht den geringsten Hinweis dafür, dass Herrle insgeheim ein Labor für synthetische Drogen betreibt. Und zweitens – angenommen, es wäre der Fall – hätten wir dafür nicht die geringste Handhabe. Dafür bräuchten wir schon eine Probe einer chemischen Substanz aus dem Betrieb, deren Analyse beim Kriminaltechnischen Institut in Stuttgart den Beweis erbringt, dass es sich um Betäubungsmittel handelt. Und dann eine gerichtliche Anordnung. So sind die Wege …«

»Weiß ich ja«, erwiderte die Praktikantin trotzig.

»Und drittens?«, fragte Özi.

Francesca lächelte süffisant.

»Drittens heiße ich nicht Mara Zielinski …«

»Mara Zielinski?«, fragte Kathrin.

»Das ist 'ne Privatdetektivin in Reutlingen. War früher Zielfahnderin beim BKA. Von der habe ich meine Wohnung übernommen …«

»Ich kenn die auch«, sagte Özi. »Die hat mir mal erzählt, wie sie in Oberesslingen mit dem LKA ein Lager mit gepanschter Butter hochnehmen wollte. Und als sie reingingen, hatte die Firmenleitung zuvor über Nacht alles ausräumen und durch saubere Produkte ersetzen lassen …«

»Der Fall ist mir bekannt«, fügte Francesca hinzu. »Aber auch sie konnte nicht einfach losstürmen, sondern hat sich zuvor eine Probe der verseuchten Butter aus dem Lager erschlichen …«

»Also illegal?«, hakte Kathrin nach.

»Davon rede ich ja die ganze Zeit!«, sagte Francesca. »Und solche Tricks kann ich mir leider nicht leisten …«

Sie verdächtigen also mich? Am Mord meiner besten Freundin? Nur weil ich kein Alibi habe?«

Hanna Rümmelin starrte die Kommissarin fassungslos an.

Francesca schüttelte den Kopf.

Vor dem China-Restaurant Bambus Garden hatte sich

die Kommissarin von Özi und der Praktikantin getrennt und war mit ihrem Volvo weitergefahren. »Da du die Befragung von Hanna Rümmelin ja eh nicht so wichtig findest«, hatte sie zu ihrem Kollegen gesagt, »könnt ihr ja schon mal nach Reutlingen vorfahren und im Büro nach dem Rechten sehen. Es gibt ja genug zu tun …« Nachdem sie dann das Steuerbüro von Hanna Rümmelin am Kelternplatz geschlossen vorgefunden hatte, setzte sich Francesca mit der Steuerberaterin telefonisch in Verbindung.

Nun stand sie in Hannas Wohnzimmer im Hart Hölzle und blickte auf eine Frau, die ungekämmt mit einem dicken Pulli und einem Wollschal um den Hals sich auf ihrem Sofa zusammengekauert hatte und nach Echinacin roch. Aber sobald sie den Mund aufmachte, veränderte sich der Eindruck der Kommissarin. Hanna Rümmelins Worte klangen zwar voller Abwehr, aber klar und laut, wenn nicht sogar aggressiv.

»Es geht um den Betrieb Ihres Freundes, die Salzer-Chemie«, erklärte Francesca ruhig.

»Er ist nicht mein Freund!«, bellte Hanna.

»Aber Sie sind seine Steuerberaterin. Und da haben Sie ja Einblick in sein Geschäftsgebaren …«, fügte Francesca hinzu.

Hanna kratzte sich unterm Ohrläppchen.

»Und was hat das mit dem Mord an Kyra zu tun?«, fragte sie.

»Warum haben Sie mir das verschwiegen?«, stellte Francesca die Gegenfrage.

»Keine Ahnung«, erwiderte Hanna. Sie schloss die Hände um die Teetasse, die dampfend vor ihr stand. Ohne den Blick von der Tasse zu nehmen, bot sie der Kripobeamtin Platz an.

Francesca sah die Befragte abwartend an.

»Und Sie haben Einblick in die Produktionspalette. Von Herrn Herrle wissen wir, dass die Salzer-Chemie ihre Grundstoffe von seiner Firma in Polen bezieht. Mich würde interessieren, wohin die Produkte geliefert werden. Zum Beispiel das Badesalz.«

Hanna hob kurz den Blick.

»Badesalz? Was spielt denn das für 'ne Rolle?« Mit beiden Händen führte sie die Tasse an den Mund.

Francesca ging um den Couchtisch herum und setzte sich neben sie. Wenn sie auf diesem Ohr taub ist, dachte sie, dann versuchen wir's mal mit dem anderen Ohr.

»Wir haben Grund zu der Annahme ...«, sagte sie und sah Hanna von der Seite her an. »Dass die China-Mafia hinter dem Mord an Kyra steckt ...«

Obwohl ihre Hände zitterten, gelang es Hanna, die Tasse abzustellen, ohne etwas zu verschütten. Sie schluckte.

»Das ist ja ...«

Abrupt stand sie auf und ging zum Fenster. Francesca wandte sich zu ihr um.

»Dann hatte sie ... Dann hat das alles etwas mit ihrem Aufenthalt in Chengdu zu tun?«

»Ich dachte, Sie haben keine Ahnung, was Ihre Freundin aus China mitgebracht hat!«, sagte Francesca scharf.

»Hab ich auch nicht!«, erwiderte Hanna. »Wir hatten ja überhaupt keine Zeit, darüber zu reden, das habe ich Ihnen doch alles schon gesagt ...« Sie gestikulierte, als wollte sie die Fragen von sich wegscheuchen wie Zigarettenrauch. »Ich habe auch das Bild gesehen in der Zeitung, mit dem Chinesen, nach dem Sie suchen. Ist er Kyras Mörder?«

»Wovor haben Sie Angst?«, fragte Francesca.

»Ich weiß nicht, was Sie meinen ...«

»Es war ein Auftragsmord«, erklärte die Kommissarin

mit ruhiger Stimme. »Und die Auftraggeber haben auch versucht, Kyras Mörder zu töten …«

Hanna ließ die Arme an sich abfallen, als hätte jemand plötzlich ein Gewicht an ihre Hände gehängt. Langsam kehrte sie zu der Sitzecke zurück und setzte sich auf den Sessel gegenüber der Kommissarin.

Schweigen kehrte ein. Francesca wollte abwarten. Abwarten, ob sie endlich ihre Anfangsfrage aufgreifen und ihr sagen würde, was sie über die Salzer-Chemie wusste. Nachdenklich ließ sie den Blick durch den Raum gleiten.

Aber Hanna blieb stumm.

Plötzlich blieben Francescas Augen an einem Kleidungsstück hängen, das über der Lehne eines der Stühle in der kleinen Essecke hing. Wortlos stand sie auf, ging hinüber und nahm den pinkfarbenen Kapuzenpulli in die Hand.

»Gehört der Ihnen?«, fragte sie.

Gedankenverloren sah Hanna zu ihr hinüber.

»Ja. Wieso?«

»Denselben Pulli trug Kyra, als ich sie gefunden habe. Am Freitagabend. Tot. In der Umkleide bei Boss.«

Langsam kam Hanna auf die Kommissarin zu, die nachdenklich den Stoff befühlte.

»Zwillingslook. Ich habe Kyra denselben geschenkt …«

Francesca nahm Hanna in den Blick.

»Und?«

»Was wollen Sie damit?«, entgegnete die Angesprochene. »Sie hat sich gefreut. Sie hat ihn anprobiert. Und er hat ihr so gut gefallen, dass sie ihn gleich anbehalten hat!«

Die Kommissarin kniff die Lippen zusammen.

»Und dann ist sie mit Ihrem Wagen ins Outlet gefahren«, sagte sie mehr zu sich selbst. »Mit Ihrem mintgrünen BMW …«

Verständnislos sah Hanna die Kommissarin an.

»Das wissen Sie doch ... Warum? Was meinen Sie?«

Francesca nahm den Pulli mit beiden Händen und drückte ihn gegen die Brust.

»Irgendetwas stimmt nicht ...«

Nachdenklich setzte sich Francesca auf den Stuhl. Wieder breitete sich Schweigen zwischen den Frauen aus.

»Wissen Sie«, nahm Francesca schließlich den Faden wieder auf, »was mich die ganze Zeit über beschäftigt hat?«

Jetzt sah Hanna sie neugierig an.

»Ich habe mich die ganze Zeit über gefragt, warum erst der Mord und dann die Suche nach Dokumenten ... Also warum bringt jemand Kyra um, obwohl er doch eigentlich ihren Laptop will oder ihren Memory Stick. Warum entführt er sie nicht und presst die Informationen aus ihr heraus. Und wenn er sie danach tötet, damit sie ihn nicht anzeigt und er seine Spuren verwischen kann, dann wäre das irgendwie nachvollziehbar ...«

Mit wachsender Anspannung versuchte Hanna dem Gedankengang zu folgen.

»Dazu kommt die Sensationslüsternheit, mit der dieser Mord inszeniert wurde«, fuhr die Kommissarin fort. »Warum gerade im Outlet? Warum gerade bei Hugo Boss?«

»Zufall?«

Die Kommissarin deutete ein Kopfschütteln an und ließ den pinkfarbenen Kapuzenpulli auf ihren Schoß sinken.

»Natürlich sollte uns der Tatort ein Rätsel aufgeben. Er sollte uns an einen Zusammenhang denken lassen zwischen Textilproduktion und dem Mordopfer. Und diese Spur haben wir ja tatsächlich verfolgt. Aber warum sollte uns jemand auf die Spur von hochbrisanten Informationen setzen, in deren Besitz er sich selber bringen will, um sie vor der

Polizei zu verbergen. Also damit sie nicht an die Öffentlichkeit gelangen. Das macht doch keinen Sinn …«

»Ich verstehe immer noch nicht ganz, woraus Sie hinaus wollen …«

»Unsere Ermittlungen haben ebenfalls ergeben«, fuhr Francesca fort, »dass der Täter für den Auftragsmord zehntausend Euro erhalten hat. Wissen Sie, wie viel zehntausend Euro wert sind in dieser Branche? Mit dieser Summe würde sich ein rumänischer Auftragskiller zufriedengeben oder meinetwegen auch einer aus Bulgarien. Aber bestimmt kein Deutscher …«

»Der Mörder ist deutsch?«

Francesca nickte.

»Aber das Eigentliche, was ich sagen will«, fuhr die Kommissarin fort, nahm den Pulli und streckte ihn Hanna entgegen. »Kyra hatte in etwa Ihre Statur. Stimmt's?«

Hanna schluckte.

»Sie hatte Ihre Größe, Ihre Figur, schwarze, lange, glatte Haare, genau wie Sie. Und am Tatabend trug sie dann auch noch denselben pinkfarbenen Kapuzenpulli. Und Sie benutzte Ihren Wagen …«

Hanna starrte die Kommissarin an.

»Sie meinen doch nicht … Sie glauben …«, stotterte sie. »Der Täter hat uns verwechselt?«

»Es spricht einiges dafür«, stellte Francesca fest. »Für viele Europäer sehen Asiaten ziemlich ähnlich aus …« Jetzt erst bemerkte sie, dass ihre Hände feucht geworden waren. Sie legte den Pulli auf den Tisch und atmete tief durch.

Hanna war blass geworden. Sie wollte zu der Teetasse greifen, doch als sie das Zittern ihrer Finger bemerkte, zog sie die Hände zurück.

»Jetzt werden Sie sich fragen, wer Ihnen nach dem Leben

trachten könnte …«, sagte Francesca. Sie erhob sich, ging zur Sitzecke, setzte sich wieder Hanna gegenüber und sah sie fragend an.

Hanna warf einen Blick an die Decke.

»Ich bin so dumm, ich bin so dumm«, brach es endlich aus ihr hervor. Mit dem Handballen klopfte sie sich gegen die Stirn.

»Sie sind raffinierter, als ich dachte!«, hielt die Kommissarin dagegen. »Sie haben die ganze Zeit die Ahnungslose gespielt. Und als ich vorhin plötzlich wieder aufgetaucht bin und Sie danach fragte, warum Sie mir verheimlicht haben, dass Sie als Steuerberaterin über Einblick in das Innere der Salzer-Chemie verfügen, haben Sie mich auflaufen lassen.«

Schuldbewusst senkte Hanna den Kopf.

»Sie können von Glück sagen, dass Kyras Mörder mit wichtigeren Dingen beschäftigt war, als seinen Fehler wettzumachen. Und ich bin überzeugt, die Sache ist noch immer nicht ausgestanden …«

»Aber Sie haben doch gesagt, sie hätten Kyras Mörder …« Hanna stand auf, rieb sich fröstelnd die Arme, ging zum Tisch und nahm ihren Pulli in die Hand. Dann ließ sie sich auf dem Stuhl in der Essecke nieder.

»Wenn er Kyra und Sie verwechselt hat, hat der Mörder damit nicht nur seinen Auftraggeber düpiert«, vermutete Francesca. »Er wird auch denen ins Handwerk gepfuscht haben, die eigentlich an Kyras Dokumente wollten. Durch unsere Ermittlungen wurden die Chinesen aufgescheucht. Aber das ist nur die eine Seite. Die andere ist, dass derjenige, der es auf Sie abgesehen hat, noch immer frei herumläuft.«

»Ich hätte es Ihnen gleich sagen sollen«, sagte Hanna plötzlich leise, ohne die Kommissarin anzusehen.

»Was hätten Sie mir sagen sollen?«

Mit großen Augen blickte Özi Francesca an, als diese plötzlich mit der Steuerberaterin in der Tür ihres Büros stand.

»Frau Rümmelin steht unter Polizeischutz«, erklärte die Kommissarin und forderte Hanna auf, in der Besprechungsecke Platz zu nehmen.

Kleinlaut hatte Hanna auf der Fahrt zur Polizeidirektion Reutlingen gestanden, dass sie die ganzen Jahre über als Steuerberaterin von Felix Herrle dafür gesorgt hatte, dass horrende Einnahmen vom Finanzamt durch ein raffiniertes System von falsch deklarierten Buchungen über seine polnische Scheinfirma unentdeckt blieben und – gewaschen – in Herrles Tasche geflossen waren. Die Einnahmen seien stets bar erfolgt für Lieferungen an eine chinesische Import-Export-Firma in Stuttgart.

»Badesalz?«, hatte die Kommissarin noch einmal nachgefragt.

»Relativ geringe Mengen. Die standen in keinem Verhältnis zu der enormen Höhe des Erlöses …«

»Aber Sie wussten schon, dass es sich bei dem Badesalz um die neue Variante einer Designerdroge handelt?«, hatte Francesca nachgehakt.

»Badesalz? Eine Droge?«

»Eine ganz neue Masche. Findet immer mehr Verbreitung!«

»Ich habe nie danach gefragt«, hatte Hanna erklärt.

»Das wird Ihnen kein Mensch glauben«, hatte die Kommissarin geantwortet. »Was haben Sie denn dann gedacht, warum sich ausgerechnet mit Badesalz so viel Gewinn machen lässt?«

Als Hanna schwieg, hatte die Kommissarin ihre Ausführungen fortgesetzt.

»Sie hatten es nicht zur Anzeige gebracht, weil Sie als

Mitwisserin und Mittäterin von Herrles Machenschaften profitierten! Und wenn Ihr Leben nicht in Gefahr wäre, hätten wir das wohl nie erfahren …«

Danach war Hanna im Wagen vollends verstummt und schwieg, bis sie in der Polizeidirektion eintrafen.

»Außerdem hat Frau Rümmelin etwas zu Protokoll zu geben«, sagte Francesca nun zu Özi.

Özi war aufgestanden und sah Hanna neugierig an.

Hanna wandte den Blick ab.

»Und sie hat ihrem Geständnis, das sie mir auf der Fahrt gemacht hat, noch etwas hinzuzufügen … Oder?« Francesca sah auf Hanna herab, die mit verbissenem Gesicht da saß und am Daumennagel knabberte.

»Ich habe ihn erpresst!«, kam es kaum hörbar über ihre Lippen.

Francesca und Özi sahen sich an.

»Und sich damit selbst in Gefahr gebracht«, stellte die Kommissarin fest.

Özi sah Francesca verstört an.

»Kannst du jemanden mit dem Protokoll beauftragen?«, fragte Francesca ihren Kollegen. »Den Rest erklär ich dir gleich. Aber jetzt brauch dich erst mal. Dich, Stefan und Helga. Und Kathrin natürlich auch, wenn sie will … Und wahrscheinlich muss ich in diesem Fall auch Maischle dazuholen …«

»Maischle hat sich krank gemeldet!«, erklärte Özi.

»Krank?« Francesca sah Özi erstaunt an. »Ausgerechnet jetzt? Der war doch noch nie krank!«

Wenig später holte einer der neu hinzugezogenen Beamten der Soko Outlet Hanna Rümmelin ab und führte sie in den Vernehmungsraum.

Als sie ihre Kerntruppe endlich in der Besprechungsecke um sich versammelt hatte, informierte die Kommissarin über die jüngsten Entwicklungen. Helga war die erste, die schließlich das nachdenkliche Schweigen der Ermittler brach.

»Verwechselt…«, sagte sie leise. »Das wird ja für Kyras Eltern furchtbar sein, wenn sie das erfahren…«

»Ja«, seufzte Francesca. »Das steht mir auch noch bevor… Ich weiß noch gar nicht, wie ich ihnen das beibringen soll… Aber das mache ich erst, wenn wir das alles hier hinter uns haben…«

»Lass mal, ich ruf sie an!«, bot Helga an.

Francesca winkte ab.

»Das will ich schon selber machen«, entgegnete sie. »Schließlich ist Kyras Mutter ja meine Saxophonlehrerin, ich kenne die schon so lange…«

Die Praktikantin zeichnete Pfeile zwischen den Namen, die sie wie in einem Soziogramm in ihrem Ringbuch angeordnet hatte.

»Dann glauben Sie also, Herrle wollte Rümmelin töten, weil sie ihn mit dem Badesalz erpresste?«, fragte sie. »Und weil der Auftragskiller sie mit Kyra Song verwechselt hat, brachte er uns ungewollt auf die Spur der Chinesen? Versehentlich sozusagen?«

»Deshalb wurde Sadlo für sie zu einem Risikofaktor und musste beseitigt werden«, ergänzte die Kommissarin und sah sich im Kreis um. »Und was hat sich bei euch inzwischen getan?«

»Der Mercedes mit dem tschechischen Kennzeichen ist auf einem Waldparkplatz an der L 1208 hinter Waldenbuch gefunden worden«, klärte Özi sie auf. »Im Wagen hat man eine Perücke gefunden. Blond. Aber vom Fahrer oder der Fahrerin fehlt jede Spur.«

»Meng Xu wird ihn gewarnt haben«, antwortete Francesca.

»Pol-Unichem. Sosnowiec«, meldete sich Kathrin zu Wort und nahm ihre Hand von Stefans Knie. »Die polnische Zulieferfirma, die uns Herrle genannt hat. Die existiert nicht.«

»In Polen nicht und auch nicht anderswo«, ergänzte Stefan Schmid.

»Also 'ne Briefkastenfirma«, sagte Francesca. »Hat Frau Rümmelin bereits angedeutet.«

Kathrin strich den polnischen Firmennamen auf ihrem Merkblatt aus und führte die Spitze ihres Bleistifts zu ihrem Stichwort *Chinesen*.

»Dann diente die polnische Firma Herrle als Tarnung für die Herkunft der chemischen Grundstoffe, die er in Wirklichkeit von der China-Mafia bezog …« dachte sie laut.

»Was aber noch zu beweisen wäre«, stimmte Francesca zu. »Sonst noch etwas, das ich wissen müsste?«

Im Nebenraum klingelte das Telefon. Ächzend stand Helga auf und wechselte hinüber an ihren Arbeitsplatz. Als sie kurz darauf wieder im Türrahmen auftauchte, blieb sie stehen und schien mit den Tränen zu kämpfen. Alle Blicke waren auf sie gerichtet.

»Ist dein Saturn wieder aus seiner Bahn geraten?«, fragte Özi.

Ohne auf die Frotzelei ihres Kollegen zu reagieren, sagte Helga: »Es ist ja immer traurig, wenn ein Mensch stirbt. Aber bei einem Verbrecher weiß man nicht, ob man weinen oder lachen soll. Schließlich ist er ja auch ein Mensch.«

Francesca sah Helga erstaunt an.

»Wer? Sadlo?«

Helga nickte.

»Die Klinik …« Sie stockte.

Francesca sprang von ihrem Stuhl auf.

»Die Wachleute … Haben die nicht …?!«

Langsam schüttelte Helga den Kopf.

»Es ist nichts passiert«, erklärte sie. »Er ist einfach nicht mehr aufgewacht …«

Kalt fegte der Wind über die Dächer der Sieben Keltern.

Etwa eine Stunde, nachdem sie von Sadlos Tod erfahren hatte, war Francesca mit ihren Mitarbeitern und dem Rest der Soko nach Metzingen aufgebrochen und hatte ihnen vor Ort ihren Plan dargelegt.

»Die Aussage von Rümmelin genügt mir nicht«, hatte sie ihrer Mannschaft erklärt. »Ich will die Chinesen! Und sollten die mit Herrle in dunkle Geschäfte verstrickt sein, werden sie sich bemerkbar machen! Die sind jetzt sicher hochgradig nervös!«

In der Nähe eines Geschäftshauses, dessen Jalousien noch immer vom Hagel zerfurcht waren, hatten sie den Dienstwagen Am Klosterhof stehen lassen und den Kelternplatz in Augenschein genommen. Die eindrucksvollen Gebäude aus dem Mittelalter mit den langgezogenen, weit herunterreichenden Ziegeldächern beherbergten als offene Hallen dereinst ein oder zwei Kelterbäume, die als Traubenpressen fungierten. Heute waren sechs der sieben Fachwerkhäuser auf dem Platz ausgebaut und dienten einer Vinothek, einer Eisdiele, dem Weinbaumuseum, der Stadtbücherei und anderen Einrichtungen als Unterkunft. Einzig die in der Mitte des Marktplatzes stehende Kelter war von einem Bauzaun abgesperrt und zwischen dem nackten Gebälk des Fachwerks gähnte dunkle Leere. Das Ziegeldach war vom Hagel zerschossen worden.

Francesca erschien der Platz für einen kontrollierten Einsatz wie geschaffen.

»Das Timing ist wichtig«, hatte sie zu verstehen gegeben. »Und dass jeder Einzelne nachher auf seinem Platz ist und sich mit seiner Aufgabe vertraut gemacht hat.«

Nachdem Hanna in der Polizeidirektion ihr Geständnis zu Protokoll gegeben hatte, war Francesca entschlossen auf sie zugegangen, um ihr einen Deal vorzuschlagen. Sie sollte Felix Herrle zu einer Aussprache in ihr Büro am Kelternplatz bitten.

»Als Lockvogel?«, hatte Hanna gefragt.

»Wir brauchen ein Geständnis«, hatte die Kommissarin ihr erklärt. »Sie werden ihm sagen, dass es Ihnen leidtut. Dass Sie nichts verraten haben, aber wissen, dass die Polizei seinem Badesalz auf der Spur ist. Er wird dann verhindern wollen, dass sein Lager auffliegt…«

»Und wenn er wissen will, woher ich das weiß?«, hatte Hanna ängstlich nachgefragt.

»Sie können ruhig zugeben, dass Sie verhört wurden. Aber das wird ihn gar nicht mehr so sehr interessieren.«

Eine halbe Stunde vor dem Zeitpunkt, da Herrle am Kelternplatz auftauchen würde, sollte ein Polizeikommando unter Beteiligung von Stefan Schmid das Lager der Salzer-Chemie stürmen. Francesca hatte die Kollegen der Kriminalinspektion 4, die für schwere Rauschgiftkriminalität zuständig waren, von ihrem Verdacht gegen die Salzer-Chemie in Kenntnis gesetzt. Diese waren durch die brandaktuelle Mitteilung des Bundeskriminalamts bereits hellhörig geworden und reagierten auf das Stichwort *Badesalz* höchst alarmiert. Immerhin nannte das BKA fünfzig neue sogenannte Designerdrogen, die auf den europäischen Markt drängten, und die chemischen Inhaltsstoffe der als Badesalze oder Kräutermischungen verkauften Produkte enthielten Betäubungsmittel mit zum Teil dramatischen und unkalkulierbaren Gesundheitsgefahren. Die richterliche Genehmigung lag schon auf dem Tisch.

Herrle selbst sollte währenddessen am Kelternplatz überführt werden.

Hanna hatte gezögert. Aber als Francesca ihr in Aussicht gestellt hatte, sie würde sich vor Gericht für sie einsetzen und dass der Richter ihr Geständnis und ihre Kooperationsbereitschaft zu würdigen wüsste, hatte sie zugesagt, das Spiel mitzuspielen. Unter einer Bedingung: Sie wollte genaue Informationen über den Plan und vor allem ihr Risiko einschätzen können.

»Ich und andere Kollegen werden sich immer in Ihrer Nähe aufhalten«, hatte Francesca versucht, ihre Angst zu vermindern. »Wir werden Ihr Steuerbüro verwanzen und Sie werden mit einem Sender ausgestattet. Außerdem werden sich zwei unserer Kollegen zu Ihrer Sicherheit in Ihrem Büro verstecken. Sie können Ihr Gespräch mit Herrle mithören und werden auf jedes Geräusch achten. Sie sind Spezialisten. Sie sind für solche Einsätze geschult. Wichtig ist nur, dass Sie Herrle dazu bringen, möglichst schnell mit Ihnen ins Haus zu gehen …«

»Aber wenn Felix mich erschießen will? Wenn er plötzlich eine Waffe zückt?«

»Unsere Leute werden schneller sein«, hatte Francesca versucht, Hanna zu beruhigen. »Außerdem werden Sie mit einer kugelsicheren Schutzweste ausgestattet. Aber die werden Sie nicht brauchen!«

Ein weiteres Einsatzkommando mit Polizisten in Zivil sollte die Zugänge zum Kelternplatz bewachen. Systematisch und unauffällig. Zwei Scharfschützen würden in der Dunkelheit der ausgebeinten Kelter in der Mitte des Platzes zwischen dem Fachwerk Position beziehen mit Blick auf den Treppenaufgang, der zum Eingang des Rehazentrums und dem danebenliegenden Steuerbüro führte. Auf der Bank vor der Äußeren Stadtkelter sollte eine weibliche Beamtin mit einem männlichen Kollegen ein Liebespaar mimen. Vor allem aber sollte eine als Touristengruppe getarnte Einheit über den Platz ziehen.

Francesca selbst wollte zehn Meter vor dem Treppenaufgang entfernt mit ihrem Volvo vor dem Blumengeschäft »Dornröschen« parken, wo auch zwei weitere Zivilpolizisten sich scheinbar mit den Topfpflanzen beschäftigen sollten, die dort auf einem weißen Leiterwagen zum Verkauf angeboten wurden.

Özi hatte dem Plan zugestimmt. Lediglich, was die Chinesen anging, hatte er noch Bedenken vorgebracht.

»Und was passiert, wenn die Chinesen wieder ihre Scharfschützin einsetzen?«, hatte er Francesca vor dem Eiscafé »Duemila« gefragt. »Die ist zwar verletzt, aber wir wissen nicht, ob sie nicht doch in der Lage ist ...«

»Wir haben alle in Frage kommenden Gebäude in der Umgebung räumen lassen«, hatte Francesca erklärt. »Und die Stadtbücherei in der Kalebskelter macht um neunzehn Uhr zu.«

Stunden später warf der Abendhimmel ein kaltes Dämmerlicht auf den Kelternplatz. Francesca verkroch sich in ihren Volvo vor dem Blumengeschäft und sah im Rückspiegel, wie Özi vor dem Reisebüro neben dem »Metzinger General-Anzeiger« aus seinem Wagen stieg und begann, sich die Aushänge anzusehen. Auf der anderen Seite bummelte die Touristen-Gruppe auf die Christophstraße zu. Das Liebespaar saß einander zugewandt auf der Bank – sie verzehrten einen Döner. Die Scharfschützen in ihrem Rücken hatten sich unsichtbar gemacht. Endlich ging jetzt auch der Notarztwagen, den sie vorsorglich angefordert hatte, beim Offenhäuser Pfleghof in Stellung.

Francesca warf einen Blick auf ihre Armbanduhr. 19 Uhr 25. Von ihrem Am Klosterhof stehenden Dienstwagen aus hatte Hanna mit ihrem Smartphone Felix Herrle erreicht. Nachdem es klar war, dass er sich auf das Treffen einließ, hatte die Kommissarin den Kollegen endgültig grünes Licht für den Einsatz gegeben. Doch obwohl alles bis in alle Einzelheiten durchdacht und durchgesprochen war, drängte sich die Frage in ihr Bewusstsein, ob wirklich nichts vergessen worden war. Natürlich hatte sie Hanna gegenüber das Risiko heruntergespielt. Unwägbarkeiten gab es immer. Vor allem machten sie jetzt die Passanten nervös, die ahnungslos über den Platz trödelten. Aber den Platz offiziell abriegeln? Das wäre den Chinesen sicher nicht entgangen …

Der Zeiger ihrer Uhr switchte um. 19 Uhr 27. Francesca nahm ihre Kopfhörer und blickte auf.

Von der linken Seite der Christophstraße her erschien Hanna. Sie trug einen beigen Sommermantel und ging mit steifen Schritten auf den Treppenaufgang des Rehazentrums zu, wo sie stehen blieb und sich unsicher umschaute. Aber wo blieb Herrle?

Nur wenig später erschien eine männliche Gestalt hinter der Glastür. Er öffnete sie halb, streckte den Kopf heraus. Als er Hanna am Fuß des Aufgangs erblickte, erstrahlte sein Gesicht. Offenbar sprach er Hanna an, denn diese drehte sich nun zu dem Mann um. Ein kurzer Wortwechsel, den

Francescas Kopfhörer als unverständliche Satzfetzen wiedergaben. Mit den Mittelfingern klopfte sie auf die rauschenden Kopfhörer.

Hanna ergriff den grauen Handlauf aus Metall und ging redend zwei Stufen die Treppe hoch. Dann blieb sie stehen.

Was macht sie denn da, fragte sich Francesca. Sie soll doch mit ihm reingehen! Oder handelte es sich gar nicht um Herrle? Kopfschüttelnd warf die Kommissarin einen Blick auf das Empfangsgerät.

Hanna gestikulierte. Jetzt trat der Mann ins Freie und ließ die Tür hinter sich ins Schloss fallen.

Doch, es war Herrle. Er trug einen schwarzen Mantel. Die Hände in den Taschen trat er redend von einem Bein auf das andere. Hoffentlich hören die Kollegen wenigstens, was vor sich geht, schoss es Francesca durch den Kopf. Plötzlich sah sie einen rot leuchtenden Punkt auf Herrles Stirn.

Francesca öffnete die Wagentür und stieß einen spitzen Schrei aus. Im selben Augenblick zeichnete sich ein blutroter Fleck auf der Stirn des Mannes ab. Für den Bruchteil einer Sekunde schien er ungläubig in die Weite zu starren, dann sackte sein Körper in sich zusammen.

Francesca hörte Hannas Aufschrei, zog ihre Waffe und stürmte zum Treppenaufgang. Hanna presste den Rücken an die Hauswand. Mit wenigen Schritten erklomm die Kommissarin die Stufen. Als sie Herrle erreichte, beugte sie sich über den verkrümmt daliegenden Körper und legte zwei Finger an seine Halsschlagader.

Jetzt strömten von allen Seiten die Zivilbeamten herbei.

»Notarzt!«, schrie Francesca.

Sie tastete die Manteltaschen ab. Herrles rechte Hand umkrallte einen Revolver. Die Kommissarin bat einen der Kollegen, sich um die Sicherung der Waffe zu kümmern.

Dann lief sie die Treppe hinab und schüttelte Hanna an der Schulter.

»Ich bin gleich bei Ihnen!«, sagte sie zu ihr.

Hanna beugte den Oberkörper vor, der von konvulsivischen Zuckungen erfasst wurde. Ihr Schreien war in heftiges Schluchzen übergegangen.

Francesca übergab Hanna einem Kollegen, der zur Hilfe geeilt war, und überblickte vom Treppenabsatz aus den Platz. Die Touristengruppe war auseinandergestoben. Menschen liefen in alle Richtungen.

»Tommy?«, rief sie in ihr Funkgerät.

»An der Stadtbücherei ist eine Scheibe zu Bruch gegangen!«, hörte sie seine Stimme krächzen.

Francesca spurtete los, vorbei an dem sich nähernden Notarztwagen. Schon auf einige Meter Entfernung entdeckte sie das zersplitterte Glas an dem kleinen quadratischen Fenster im ersten Stock, doch von Özi – keine Spur.

Sie lief weiter Richtung Büchereieingang. Als sie um die Ecke rannte, sah sie eine kleine behelmte Person am Boden liegen, die sich auf dem Bauch wand. Mit den Knien drückte Kathrin den Körper auf das Pflaster. Özi kniete daneben und war im Begriff, ihr gegen heftige Gegenwehr Handschellen zu verpassen. In metallischen Stößen klopfte der Motorradhelm gegen die Pflastersteine.

Die Kommissarin trat heran, drehte den Körper zur Seite und nahm den Helm ab.

»Ah, wir kennen uns doch!«, stieß sie aus und blickte in das wutverzerrte Gesicht der Köchin.

Francesca tastete deren Kleidung ab. Außer einem Zündschlüssel fand sie nichts.

»Ihr Name?«, fragte sie die Frau.

Die Köchin presste die Lippen aufeinander.

Francesca winkte ab und rief einen der umstehenden Kollegen herbei.

»Abführen!«

»Davon war aber nicht die Rede, dass Sie sich selbst in Gefahr bringen sollen!«, sagte sie zu Kathrin, als die Chinesin zu einem der Dienstwagen geführt wurde.

»Ohne Kathrin wäre sie uns entwischt!«, erklärte Özi.

Francesca sah beide verblüfft an.

»Sie hat mitgekriegt«, fuhr Özi fort, »wie unsere Köchin hier unten mit einem Stuhl von innen die Fensterscheibe zertrümmerte. Sie hat mich gerufen. Und als Madame durch das Fenster ausstieg und loslaufen wollte, hat sie ihr ein Bein gestellt… Und dann war ich auch schon zur Stelle…«

»Einfach ein Bein, hmh?«, grinste Francesca. »Das ist natürlich auch 'ne Methode…«

Stolz grinste Kathrin zurück, dann aber sagte sie:

»Ich weiß ja eigentlich überhaupt nicht, was passiert ist… Woher wussten eigentlich die Chinesen von dem Treffen?«

»Entweder hat Herrle ihnen selbst gesagt, dass Hanna zu viel weiß und dabei überhaupt nicht bedacht, dass er in ihren Augen selbst zum Risikofaktor avanciert war«, überlegte die Kommissarin. »Oder sie haben mitgekriegt, dass wir sein Lager hochnehmen und blitzschnell gehandelt. Denn wenn er auffliegt, fliegen sie mit auf. Und die gelbe Mafia hat ihre Leute überall. Wir wissen ja nicht mal, ob sie auch bei uns jemanden eingeschleust haben…«

Nach diesen Worten starrte Kathrin nachdenklich durch die Kommissarin hindurch. Jetzt aber wies Francesca mit einer Kopfbewegung zu der Bücherei.

»Unsere Köchin hat sich wohl einschließen lassen. Dann hat sie sich einen Fensterplatz gesucht. Im ersten Stock. Das kleine Fenster vorne ist nämlich auch kaputt, wie ich gesehen habe. Am besten gehen wir mal rein.«

Mit einem Wink ging Francesca voraus. Özi und Kathrin folgten ihr durch das offene Fenster neben dem Eingang ins Innere der Bibliothek.

Hinter einem Bücherregal auf der Fensterseite des ersten Stocks lag das Gewehr, mit dem die Chinesin auf Herrle geschossen hatte. Francesca beugte sich zu der Waffe hinab.

»Ein Präzisionsscharfschützengewehr«, erklärte sie. »PSG1.« Sie erhob sich und sah durch das zerschossene Fenster hinüber zu dem Treppenaufgang. Herrle lag inzwischen sicher im Notarztwagen. Hanna Rümmelin saß vornübergebeugt auf der untersten Treppenstufe. Ein Sanitäter hatte eine Decke um ihre Schultern gelegt.

Sie funkte den Notarzt an.

»Wir konnten nichts mehr für ihn tun«, vernahmen sie die Stimme aus dem Funkgerät. »Der Mann war sofort tot.«

»Dann haben sie es ja geschafft«, stellte Kathrin fest. »Die Chinesen. Sie haben ihren gefährlichsten Zeugen liquidiert ...«

Beschämt senkte Francesca den Blick, was Özi nicht entging. Beherzt fasst er sie am Unterarm.

»Das war wirklich ein perfekter Einsatz«, versuchte er, sie zu trösten. »Aber das hier mit dem Fenster ... Ich meine, keiner von der ganzen Soko ist im Vorfeld auf die Idee gekommen, dass sich die Scharfschützin hier einschleichen könnte.«

»Und außerdem ...«, schloss Kathrin sich an, »... die Köchin. Ohne diesen Einsatz hier hätten wir sie ja nie geschnappt.«

Francesca nahm die tröstenden Worte mit einem knappen Lächeln auf, wurde aber sofort wieder ernst und wandte sich an Özi.

»Hast du eigentlich mithören können, was Hanna und Herrle auf der Treppe noch gesprochen haben? Bei mir hat die Technik verrückt gespielt.«

»Ach so … Ja …klar«, gab er zur Antwort. »Er sagte so was wie: ›Ich bin froh, dass du mir verzeihst, nach allem …‹ Und sie, schon, aber so schnell gehe das nicht, es seien ein paar Dinge geschehen, über die sie unbedingt reden müssten …«

»Und dann?«, fragte Francesca.

»Ja, und dann, dann … Er sagte dann nur noch: ›Das Gefühl habe ich allerdings auch …‹ Und dann fiel der Schuss …«

Francesca hatte jedes Wort aufgesogen wie ein Schwamm. Wenn der Schuss nicht gefallen wäre, dachte sie jetzt, hätte sie verhindern können, dass Herrle seine Waffe gezogen und Hanna erschossen hätte? Sein Zeigefinger in der Manteltasche bog sich ja schon um den Abzug …

»Danke!«, sagte sie schließlich und versuchte, sich zu fassen. »Vor allem aber bin ich gespannt, was sie in Herrles Lager gefunden haben …«

Sie zog ihr Handy aus der Hosentasche. Doch im selben Moment kam der Klingelton. Stefan Schmid meldete sich. Francesca stellte den Lautsprecher auf volle Lautstärke zum Mithören.

»Keine Legal Highs …«, ließ sich Stefan vernehmen.

»Legal Highs?«, fragte Francesca zurück.

»Die offiziellen Vertriebsverpackungen«, erklärte Kathrin. »Stand in der Pressemitteilung des BKA.«

»Flammschutzmittel, Entschäumer, Schmieröle. Kein Badesalz, keine Kräutermischungen. Der totale Reinfall …«, fuhr Stefan fort. »Die Lagerbestände müssen kurz vorher abtransportiert worden sein. Ein Mitarbeiter der Firma will einen grauen Lieferwagen gesehen haben. Alles muss sehr schnell und unauffällig vor sich gegangen sein. Aber weiter sind wir hier noch nicht. In einem Teilabschnitt der Fabrik gab es heute Mittag auch einen Brand, der von Firmenmitarbeitern gelöscht wurde. Ich nehme mal an, da wurden Spuren vernichtet. Da waren offenbar Profis am Werk. Die Kollegen vom K 4 haben den Fall übernommen …«

Francesca legte auf. Nachdenklich sah sie Kathrin und Özi an.

»Wie ich gesagt habe. Die Triaden haben ihre Leute überall. Und außerdem haben wir Herrle vielleicht schon einfach mit unserem Erscheinen aufgescheucht und er hat die Beweismittel selbst wegbringen lassen … Dann werden wir mal den Einsatz hier beenden«, sagte sie. »Ich weiß natürlich, dass die Triaden einer Hydra gleichen. Aber wenigstens konnten wir ihr einen ihrer kleineren Köpfe abschlagen … Die Köchin verschwindet auf jeden Fall wegen zweifachen Mordes.«

»Und was ich jetzt verstanden habe«, fügte Kathrin den Überlegungen der Kommissarin hinzu, »die Chinesen waren offenbar schon in China an Kyra Song dran. Und seit München stand sie auch in Deutschland unter Beobachtung. Dann sollte Sadlo im Auftrag von Herrle Hanna Rümmelin töten, hat aber die beiden Frauen verwechselt und damit den Chinesen einen Strich durch die Rechnung gemacht. Nun kamen sie nicht mehr an Kyras Dokumente ran …«

»Und Sadlo sollte seinen Fehler wettmachen und über Kyras Freund in Erfahrung bringen, wo Kyras Fotos hingekommen sind«, ergänzte Özi.

»Das war das Rätsel«, resümierte Francesca. »Ich habe mich die ganze Zeit gefragt, warum der Mord an jemandem, an dessen Dokumente man ran will … Und die Inszenierung des Mordes bei Hugo Boss galt uns. Die Chinesen mussten ja davon ausgehen, dass wir Hanna in der Umkleide finden würden, und wir sollten in der Textilbranche ermitteln, damit wir nicht auf den Zusammenhang mit ihren Badesalz-Geschäften stoßen. Dummerweise hat die Verwechslung der Mordopfer uns aber gerade auf die richtige Spur geführt. Wenn auch ziemlich spät …«

Francesca blinzelte und strich mit der Hand über die andere Bettseite. Natürlich, Andreas war vor ihr aufgestanden, um sich um die Kinder zu kümmern. Auf dem weißen Stoff der geschlossenen Vorhänge zeichneten sich scharfe Streifen Lichts ab. Sonne? Dass ich das Wort überhaupt noch kenne, dachte sie. Plötzlich ging ein Ruck durch ihren Körper. Sie warf einen Blick auf den Radiowecker. 11 Uhr 50? Hatte jemand die Uhr verstellt? Oder hatte sie so lange geschlafen? Aber dann hätte Andreas sie doch sicher geweckt!? Sie wollte aus dem Bett springen, aber die Müdigkeit zerrte an ihren Knochen. Langsam stand sie auf, rieb sich den Schlaf aus den Augen und ging zur Tür.

An der Klinke hing ihr weißer Morgenmantel. Wer hatte denn den so dahin gehängt, dass er mit der Hälfte am Boden lag? Gähnend nahm sie ihn vom Bügel und schlüpfte hinein. Da öffnete sich vorsichtig die Tür.

»Du hast geschlafen wie ein Murmeltier und geschnarcht wie ein Walross«, sagte Andreas und drückte ihr einen Kuss auf die Wange.

»Ich schnarche nie. Du schnarchst!«, erwiderte sie mit gespielter Empörung. »Und außerdem: Wie spät ist es denn wirklich?«

»Was auf deinem Radiowecker steht«, sagte Andreas und ging zum Fenster, um die Rollläden hochzuziehen. Gleißend fiel das Sonnenlicht ins Schlafzimmer. »Ich habe in deinem Büro Bescheid gesagt, dass du heute Urlaub genommen hast …«

»Ach, habe ich?«, meinte sie neckisch und schlang von hinten ihre Arme um ihn. »Dann haben wir ja endlich mal wieder Zeit für uns …«

Andreas wandte sich um, ergriff ihre Handgelenke und brachte sie auf Abstand.

»Zeit zum Mittagessen. Maria ist da. Die Kinder warten schon …«

Francesca verschwand im Bad und kämmte sich. Kritisch nahm sie ihr Gesicht im Spiegel unter die Lupe. Die letzten Tage hatten Spuren auf ihrer Haut und um die Augen hinterlassen. Aber das wird wieder, dachte sie.

Als sie das Wohnzimmer betrat, strahlten alle drei Kinder ihre Mutter an. Francesca begrüßte sie und blieb vor dem Tisch stehen. Zwei weiße Kerzen brannten. Das Sonntagsgeschirr war gedeckt. Sonnengelbe Papierservietten schmückten die Tafel.

Maria erschien aus der Küche und trug jedem einen Teller mit Auberginen- und Paprikastreifen auf, mit Tomatenstückchen und weißen Zwiebeln, gekrönt von Parmesanspänen.

»Caponata Calabrese«, erklärte sie.

Francesca küsste sie auf die Wange und nahm ihren Platz neben Salvatore ein.

»Caponata!«, rief der Kleine aus.

»Dann sind wir ja endlich mal wieder alle zusammen!«, freute sich Francesca und pickte sich mit den Fingern einen Parmesanspan aus der Vorspeise.

»Mama!«, mahnte Silvio.

»Zu spät!« Grinsend ließ Francesca den Käse in ihrem Mund verschwinden und begann, langsam und genüsslich zu kauen. Als hätte sie damit ein Zeichen gegeben, griffen auch die anderen Familienmitglieder nun zu Messer und Gabel.

»Habt ihr euren Mörder jetzt endlich gefunden?«, fragte Lisa, als Maria die Vorspeisenteller wieder abräumte.

»Ja«, erwiderte Francesca knapp. »Aber lass uns ein andermal drüber reden…«

»Aber vielleicht können wir ja unser vermasseltes Shopping nachholen!«, rief Lisa. »Am Samstag ist Fashion and Music in der Outlet-City! Saskia und Mehdi. Sie haben sich beim Facebook-Voting für die Model-Academy qualifiziert…«

»Okay, ich brauch auch wieder mal was Neues. Dann können wir das ja verbinden…«

»Wird ja nicht gleich schon wieder ein Mörder auftauchen«, grinste Lisa.

»Was ist Mörder, Mama?«, fragte Salvatore.

»Siehst du!«, fauchte Silvio seine Schwester an.

»Ein böser Mann!«, erklärte Lisa.

Silvio sah sie genervt an.

Salvatore schien sich mit der Erklärung seiner Schwester zufriedenzugeben, denn er blickte schon wieder voller Erwartung auf die Platte mit dem Hauptgang, die Maria auf dem Tisch abstellte.

»Schwertfisch im Mandelmantel«, erklärte sie.

»Extra aus dem Meer!«, betonte Andreas.

Francesca lächelte ihn an.

»Mag nicht!«, sagte Salvatore mit Blick auf die schwarzen Linguine, auf die der Fisch gebettet war.

»Aber ein bisschen probieren?«, sagte Francesca und

teilte ihren Fisch mit dem Kleinen. Erst jetzt fiel ihr Blick auf einen Umschlag, der neben ihrem Teller lag.

Sie sah in die Runde und nahm den Umschlag.

»Für mich?«, fragte sie.

»Schau erst mal rein«, antwortete Maria.

Francesca zog einen Hotelgutschein hervor.

»Hotel Zauberlehrling?«, fragte sie. »Tausend-und-eine-Nacht-Suite?«

»Zwei Nächte«, antwortete Maria mit vielsagendem Blick. »Da könnt ihr mal endlich ganz ungestört sein … Du und dein Mann …«

Gerührt stand Francesca auf, ging um den Tisch herum und drückte ihrer Mutter mit spitzem Mund einen Kuss auf die Wange.

»Auch mit!«, meldete sich Salvatore.

Maria lachte.

»Du kommst mit Lisa und Silvio mit zu Oma!«

Als die leeren Teller des Hauptgangs abgetragen wurden, machte sich Francescas Handy bemerkbar. Özis Nummer.

»Kleinen Moment!«, entschuldigte sie sich und ging zu dem großen, durchgängigen Fenster hinüber, durch das die Mittagssonne flutete.

»Ich wollte nur wissen, ob alles in Ordnung ist bei dir«, begann Özi. »Mein Anruf ist eigentlich nur halb dienstlich …«

»Halb?«

»Auf dem Rückweg haben wir noch beim Bambus Garden unser Glück versucht …«

»Deswegen wollte ich auch noch mit dir reden, Tommy. Wir müssen diesen Meng Xu unbedingt …«

»Zu spät!«, unterbrach Özi. »Da hing schon ein Zettel an der Tür. Restaurant vorübergehend geschlossen …«

»Das habe ich schon befürchtet …«

»Der ist sicher schon in Tschechien!«

»Und irgendwann werden sie einen Nachfolger schicken …«

»Aber stell dir vor«, wechselte Özi das Thema. »Helga hat gesagt, Maischle lässt sich in den vorgezogenen Ruhestand versetzen …«

»Ist ja merkwürdig, er hat doch noch zwei Jahre …«

»Dann kannst du dich ja bewerben. Um seine Nachfolge!«

»Mal langsam«, wiegelte Francesca ab. »Erst mal müssen wir ja rausfinden, wo die Akten geblieben sind …«

»Stefan hat heute Morgen schon sein Büro auf den Kopf gestellt und Helga die Registratur. Aber ohne Ergebnis.«

Francesca atmete tief durch.

»Wird man ihm aber nicht beweisen können, dass er sie verschwinden ließ …«

»Wohl kaum«, seufzte Özi. »Ach übrigens: Ich hab die CD …«

»Von Café Aman Istanbul?«

»Du hast dir den Namen gemerkt?«

»Morgen bin ich ja wieder da …«

»Ich bin heute auch nicht im Dienst«, sagte Özi. »Ich hab' ne Wette gewonnen. Fünf Mal Iskender Kebap! Der mit frischem Joghurt. Und außerdem hab ich jemand kennengelernt. Aber das bleibt unter uns!«

»Klar, und wie sieht sie aus?«, schäkerte Francesca.

»Blond, lange Haare, roter Pulli, schwarzer Minirock, schlanke Beine, High-Heels. Genügt das?«

»Entzückend!«

»Und rate mal, wen ich heute Morgen schon in der Fußgängerzone gesehen habe?«

Francesca wunderte sich. Ihr Kollege war so gesprächig wie noch nie.

»Stefan und Kathrin«, verriet Özi. »Händchen haltend …«

»War ja nicht zu übersehen, dass sich da was anbahnt …«

»Und dann noch ein Letztes, dann hör ich auf«, sagte Özi. »Jörg Buck hat heute Morgen angerufen.«

»Warum denn das?«

»Er will sein Studium hier noch fertig machen und dann nach Neuseeland auswandern. Es hält ihn wohl nichts mehr hier, hat er Helga gesagt …«

Für einen Moment wurde es still. In den Augenwinkeln nahm Francesca wahr, dass der Nachtisch serviert wurde. Langsam schlenderte sie, das Telefon in der Hand, zum Esstisch zurück.

»Und was machst du noch so heute?«, fragte Özi.

»Ich unternehme was mit den Kindern«, antwortete sie. »Die haben ja nicht gerade viel von ihrer Mutter gehabt in letzter Zeit. Und heute Abend lade ich alle zusammen zum Essen ein …«

Lisa hatte den letzten Satz aufgeschnappt.

»Au ja!«, rief sie aus.

Francesca beendete das Gespräch und setzte sich zurück an den Tisch.

»Ah, eine Cassata!« rief sie erfreut.

»Mit kandierten Früchten«, ergänzte Maria.

»Und wo gehen wir hin? Zum Essen?«, fragte Lisa.

»Ach Kinder, wohin ihr wollt …«, antwortete Francesca und griff zur Kuchengabel.

Silvio strahlte:

»Au ja! Zum Chinesen …!«

Recherchequellen (Auswahl):

- www.bka.de/Website des Bundeskriminalamts
- Synthetische Drogen und Grundstoffüberwachung. Pressemitteilung des BKA vom 28.11.2012
- Grasso, Pietro: Bekämpfung mafiöser Strukturen am Beispiel der Umweltkriminalität – der italienische Weg. BKA-Herbsttagung 2008
- Weltweit auf »leisen Sohlen«: Chinas Triaden. In: Die Kriminalpolizei, März 2008.
- Triaden – Black-Box der Kriminalistik. In: stern.de, 5. Februar 2007
- Deutsche Geheimdienste warnen vor chinesischen »Triaden«. In: NG-Internetzeitung, 2008.
- Hugo Boss Geschäftsbericht 2012

Dank an:

Gabriele Schäfer-Lehari, Reutlingen
Dr. Ulrich Knödler, Stuttgart
Elga Lehari-Reichling, Krefeld
Heidrun Storz, Reutlingen
Günter Weinmann, Bad Urach